好好混

你的青春有几°C

董月玲 著

中国青年出版社

每个打工在外的人，心里都有一杯苦水。我收获的恰恰是我的经历，我获得的满足，也恰恰是别人体会不到的……

说人话　讲故事

　　几年前，章桦在北京大兴替人打理小发廊，在发廊隔壁的咖啡店里，她认识了李京红。李京红给她的第一印象并不好，一个留长发的男人，穿着黑衬衣、黑牛仔裤。不像大款也不太像艺术家，看不出是好人还是坏人，感觉怪怪的。"他点了一杯咖啡，只坐了一刻钟就走了，还给了我们一人一百块钱。几个女孩吓坏了，不知道他有什么企图。"

　　做梦也没想到，这个一身黑衣的神秘男人，用一台 DV 摄像机改变了她的命运。

"我们是这样看不起自己，别人也是这样看我们的"

　　章桦是浙江衢州人，家乡大坑村，是一座大山环绕的村子，翠竹满坡，溪水清流，

[1]章桦的女儿俊俊　　[2]想念女儿的章桦

但用章桦的话说"就是一个穷山沟，特别想出来"。16岁时，章桦第一次离开大坑村，在绍兴一家纺织厂当了一年女工。

章家没男孩，有4个女儿，她爸教育姐妹们打小就要自立，自己上山砍毛竹，挣学费，还要求她们每人学会一门手艺。

章桦跟二姐章微学了美发，又在镇上开了一间叫"姐妹"的小理发店。后来，俩人又把店开进城里，到了衢州市。

章桦那年18岁，姐姐21岁。知道是两个乡下女孩开的发廊，地痞流氓常来捣乱，赖坐在店里不走，特烦人。晚上姐俩也不敢住在店里，怕有人砸门。

"乡下人和城里人区别还是很大的，一开口就能听出来。他们就欺负你，瞧不起你。"这样，姐俩去了更远的昆明。

1997年正月十五，章桦独自来到北京大兴。在大兴的小发廊里，她一个人要干店里所有的活儿，洗、剪、吹、烫。因为只有她一个人，每晚9时就关门。发廊隔壁是家咖啡馆，开店的是个东北来的女孩，章桦没地方去，天天晚上过去帮忙、聊天，这样，她在咖啡店里遇见了李京红。

一天晚上，章桦回到租住的房子，开门就傻了：屋里进了贼，阳台的玻璃窗被砸烂，一地乱七八糟的东西。这一夜，3个同住的女孩说什么也不敢再待在屋里，可在北京又没熟人。情急之下，章桦想起了只见过两次面的李京红。

一个小时后，李京红真的开车来了。在大兴他有一处一居室的房子。放下3个女孩，告诉她们放心住，他就走了。这事让章桦挺感动，也改变了对李京红的印象。

"我那会儿的心态就是：我们是一群被社会淘汰的人，一群没文化的人，干着卑微的职业，我们是这样看不起自己，别人也是这样看我们的。还没遇到过像他这样的男人，不但没歧视、嫌弃我们，还帮我们。"

2000年，章桦去深圳开了一家自己的发廊。发廊在通往沙头角的路边，只有二十来平方米，开门冲着一条大马路，抬头就能看见梧桐山。

店一开张，李京红拎着一台DV摄像机来了，对着她们拍。章桦不知道他想干什么，认为他拍着玩，玩几天就走人。但李京红一直没走，还是天天拿着摄像机对着她们。章桦后来听人说，这会儿的李京红企业倒闭破产，只带了一千块钱开车到深圳，正处在事业迷茫、没有目标时期。

突然有一天，李京红跟章桦说：我要搬来跟你们一块儿住，我没钱交房租了。章桦不同意：我们都是女孩子，你一个大男人进来住，多不方便。深圳这么热，我们的房间又没空调，不能住。

"你们就别把我当男人看。不让我住，我可就流落街头了。"章桦知道他到深圳一年多，没有任何收入。想想当初自己困难时人家帮过，他的人品也不错，最后只好同意了。

李京红拿来一张凉席，铺在客厅地上，睡了。

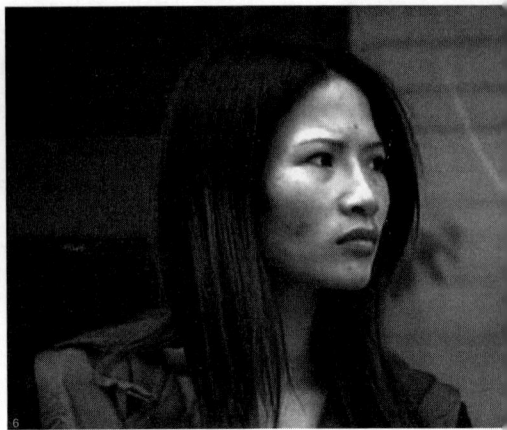

"我们能上电视？我根本不相信，绝对不可能"

开始，发廊妹们对拍摄感到新鲜，面对镜头时会装装斯文，做点掩饰。但时间长了，镜头对着谁谁烦，尤其是店里生意不好，人心情不好的时候。

同一条街上，大大小小的发廊有 30 多家。除去 6 万元的转让费，章桦的发廊每月乱七八糟的开销要 1 万元，还不包括人员的工资。店一开张，章桦就感到重重的压力。

章桦想靠自己的手艺，把发廊经营好。但是，不太可能，好多人就认为只要是发廊，里边肯定带色情服务。一些男客人，进门就问有没有小姐。

心烦意乱时，再看李京红还拿着摄像机对着自己的脸拍，章桦气儿更不顺。"拍！拍！拍！天天窝在发廊里拍，有什么好拍的，能拍出什么名堂啊。"

开始大家叫李京红"李哥"，后来直呼其名。再后来不但不让他拍，还骂他、打他，最后章桦想把李京红赶走。

发廊的生意越来越萧条，每天客人稀少。一天下午，李京红又背着章桦带着洗头妹们出去玩、逛商店。章桦到店里时，一个洗头妹也没有，只有理发师一人，说那个李京红又带她们玩去了。章桦听了心里蹿火，发誓这次一定要把他赶走。

章桦拿把椅子，坐在店门口等，足足等了 3 个小时，人才回来。洗头妹们一看章桦

的脸色，吓得偷偷溜进店里。李京红拿着摄像机还要拍，章桦对着人和机器，上去"咣"地一脚，大吼大叫道："你太过分了，哪怕给我留下一个人也好。你不能影响我店里的生意！你整天拍、拍、拍，到底能拍出什么名堂啊！你知不知道，每天只要店门一开，300多元钱就出去了……"章桦狠狠地发泄了一通，但还是没能将李京红撵走。

发廊里的其他女孩子，也是个个性情暴躁。后来章桦得知，她们都受过男人的伤害和欺骗。所以，有气儿就往李京红身上撒，每天都不给他好脸色看。春节过后，发廊生意更加清淡。

李京红正儿八经地跟章桦谈了一次话："章桦，我真不是随便拍着玩的，我是认真的，我是在拍一部纪录片，我想把你们的生活记录下来。"

章桦说自己当时根本不信他说的话，真的不能理解。她冲着李京红嚷嚷道："第一，你这个片子将来拍成什么样，我们也看不到；第二，像我们这种人的生活，有谁爱看？我们是一群受人歧视，被人看不起，生活在社会边缘的人，是最底层的人。看看电视天天播的，都是明星脸，那些栏目里，净是成功人士，有头有脸的人。我们能上电视？我根本不相信，绝对不可能！"

李京红讲不过她，只好气呼呼地说："章桦，总有一天，我会证明给你看！"

同一条街上的30多家发廊，生意也全不好。章桦的发廊更是到了山穷水尽的地步，最后连交房租的钱都没了，吃饭都困难，买炒菜用的油，一次只能买两三元钱的。

"如果一看生意不好，立马把店转让出去，我可能还会挣钱。可是李京红不让转，店一转，人就散了，他就没法拍了。我们发廊里的人，就跟一家人一样，一天24小时生活在一起。到后来，我的店基本是亏完的。"

李京红也出去挣钱，帮章桦交房租。看着他成了大家的出气筒，章桦心里也不舒服：毕竟人家是个有文化、有知识的人，能这样低声下气地跟我们生活在一起，过这种日子，确实不容易，让人感动。他忍受了不少东西，包括忍受大家对他的"虐待"。

整整磨合了大半年，章桦和发廊妹们才接受李京红的拍摄，让他真正进入她们的生活。好多最初拍的镜头都是不能用的，比如用手挡镜头，一见镜头扭脸就走，要不就是打他、骂他。

经历这一切后，章桦深有体会地说："拍纪录片，跟拍摄对象不熟根本没法拍。第一步，就是要走近他们的生活。"

"我也不知道我是怎么回到家的。等我到了家，整个人都不像人了"

因为章桦的发廊不做"保健"，发廊妹没有小费拿，不少年轻的女孩嫌赚钱少，干着干着都走掉了，最后留下3个固定的洗头妹：28岁的阿美来自湖南衡阳，23岁的小芳是湖南澧县人，27岁的阿文来自贵州毕节。加上章桦和章微，发廊里5个女人的身世都特别，各有各的辛酸和不幸，纪录片讲述着她们一波三折的故事。

阿美有一个6岁的儿子，是她跟一香港老板的私生子，孩子搁在湖南乡下，常常闹病，为了给儿子上户口，阿美嫁给了一个出租车司机，维持名存实亡的婚姻；小芳3年前带着妹妹丽丽闯荡深圳，她非常疼爱妹妹，不让妹妹外出打工受累，自己挣钱租房养妹妹，母亲去世后，小芳当起了"妹妹的妈妈"；阿文7年前来东莞打工，认识了一个广东男友并怀了孩子，临产前，男友却跑掉了，只留下一句话：3年后，我来接你们母子俩；章桦的二姐章微是家庭暴力的受害者，差点儿被老公打死，她带着女儿贝尔偷偷跑到深圳，躲在章桦这里不敢回去；而章桦自己是个未婚妈妈。

在昆明开店时，章桦认识了男友小杨，他是店里的顾客，后来常到店里帮忙做事，人挺勤快，章桦对他产生了好感，两人热恋并同居。小杨是太原人，追求章桦时，他说自己出身高干家庭，还细致地讲述过家门前的三道岗哨。章桦后来上太原，见到了他在桥头修理自行车的父亲。

为了让自己的"高干父母"能接受章桦，他出主意两人先生孩子再回家，生米煮成熟饭，父母只能同意。可孩子生了，而且长到两岁，还是不提结婚、回太原的事。愤恨至极的章桦，是按着记忆中他身份证上的地址，一路打听着，在太原一片低矮破旧的平房区找到杨家的。吵闹过后，他俩商定：两年后，再来决定是否在一起。章桦离开太原，女儿留在杨家。

一天夜里，发廊里的女人们坐在床上，不知不觉地敞开心扉，第一次聊起各自心中最隐秘的伤痛事。她们甚至忘了有个男人在旁边，有台摄像机正对着她们。

阿文讲起自己在出租房里生孩子时的情景，男友不辞而别，身边一个亲人都没有。孩子眼看就出来了，才把一个老乡喊来。"她也不懂，把脐带剪断。我翘起头一下看到了，我说快一点，先用线扎起来。我本来把线准备好的，结果也被她搞掉了。急死我了，我赶紧拆衣服上的毛线，用牙咬，拆下来一段，在酒精里泡泡，涮几下，自己给扎住。不扎住，等一下出血就会没命了。"

阿文还说一直以来，没有人知道她有孩子，只有在章桦这个发廊她才敢说出来。"我每个月都去看她，如果不去看会很难受。听她叫妈妈，心里都很激动。"

几个女人唏嘘感慨，没有哭，继续聊。章桦也讲起自己的孩子，拿出一沓照片，她有两年没有见到女儿俊俊了。

"别人是有孩子没人带，我是有女儿轮不上我带。孩子现在都这么大了，他还不跟我打结婚证，我就是不明白为什么，我说你要给我一个交代，是不是。"章桦越说越气，越说越激动。她还不知道，此时她的男友早跟别人结婚，又生了孩子。

章桦声音有些发紧，继续说着自己和女儿的事。"我说我带我的孩子去逛一下商场，他妈妈、弟弟都要跟着我，去哪儿都跟着，没有一分钟离开的。我一个人在家待了一个星期，就跟疯了一样你知道吗？"

"我上了火车，我就趴在那火车窗上，孩子也扒着那火车，一直在下边哭着叫：'妈妈、妈妈……'我不知道那一分钟是怎么过的，我也不知道我是怎么回到家的。等我到了家，整个人都不像人了。"

几个女人先是抽泣，而后抱头痛哭。

"无论怎样，生活是停不下来的"

拍到这会儿，章桦说李京红已成了她们的异性朋友，大家处出了感情。谁心里有什么烦恼，家里出了什么事情，都会跟他说，跟他商量。后来，李京红分别跟着每个发廊妹回了老家，去了贵州、湖南、浙江，自然而然地进入了她们的生活。"我们每个人都知道他在拍一部纪录片。但说句实话，我们确实不知道纪录片是个什么样。"说到这儿，章桦忍不住大笑起来。

"按理说，他应该冷静地拍，全景记录，但拍着拍着，他已经参与进了我们的生活。"章桦认为李京红把她们的生活当成了自己生活的一部分。

小芳带着妹妹，回到离开4年的老家。4年前，她是跟妈妈吵架后，赌气离开家的。4年后，她再回来时，妈妈已经因病离开了人世。

因为母亲生病，父亲盖新房、娶继母，小芳家里欠下一堆债。大年三十晚上，听说小芳姐俩从深圳回家，讨债人闻风而来，他们以为她俩肯定带回不少钱，逼着小芳爸爸还债，结果动手打起来。李京红放下摄像机，忙着去拉架，后来还往北京打电话，让自己老婆四处借钱，替小芳家还了债。

我问章桦，他这样做，会不会影响纪录片的真实性。为了片子的精彩，他会不会人为地安排你们的生活？章桦回答说不会。"好几次他想安排，但安排不了。一是事情不会按他想象的那样发展，二是我们也不听他的安排。"

有一年的中秋节，正赶上又是国庆节，还是章微女儿贝尔的生日，大家打算过得隆重一点。李京红让大伙儿到楼顶上过，他买了一串纸灯笼，还挑了一首《回家》的歌曲，又找来一部破录音机，都拿到楼上。结果，还没开机，下起了大雨，众人只能回屋吃饭，那天章微做了一大桌子饭菜。

开始吃饭，大家都挺高兴，只有理发师一个人不太对劲儿，他交往4年的女朋友那天提出跟他分手。见他闷闷不乐的章微，顺嘴说了一句：中秋节，应该开开心心的，你干吗不高兴啊？这一问，把他的眼泪问下来了。更没想到的是，几分钟后，桌子边上的人都哭开了，而且越哭越厉害，连饭也吃不成。

这下，李京红傻了。因为吃饭的镜头拍得太多，所以这次他不打算再拍，摄像机搁在地上，他自己也喝了几杯酒，差不多快要喝醉了。一看屋子里所有的人都在痛哭，他赶紧把机器扛起来，慌乱中又按错了键，白白浪费了6秒钟。后来拍出来的镜头也是晃晃悠悠的。一点心理准备都没有，李京红一时不知道拍谁好，每个人都哭得特别伤心。他只好跟着贝尔，小女孩正挨个儿给大人递纸巾。她一边替妈妈扇风，一边用眼睛瞪着李京红的镜头。

纪录片就这样意外地进入了高潮。每个打工在外的人，心里都有一杯苦水，突然间，被触动了，有了宣泄的口子，便一发不可收，谁也顾不上谁，谁也劝不了谁，只有痛痛快快地哭。

当发廊的生意越来越惨淡，身心俱疲的章桦准备逃回大坑村，过大姐那种平静实在的日子时，她那位通情达理的农民老爸，讲了一句朴素而经典的话："无论怎样，生活是停不下来的。"

"好多人认出了我，我发现，他们大多数人是同情和理解"

拍了4年，2004年1月，20集的纪录片《姐妹》在全国各地的电视台相继播出。

原生态、强烈的纪实风格和真实性，让观众倍感新鲜，受到冲击和震撼，收视率甚至超过了一些火爆的电视剧。专门从事纪录片发行的北京零频道公司，将《姐妹》的成功，概括为6个字："说人话、讲故事。"《南方周末》把它评为"2004致敬之年度现场报道"。

毕竟，《姐妹》是部纪录片，讲的是真人真事，而且是人最私密的生活。片子在老家衢州播放时，章桦非常担心、害怕，她最怕别人不理解自己。一个发廊妹，一个未婚妈妈的生活，以前回老家她都难以启齿，甚至父母也不十分清楚。

"那会儿，人特别敏感，一看别人的眼神，我就知道这个人是尊重我，还是歧视我。走在街上，好多人认出了我，我发现，他们大多数人是同情和理解。有人甚至跑过来，抓住我的手，说一句：你们在外边，真是不容易！我心里一热，感觉特别温暖。"

章桦还有一种彻底解放的感觉。埋藏在心底的酸痛、苦闷，这么多年来一直压抑着她，总找不到适当的机会倾诉。像感情方面的事，每次回家父母都会问，但她不能说，说了只会让老人操心，但她又不能骗他们，所以人很难受。现在在电视上，她终于把想说的话全倒出来，就像把压在心上的包袱，一下子卸下来一样，感到非常轻松。

这个时候的章桦，已经拿起 DV，也开始拍纪录片。

发廊关门后，章桦就参与了《姐妹》的后期拍摄。李京红把摄像机交给她时，将所有功能都设在自动挡上，说明书章桦看不懂，开头她只会开机、关机。

章桦独立拍的第一部片子，讲的是深圳一个打工家庭的故事。一家 3 口，女儿叫邝丹，读高中，她爸是街边修自行车的师傅，每天早出晚归很辛苦，但一家人过得平和幸福。

章桦在邝丹家拍了整一个半月，她说最初自己只会多拍、傻拍，一天 24 小时，除非睡觉或机器没电了，她才停下来。一共拍了 60 个小时的素材，最后剪出 30 分钟的片子，叫"邝丹的秘密"，还获得了央视《讲述》栏目 DV 大赛奖。

她现在同时在拍十几个人的纪录片，全部是女性，这些人都是看了《姐妹》后打电话找到章桦的。她们都生活得挺艰难，像章桦早先那样，有苦没地方说，不敢说。

我问章桦："为什么她们不去找电视台？现在，反映老百姓生活的栏目也不少啊。"

"我想可能是因为我们有相同的出身，相似的经历，我绝对不会歧视她们，更能理解她们。另外，我以前是干发廊的，职业卑微，受人歧视，但我现在改变了，先不说事业成不成功，但我在一步步往前走。我最大的改变，还不是职业的改变，而是彻底改变了心态。从某种程度上讲，我成了她们的偶像和精神寄托，她们希望能像我一样改变。"

"你收获的是你的经历，你获得的满足，也是别人体会不到的"

拍女性题材，章桦拍起来方便，也有优势。她长得瘦小，常不为人注意。而且跟拍摄对象见面就熟，没有距离，她们什么话都跟章桦说。现在，连李京红都拍不过她，直纳闷：为什么章桦拍的人，眼神里看不到一丝慌乱和陌生，很真实自然。

只有初中文化的章桦，时常也感到压力。真以拍纪录片为职业，往后的路怎么走，能走多远，她信心不足。

有一次，李京红带她去电影学院，见一位专门研究纪录片的教授。教授给她打气："章桦，拍纪录片跟你有多少文化没太大关系，拍纪录片本身就是一种生活。拍片的过程，就是学习的过程，你拍到了，也就学到了，是向生活学。但你也要有心理准备，拍纪录片很苦，你还可能会穷一辈子，永远都攒不下钱。但你收获的是你的经历，你获得的满足，也是别人体会不到的。"

章桦自嘲：拍着拍着，我把自己的欲望全拍没了。对钱的欲望，对感情的欲望，都没了。"干发廊那会儿，挣了钱随便花，穿得花枝招展。现在人也不化妆，也没心思打扮了。但是，片子剪出来一看，自己都有些不太相信：这么好看，真是我拍的？这种快乐以前没有过。"

自打拍上纪录片，章桦说自己几乎没在床上睡过觉，就像李京红以前拍她们那样，常睡地上。她拍摄的对象都是些生活困难的人，章桦不住宾馆，而是住到拍摄对象家里去。

章桦在拍武汉的一户人家，已持续拍摄了一年。这是一个 4 口之家，家境本来不错。突然有一天，当英语教师的大女儿，被发现得了乳腺癌。本来马上就要结婚、新房都装修好了的快乐女孩，突然间失去了一只乳房，还失去了未婚夫。

家里顿时大乱，灾难还在继续。

25 岁的妹妹，眼见姐姐的不幸，一下子精神失常，她一犯病就要打父亲，把所有的怨恨都发泄到父亲身上。打得实在太厉害，不堪忍受的父亲选择躲避，离家出走。妈妈只能硬撑着，忍受着小女儿的折磨。

治好俩孩子的病，得花掉多少钱啊。亲戚朋友再也没人借钱给这家人，借了钱，他们有能力还吗？本来好端端的一个家，在重病面前如此脆弱，一下就陷入了生活的绝境，到了崩溃的地步。

母亲每天靠捡菜叶维持生活，而做工程师的父亲，为了一点儿可怜的自尊，要跑到几公里外才好意思捡垃圾。大女儿给章桦打电话，头一句话就是："章桦姐，我一点儿活下去的勇气都没有了，真想死！"

去武汉，见到这家人，章桦感到了现实生活的残忍。"难以想象！看不到希望，从没看见这家人发自内心地笑过一次。再这样下去，这个家肯定完蛋。"

我问章桦："你拍了他们，又能怎样呢？"

她答："我现在拍的多是问题家庭、病态人生。开始拍摄时，他们的状态很不好，跟我接触一段时间，拍了一阵子后，他们在慢慢地改变，一步步走出阴影。其实很多家庭问题，也是社会问题。现在，需要帮助的人太多太多，我不可能帮太多的人，我也做不了很多，只想陪他们走过最艰难的一段路。希望最后，他们能变得阳光起来，像我现在一样。"

拍了一年多还想拍下去，这个家会有什么事情发生，最终能拍出什么样的片子，章桦说自己也不清楚。但只要有事，这家人就会给章桦打电话，她就会赶过去，好像是家中的一员。

"饶阿姨是我至今为止见到的最阳光、最让我佩服的女人"

但有时，面对自己拍摄的东西，章桦说真怕自己会拍疯掉。

拍武汉的那家人时，有一天，小女儿犯病，又打她的父亲。打得太厉害了，章桦放下机器，上去拉架。怎么拉、怎么劝，那个女孩还是躲开章桦，继续殴打她爸，下手极重，拿板凳砸，砸得人露出骨头了，很可怕。

"再这样打下去，还不得出人命啊。一着急，我先动手打了女孩。"但女孩子只是一愣，然后躲开章桦，继续打她爸，而且打得更疯狂。章桦说自己真急眼了，扑上去，拼尽全力，把这个又高又胖的女孩按在地上。又打了110，才把女孩送进医院。

事后，章桦也害怕。"她是一个失控的精神病患者，如果她冲进厨房，拿把菜刀把我砍了，我也得认。"回北京后，别人埋怨她这么精彩的场面，没拍到太可惜了。章桦说那种场合，我还拿个机器拍，太残忍了，就是拍了也不会用的。

在武汉，章桦刚刚认识一位"饶阿姨"，这是一个曾遭受过很大不幸的女人。她的出现，让章桦感到振奋，给片子增加了一个亮点。

"本来她是一个非常漂亮的女孩，25岁时，被严重烧伤，所有的人都不敢见她，外表挺吓人。但一跟她接触，发现她特别阳光，跟她谈话特别舒服，完全是一个心理健康、精神健康的人。她也是一点点走出心理阴影的，现在她已具备心理医生的素质。亲身经历，现身说法，那种刻骨铭心的改变，最有说服力。本来一些人想通过她找心理医生，见了她后就不找了。"

听章桦的口气，她非常佩服这位饶阿姨，一个劲儿地向我介绍：她自己就是个医生，还是劳模呢。生活得很快乐、很独立，专门帮助那些弱势的人。

"一直以来，我接触的人、拍摄的人，都是一些苦哈哈的人。他们不仅经济状况差，精神状况更差，一点儿都不快乐。饶阿姨是我至今为止见到的最阳光、最让我佩服的女人。"

现在，这个饶阿姨愿意跟章桦一起，帮助那个绝望中的家庭。

又一群女人的故事，构成了纪录片《姐妹》的第二部，这将是关于社会底层女性问题的影像报告。

至此，章桦完成了人生角色的转变——由一个被拍摄者到一个拍摄者，由一个被人关注的发廊妹，成长为一名关注别人的纪录片工作者。

2005 年 8 月

照片提供：章桦

屋里的东西都是二手的，电视机、饭桌、书桌。只有我的心，没有转过手，还清清白白是我自己的。

北京梦寻

在北京，这座几千万人口的大都市里，有这样一个青年群体，他们来自五湖四海，有知识，不少人接受过高等教育，他们带着自己的梦想，在北京艰难地漂泊。

我们默默地、没有名分地漂泊在这个名叫北京、叫上海、叫广州的地方！我们或孤独或快乐地漂在这个叫"外地"的地方！

也许，你也在一个不属于自己的城市漂着，正寻找那片属于自己的天空，就好像落叶般轻飘飘地无根滑落……

我们漂着，我们辛酸着，我们快乐着！

为了梦想漂泊在外地的漂一族，就是那一群在痛苦和快乐的夹缝中生存的年轻的生命！

[1] 春运伊始的北京站　　[2] 来来去去　　[3] 范明星

如果你也在漂着，无论你是漂在哪里，请记住这里，"北漂在线"永远愿意做你忠实的朋友！

——谨以此站，献给那些为了梦想正在漂着、即将漂着和曾经漂着的人；

献给那些艰苦的、快乐的、幸福的漂一族！

漂来漂去，漂者的艰难是什么？漂者的快乐是什么？漂者的梦想是什么？漂泊的归宿是安定，可是他们，最终会在北京或其他哪个繁华都市找到立足之地吗？范明星和他的"北漂在线"网站，像一扇窗户，让人瞥见了无数"北漂"的影子。

"人家一看是专科的，就放一边了，甚至连面试的机会都不给"

和北京街头匆忙的上班族没什么两样，范明星衣着整洁入时，讲标准的普通话，倾听时眼神专注。他的老家是江西余江的一个小乡镇。说起自己的北漂生活，他讲最初就是一时冲动。

1997 年，高中毕业的范明星考上了当地师范，就地读书，毕业后能在家乡某所中学或小学当教师，过安稳日子。可范明星说早就厌倦了家乡的平淡，渴望到大城市寻找更精彩的生活。"很多小城镇的青年，都是我这个想法：一定要跳出来，一心想走到外边去。不满足一辈子被禁锢在那么一个小地方，但出来后干什么并不清楚。我从小生长在农村，高中才去县里读。但县城也是个很保守、封闭、传统的小地方，接触不到社会，不了解外边竞争有多激烈。"

揣着父母给的6000元钱，拎着一只箱子，范明星独自上了开往北京的火车。头次出远门，在北京没任何熟人，两眼一抹黑，脑子里只有梦想。后来他才知道，许多北漂人的北漂生活，都是这样开始的。

正值夏季，不少民办大学都在北京火车站设摊招生。一出车站，范明星就看到了这些学校的招牌，他挑了一所有点儿眼熟的学校报了名，专业也是在车站现选的——国际贸易。校车直接把人拉到北京郊外的一溜儿小平房。当晚，范明星就交了学费和住宿费。

"多悬啊，万一被骗了怎么办？"有人问他。范明星说："真被骗了，当时我一点儿办法都没有。但幸运的是，这所学校挺正规，通过参加全国自考，可以拿到大专文凭，是国家承认的。"

民办学校对学生的管理很松散，课后基本没人管。学生身份很杂，有些人已进入社会，年龄跨度也大。学生宿舍是一大片平房，位于城乡接合部，是外来人口杂居区，社会闲散人员也多。他们看学生老实好欺负，就跑进宿舍区打架、偷东西。在学生内部，家里有钱者居多，但也有特别贫困的人，能感受到明显的贫富差别。学生中还分有帮派，比如东北帮等，说严重点儿，就是黑白两道。

"通过这里的生活，我了解、适应了社会。它就像是学校和社会的一个缓冲区、过渡带，让我看到了社会的复杂性。单纯从生存上讲，人适应得很快。假如我一下火车就跑到社会上，没有任何生存技能和意识，肯定适应不了。但在这个学校，我完成了这种过渡，也学到了东西。"

一开始找工作是通过报纸、网络、招聘会。"纯粹是瞎找。"范明星说，"我没有正规大学的毕业证，简历也写不好，还是手写的。在招聘会上，人家一看是专科的，就放一边了，甚至连面试的机会都不给。我也不知道自己适合做什么，能做什么。"最后，一家IT小公司接受了他，每月800元工资。

"都说第一份工作很重要，我是歪打正着。这家公司是搞软件开发的，正在建北京

［4］国展招聘会　　［5］网友们一起去福利院

房地产数据库，我负责搜集资料，这让我有机会摸清了北京房地产市场。"

两年后，网络兴起，一些房地产网站出现，凭着自己掌握的资源，范明星跳槽到了一个中型网站，从一个小业务员变为网络编辑，月薪涨为 3000 元。

"这时是我初入社会不久，面临着工作、租房等各方面的生存压力，我深刻感受到了北漂人的酸甜苦辣。于是就想建一个北漂人的网站。我自己花钱租服务器，一点儿一点儿地制作网页。"

2002 年 12 月，范明星建起了"北漂在线"网站。

他先后又漂过沈阳、上海，最后漂回北京，在一家报社做房地产广告，算得上是个小白领，同事中 90% 也都是北漂族。

"我的梦想把我带到北京，我义无反顾地来了，它却不见了"

不管漂在哪里，范明星的业余时间多花在"北漂在线"上。经过多次风格迥异的改版，"北漂在线"有了今天的模样。

"我选文章的标准是要能打动人，只要能打动人的故事就是好故事。因为在其中能看到我自己，以及无数北漂人的影子。能反映北漂人真实的生活，就足够了！"范明星这样说。

《我的梦无法"转正"》，称得上是"北漂故事"里的代表作。读后，让人心中苦涩：

我去一家杂志社领稿费，230元。帮我把这1000多字"兑现"的编辑送我出门时，我说这两百多块钱我要花两个多星期。她瞪大了眼睛看着我说：不会吧，我知道你半年前还有两层的小楼，七八万的年薪。是的，那是半年前，但现在已换了人间。

半年前，我在四川的一个小县城上班。小城真小，坐车半个小时可以绕城市做圆周运动。我的单位是一家全国知名的企业，我是这家企业报纸的主编，领导着一个月出两期的报纸。小城的生活成本很低，5毛钱可以买一大堆青菜，我在单位享受中层干部待遇，年薪7万多。但是，我终于厌倦了这种生活。一年到头没有一次出差的机会，单位也没有假期让我去花自己攒下的钱。每天朝八晚五，一成不变，生活里没有任何惊喜和期待。

我老公是政府公务员，交际广泛。每天下班回家，我都见不到他，我能做的就是一遍遍地给他打电话问：老公，今晚回家吃饭吗？老公，你几点回来？问到最后，我索然无味，镜子里那个寂寞空虚的女人是我吗？那个日渐憔悴的女人是我吗？那个发表了一部小说和若干散文、手里捏着两个本科文凭的才女，就要这样日复一日地将自己淹没在死水一样的生活里吗？一个埋藏在心中很久的梦在无数次的诘问中突然苏醒：我要去北京，我的梦在北京！

2002年的春天，我毫不犹豫地辞掉了许多人羡慕不已的工作北上。我要在北京奋斗，写漂亮的文章，买漂亮的房子，然后把老公也"吸引"过来。

站在北京宽阔的大街上，我的心里一片敞亮。我应聘到一家刚创立不久的娱乐杂志，接触到的全是时下最红的明星。当那些平时只能在电视里见到的名人坐在我面前与我侃侃而谈时，我几乎不能相信这就是我的生活。

但我高兴得太早了。一个月后领工资，月薪只有2000元，自己采写的稿件千字只有30元。面试的时候老板并不是这样说的啊。找老板要说法，老板的解释只有一条：投资方资金不到位，大家先努力干，等杂志干起来了，不欠大家1分钱。一同应聘过来的七八个同事都有种上当受骗的感觉，但是有2000块钱总比工作无着落要强，这么想着，大家都定下心来。

我在单位附近租了一室一厅，相对于家里的两层楼的房子，我这已经很"将就"了，但后来我发现这在北京已很"讲究"。一个外来的打工者，谁会轻易把1400元钱每月按时塞到房东手上？对无数闯北京准备打持久战的人来说，那也许是后来的活命钱。

我很快入不敷出。无休止的加班和丝毫不见涨的工资开始让我喘不过气来。让我掉入痛苦深渊的是我的丈夫，在我走后短短的几个月，就向我提出了离婚。我心如止水，他可能从来就没好好爱过我，所以他不会想到我正处在最艰难、最需要帮助和安慰的时候。令我吃惊的是我居然很爽快地同意了。5万块钱，就买断了我几年的婚姻生活。我没了退路，我成了一只断线的风筝。

我只有用拼命地工作来化解我的痛苦。3个月后，我找到老板要求转正和加薪，老板有言在先，试用3个月，合格的转正，不合格的延长试用期或走人。老板说：在编辑部里，你很敬业，文章来得也快，你一期上20个版面也是有目共睹的。但你还是不够合格，有些很细小的地方你很不注意，比如，每次接电话时，应该很礼貌地说"您好，这里是某某杂志社"，才显出我们的层次和形象，可你每次都说"喂"，给人印象很不好。再有，几个特约撰稿人的电脑在办公室里，你不能随便用。这就是拒绝给我转正加薪的理由？接电话不能说"喂"，非得等到现在才说它重要无比？办公室的电脑你不是说过只要有空的随便用吗？我几乎气得摔门而出。

几个同事同情地凑过来，说，编辑部里你看有谁转正呀？还是趁早留心其他地方吧。

我的心阵阵地痛。我多么喜欢这份全新的工作啊，我每天日出而作日落不归。每采访一个人物，我不仅是完成任务写好稿子，也是真心和他们交朋友，所以我也从不把电话费和的士费拿去找老板报销。可老板并不想给我长久干下去的机会。每天都有人揣着过硬的文凭来应聘，他胸有成竹地让所有人都"试用"，不满意的，走人！

为了不至于成为北京街上的无业游民，为了维护最后一点儿生存的自尊，我忍气吞声地决定再干一个月，同时开始寻找新的工作。

一次，从一个朋友家出来，好心的朋友说，你要坚持住。记得那是一个晴朗的天气，太阳明晃晃地挂在头顶，我抬头想看清那太阳的形状，但是它刺痛了我的眼睛，我的眼里满是泪。

坚持的意思就是挣扎，就是二万五千里长征吧？想起这如梦的一年。这一年，我抛弃了我厌倦的国有企业的工作，顺便失去了我的婚姻；这一年，我"暂住"在北京，无房无车无户口无编制无档案无爱情；这一年，工作让我没有了生活，我的身体也滑至亚健康状态；这一年，我几乎是在用离婚的钱填补生活的漏洞，我还得省着点儿花，因为我不知道这种入不敷出的日子还要持续多久。

我走出朋友家的门洞，看见门前矮矮的四季青下，还躺着去年冬天的雪。还没完全融化的雪，被街道边扬起的尘埃覆盖着，变成了黑色和褐色。当它扑向大地的时候，曾经是怎样的圣洁轻盈、洁白如梦！

生活真会开玩笑，我的梦想把我带到北京，我义无反顾地来了，它却不见了。

"我气急了，奋力挣脱他们，从衣服里掏出暂住证，朝他们喊：我有，我有证件"

范明星至今还记得，从家乡日夜兼程赶往北京时的心情。"那些对未来的憧憬和梦想让我激动得彻夜难眠。所谓的背井离乡这样一些伤感的词语，在我当时看来无非是弱者的无病呻吟。但是，这种热情和一厢情愿甚至连一个冬天都没有挨过，很快就在这个北方城市的严寒中消失得无影无踪……"

有一天，范明星和同乡从紫竹院公园门口经过，突然被两个警察拦住："喂，站住！暂住证，有吗？"范明星说自己清楚地感受到了居高临下的口吻和毫不掩饰的轻蔑。

"愤怒和屈辱使我一时说不出话来。我气急了，奋力挣脱他们，从衣服里掏出暂住证，朝他们喊：我有，我有证件！"

走在华灯初上的大街，范明星看着自己的西服和领带，回想着刚才怎样尽量用标准的普通话向警察申诉和辩解。

"忽然之间，我明白了，那不顶用，无论是西服还是普通话，都不顶用。它们改变不了什么，因为我没有北京户口，我只是无数北漂人中一粒小小的沙子。"

经历了8年北漂生活后，范明星这样总结北漂人的"酸甜苦辣"：

酸：离开家，独自奔波于一个陌生的城市里，穿梭于陌生的人群中，是寂寞之酸；寒暑佳节，对窗单饮是思乡之酸；寄人篱下，对房东忍气吞声是无奈之酸；因为是外地人而受到歧视，是即将爆发的气愤之酸；找工作，看到限北京户口字样时，是侮辱之酸；没有户口，漂泊不定，是无根之酸；漂在不属于自己的城市，感情也在漂移不定，是悲痛欲绝的酸；北漂了很久，因为漂着，注定有一天要离开这个城市，这种感觉最酸。

甜：一个人，在陌生的北京，为了自己的理想而打拼着，是自豪之甜；一个人，赤条条漂在北京毫无牵挂，没有约束，是自由之甜；日夜努力，工作结出硕果是成就之甜；同是北漂人，对酒当歌，是酒逢知己之甜；陌生的城市，相拥爱人花前月下，是浪漫之甜；在辛酸中寻找快乐是苦中带甜；家中传来的一句问候、一句关怀是北漂人心中的最甜。

苦：囊中羞涩，是难言之苦；为省钱使用冒牌月票被抓时是尴尬之苦；坐上300路公共汽车，每天把自己挤成照片是压迫之苦；为了房子一个月搬家6次，和不喜欢的几个人合居一室是强忍之苦；没有暂住证被警察逮住做盲流处理时是无助之苦；受尽外人冷落是欲哭无泪之苦；寒冬酷暑，为工作没日没夜奔波是黎明冲破黑暗前的分娩之苦；北漂人的心思外人不能理解最痛苦。

辣：吃苦耐劳，是北漂人美德之辣；加班三天三夜不知疲倦、一丝不苟是敬业之辣；工作充满干劲是活力之辣；北漂人尝尽生活百味是又麻又辣；北漂人的爱情因漂而更甜蜜是调味之辣；北漂人永不服输的这种性格最辣。

难得的是，有过种种漂泊的艰难后，他仍保有一颗积极向上的心，为自个儿的明天打拼。"北漂在线"也成了北漂人互相激励的地方。范明星选了不少漂友乐观调侃的帖子。比如下边这段：

我自嘲是一只进城的老鼠，对城市的新奇和好感超过了对周边环境的挑剔，所以对上帝把我归属到这个住满了来京打工的年轻人的村子，基本没什么意见。

这是个"闹中取静"的地方，当然不是什么高级时尚住宅区，也不是CBD，而是东五环内一个想与闹市接轨暂时还没有接上的村子。燕莎商场、光明饭店离我的住处只有十几分钟车程，富丽与豪华离我这么近，但是车到酒仙桥商场往南一拐，繁华陡然不见，只见一条被碾压得伤痕累累的公路，路两边堆满了小山一样的垃圾，一条污水沟里漂着菜叶和白色泡沫。车声渐渐稀了，行人渐渐少了，周围是一片乡间的萧条寂静。

平房里没有暖气，房东给了我一个炉子，可以烧水做饭。炉子边上装了一个排气管，圆圆的管子很粗很长。炉子生火后那根圆管就跟暖气片一样发散着可爱的暖气。既廉价取暖又不担心煤气中毒。住进来的第一天，我想如果我混不下去了，就专门把这种有供暖装备的炉子贩到南方去卖。

屋里的东西都是二手的，电视机、饭桌、书桌。只有我的心，没有转过手，还清清白白是我自己的。

那年我19岁，坐在南方一所"高四"班的教室里。老师站在讲台上又开始发模拟试卷了，高三一年，题海战术已把我淹得奄奄一息，若今年只是去年量的重复和加强，我考大学的幸运指数几乎为零。窗外的蓝天上，一群大雁飞过，那是北方飞来的大雁吧？

春节刚过，邻村的一个年轻人在我们村里招工到北京。那节几乎能把人挤成照片的车厢里，多了一个从高三补习班上撤回来的我。北京，那时在我心里是一个无与伦比的名词。

我进了朝阳区一家技术股份有限公司，公司生产的是高科技产品，90％以上的产品出口，但我的位置却只能在车间的生产线上。

"吃得第一等的苦，才能成为第一等的人"，不记得这是谁的名言，我把它当作了座右铭。摸爬滚打半年后，我从车间调入办公室做统计。随后，我报考了北京经济管理学院会计系。

一个人的起点虽然不能决定他的前途，但绝对影响着他的发展速度。脱下工装的第一天，我就决定走"知识改变命运"的道路，不犹豫也不回头。我每周的上课时间是两个半天加一个整天，那几年，生活的全部内容只有两件事，上班和上课。于是所有的白天都在外面，赶车、挤车，吃方便面。人像机器一样快速地转着，也差不多像机器一样没有七情六欲，只有恶心的感觉，来自方便面和汽油味。5年，拿到一个会计大专毕业文凭时，我几乎落泪，为了挤进这个城市，我还要付出多少？

各用人单位喜欢高人才消费，我也马不停蹄与时俱进，一拿到会计专科文凭就参加了会计师资格考试。这时，我已换到了一家汽车配件公司做会计。会计师考试并不容易，很多人参加了学校的辅导学习班，一门课程300元，据说通过的概率能提高50%。我舍不得交那笔备战备荒的钱，只有开动几倍于别人的脑筋来理解知识要点，用上几倍于别人的时间来体会只影孤灯。

人一咬紧牙关，连上帝都不忍再考验了，我的会计师考试最后一科终于通过，比那些参加辅导班的同学还早了一两年。我以为我会激动得大喊大叫，把那些住在附近服装厂和修理厂的一下班就喝酒打牌的老乡们喊过来大吃一顿。可那一天，我居然平静得像家门前那条在初春还不解冻的小河。我一直都太清醒，因为清醒，我无法堕落；也因为清醒，我无法解脱。我就在自己通往城市文明的路上努力着，奔跑着。

我的目标是考注册会计师。

"最头疼的不是工作，而是找房、租房，无休止地搬家"

有个河北大学生，写信告诉范明星，觉得现在学习没意思，待的地方也没意思，想休学上北京，问他好不好？

"我告诉他，你先要想好了，你来北京干什么？是学习还是找工作？在北京，一个月光是生活成本至少1000多块。找工作，你能干什么？再说过一年就毕业了，休学值不值得？作为一个过来人，我当初就是稀里糊涂来北京的，我不希望他也冒冒失失地撞进北京。"

我问范明星，北漂人最大的生活难题是什么？他毫不迟疑地答："房子！"

QQ聊天时，漂友们感叹最多、最头疼的不是工作，而是找房、租房，无休止地搬家。

范明星给我算了一笔账：一个北漂人，按每月收入三四千算，合租房要七八百，条件稍好的房要上千。吃饭要六七百，另外还有交通、通信、正常交际费等，杂七杂八一个月得 3000 块，其中房租占大头儿。剩余的一两千块还要给家里，许多北漂人都是从小地方、农村出来的，要给父母寄钱。

"不吃不喝也得攒 3 年，才够交房子首付的。像北京这么高的房价，对大多数北漂人来说，只能望楼兴叹啊！"

租房子住，会碰上各种麻烦事。比如房东不好，合租的人处不来，遇上黑中介，随时准备挪窝儿。几乎每个北漂人都有自己搬来搬去的故事，"北漂在线"的来稿中，讲搬家、租房的事儿也特别多。

故事一：

来北京短短两年，大大小小我先后搬过 7 次家，依次动用过自行车、脚蹬三轮、机动三轮、面的、中巴等搬家工具，从这里可以显而易见地看出，我的"家产"是越来越多。可惜我只是北京城一家小公司里的一个小职员，我的财产除了书和衣服外，就是总共价值不过几百元的旧家具、旧彩电。

如果稍长一点时间没联系的朋友在不通知我的情况下对我"突然袭击"，他就完全可能会扑空，我早"转战"其他地方去了。有两三次家搬得不远，顶多算挪挪窝儿而已。有一天，一个朋友去原来的家里找我未果，在巷口失望地徘徊一阵子，正准备挥泪而去的时候，蓦地看见我拎着瓶啤酒晃晃荡荡地走来。其他几次则可以用"乾坤大挪移"来形容，忽东忽西，忽南忽北，搞得个别哥们儿逮着我就痛骂："你是属耗子的？整天价搬来搬去累不累啊！"

累！怎么能不累呢！腰酸背痛、汗流浃背不说，为了年底不被扣掉的那点儿奖金，无论春夏秋冬搬家我都选在晚上。听人说"天黑不宜搬家，容易丢三落四"，所以每次搬家我都得瞪大了眼珠子，生怕落下一块煤球一根火剪什么的，"家穷值万金"啊。

去年 3 月一个漆黑的夜晚，下了班后到桥底下叫了辆中巴帮我搬家，拾掇完上路已经是晚上 10 点了，车行至南三环中路，终于遭到了整天搬家的报应，车在路中间抛锚了。和司机撅着屁股好不容易才把车推到辅路上，累得满头大汗，还要把车里的东西一点点拎出来，等待救援。铝壶、铁锅、行李卷、锅碗瓢盆、臭皮鞋……在马路边上一字排开，活像个摆杂货铺的，心里暗自发誓：以后打死我也不再搬家了。

呵呵！不好意思，没在新搬的家住满 4 个月，我，又搬了。

故事二：

表哥到北京出差，顺便来看我。我那天要加班，只有在电话里一遍遍地教他怎么走：坐701到酒仙桥商场下车，再花4块钱坐"摩的"到将台洼居委会，然后沿着居委会的墙脚一直往巷子里走，走至第二个十字路口往右拐，旁边的参照物是左边有一个小卖部，右边有一个旱厕所——当我在脑子里画着自己家的地图时，我心里忍不住抱歉，这一片都是五六十年代北方的老式平房，低矮破旧的建筑加上厕所里飘出的异味，足以打碎一个旅游者的北京梦。

表哥坐在我的简易沙发上，说，真不愿意相信，你一个会计师，住着平房，一个月收入还不到2000块，还是回去吧。

回得去吗？我问自己。

刚来北京时，我住在酒仙桥附近，一间平房，月租200块。过了一年多，房子拆迁，周边的地价迅速攀升，房租也水涨船高，我只得搬到了更远的铁路边上，房租仍控制在200元以内。整整3年，我听着列车的轰鸣声睡去和醒来，想象着一拨儿年轻人激情万丈地加入北京，又一拨儿年轻人失魂落魄地离开。

有一天，铁路旁边的房价也涨了，我就又往后退了，搬到了现在住的地方。一间15平方米的平房，出房门是一个露天走廊，有公用的自来水，露天走廊再往外是过道，靠墙码着半人高的蜂窝煤。可是这样逼仄的地方我顶多只能住两年，这周围一大片土地都被后面一个污水处理厂买断了。我们的房东，靠多年的房租和土地征迁的补偿费在城里供楼供车，而无根的我们，只有再退。可是，再往后退，就退到五环外了。而我的心，不是想一步步攻入北京的心脏、进入一间间漂亮的写字楼吗？

城里的房租多贵呀，动不动要价1000多块，我能勉强搁下自己的身体，到哪里搁柴米油盐的日子？

回老家的镇上或县里，以这些年的闯荡经验，或许能谋得一份还算体面的工作。即使在家种地，也至少可以呼吸田野新鲜的空气，住父母已盖起来的两层楼房。可是，我已经适应了这里的一切，紧张有序地上下班，有暖气的办公室，反倒是回到老家，晚上不敢钻进冰凉的被窝。最重要的是，我抽身而退，是承认自己失败，还是承认自己无能？

对于未来，范明星认为大部分北漂人感到茫然。回老家？留北京？漂的结果可能让人尴尬：北京留不下，老家不想回。

"回老家？不甘心！可能别人一个月拿800块，我能拿到900块，仅此而已。比如我从事网络、房地产，我们老家也没有，没法儿施展，而且生活上也有许多适应不了了。"

可也不能总漂着，漂到了30岁就必须选择，否则，人的危机感会越来越强，社会竞争越来越激烈，更年轻的人又一批批地闯进北京……

"大多数北漂的理想归宿是，能在北京郊区，比如通州买上房。有了自己的家，才算结束漂泊不定的生活。"范明星现在没买下房，也没北京市户口，还没在北京真正安定下来，为了理想的归宿他得继续打拼下去。

采访中，范明星跟我讲的更多的是"北漂在线"往后的设想："网站仅仅是交流诉说、慰藉心理还不够，希望能为北漂人提供实在的服务，我一直想开一个信息专栏。北漂族是一个庞大的群体，谁的公司要招人，可以在第一时间发到网上，漂友中可能正有人急于找工作，应聘时也有个熟人在里边；比如房源，每个北漂一年至少搬一次家，腾出的房子，可以给别的漂友住，这比到黑中介那儿找房源可靠；再比如二手电脑、电视、冰箱等，大部分漂友都喜欢买旧货，你不需要或更新掉的东西，可能正是别人特别需要的。假如'北漂在线'能有10000人的有效访问量，这些就可能实现。"

可是眼下，"北漂在线"还是范明星一个人撑着，一直面临人手、技术等困难，但他说会坚持下去。

"我一直坚信北漂人，是不轻易放弃的追梦人，'北漂在线'也一样！"

2005 年 2 月

什么才叫混得好？我的理解是这样：有一份自己的事业，每天过得很有激情、很充实；身边的朋友遇到困难时，我有能力帮助他们；我的家人，因为我的存在而感到欣慰、幸福……

2013 好好混

刚过完年，在北京望京网上，我看到一个置顶的帖子：《北漂回归，2013 好好混》。

发帖的网友叫"晓风科科"，在帖子里，他写了自己这两年在北京的经历，像工作、失恋、买房，以及刚从老家回来的心情。很快，跟帖就有 8 页，有人唏嘘感叹，有挪揄提醒，更多的人是加油打气。

我给晓风科科发了私信，很快收到回复。他说自己现在是一家外企的工程师，正在武汉出差，得一周后回北京。

"你采访我什么？我要不要准备准备？"他问。

"不用，就是聊天儿。"我告诉他，"聊聊你现在的生活，聊聊你现在的状态。"

"行吧！那见面聊。"他答应了。

［1］"晓风科科"的老爸老妈　［2］刚买的房子（客厅）　［3］晓风科科

下面就是他给我讲的故事：

在北京本身压力就够大了，如果不能把自己思想抬上去，人很容易颓废的

初五晚上，我坐火车从老家济宁回北京。下午三点半从家出门，先坐汽车去市里的火车站，晚上 7 点检票上车，初六凌晨到的北京。

火车刚走了一站地，三姐就打电话来，说老爸下午吃饭喝了点酒，傍晚在院子里抹泪，就觉得他老人家没怎么帮我，什么都得我一个人来……三姐说着也哭了。我一边安慰她，一边控制自己，心里酸酸的。

老爸今年 67 岁了，老妈 65 岁，大姐 41，二姐 39，三姐 35，我今年 27。虽然父母在老家生活很规律，二姐家在附近，把父母照顾得很好，他们身体很健康，感觉跟 50 多岁一样，老爸还在家弄了鱼塘，可是，总禁不住年纪催人老！大年初一晚上，老爸睡觉前，站在卧室门口说："又长了一岁啊！"我听了心里怪难受。

我是在东北大学读的研，学的是工业电气自动化。在校园招聘会上，我签了徐工集团。当时觉得徐州离家近，坐车俩钟头就到了，方便照顾父母。但去那儿起步低，实习时间长，要一年才能转正。实习时工资才 3600 元，转正后能拿 5000 元，3 年后差不多有 7000 元。像我家这条件，我等不了那么久。

我算了，徐州租房便宜，两室一厅也就 500 元，但我再花花，一年下来能攒两万元就不错了。2011 年过年时，我已经在北京这家外企实习了两个多月，当时很纠结：是去徐州，还是留北京？春节回家问我爸，在我们那儿的人心目中，北京还是很神圣、令人向往的。我爸让我先别管他们，去北京！

进这家外企，我主要考虑是它待遇好、挣钱多，而且能学很多东西。公司出差费高，补助是按天算，我进了一个出差多的部门，以提高自己的攒金速度。部门经理和人事经理面试时，告诉我可能解决不了户口，我说没关系。当时我顾不上这个，只能顾一头，先挣钱再说。

刚来北京要租房，还要添置生活用品，所以花了不少钱。一开始，我住花家地北里（属于北京东北部望京地区，算是不错的地段），租了一间地下室，一个月房租 500元。地下室以前是人防工程，后来被人隔成一间间屋子，里边很深，住的人多。我是想，能省点儿是点儿，再就是我老出差，也不总住，租太好的没必要。但问题是，地下室上不了网，没信号，我只能抱着笔记本上去，坐到小区里，用无线网卡上网、查资料。

泡吧、K 歌、蹦迪我都不去，一是咱经济达不到，二是也没那些爱好。周末没事就出去走，从望京坐 130 路，到雍和宫下，然后顺国子监往西，一直走到鼓楼大街，走到后海。这样走走，既健身又能看看老北京的建筑，挺有意思。

第二次租房是合租，我们一共 3 个人，租个两室一厅，一个月得交 1000 多元，我觉得费用还是高，自己又不常住，就搬走了。租床位很便宜，但我不喜欢。一是自己的空间没了，一间屋子五六个床位，人多嘈杂，休息不好；二是租床的好多人，收入不高，境况不好，常待在屋里喝酒、打游戏，有人一待都能待好几个月。他们思想消极，不能往上拉人，在北京本身压力就够大了，如果不能把自己思想抬上去，人很容易颓废的。

我现在住在孙河（位于北京东北郊），是一个朋友介绍的。那是个村子，村口有696 路公交车，花家地西里就有一站，下车走没多远就到公司。我住的人家，在院里加盖了几间厢房，我租一间，房租很便宜，一个月才 300 元。屋子挺宽敞，很安静，特适合看书。屋里没床，有个大炕，冬天没暖气。在北京 300 元能租上这房，真不错了。

[4] 曾在孙河租的房子　　[5] 曾住过的地下室

决定在北京这家外企工作后，一年能挣多少钱心里有数了，我制订了自己的三年计划：1. 给父母盖一套房；2. 带父母来北京玩一趟；3. 定亲准备结婚。

爸妈住的房子，比我年纪都大，是我外公在世时盖的土坯房。以前经济条件不好时，村里人住得都不好，没攀比心理。但这几年，好多人家盖了新房，也有盖两层小楼的，相比之下，我家的房子太破旧了。

我老家在微山湖边上，属于湖区，是比较穷的地儿。除了种家里的一亩二分地，我爸还养鱼和螃蟹。自从曝光有人用激素后，鱼的价格被压得很低。现在物价飞涨，猪肉都十几、二十几块一斤，我们那儿的鲢鱼，才卖两三块一斤。其实，我们那边还真不喂饲料，不是不想喂，是喂不起，太贵。所以，我们那儿养出来的绝对是纯天然、无污染的好东西。像我爸养鱼喂的都是水草、苇芽，捕点小鱼、小虾剁碎了喂螃蟹，只是生长慢，春天放苗，得过了八月十五才往上捞。

农村现在随礼很厉害，我爸挣的那点钱，一年下来，都用在人情往来上了。我是2011 年 7 月工作的，那年经济不景气，部门业务不好，我出差少，闲了好久，年底时只剩了几万元。我牵头，姐姐们又凑了一些，一共 8 万，过春节时把钱留给我爸。一过年，家里就开始筹建新房，当年春天就建好了。

房子是四室两厅的，有厨房、洗漱间、厕所，院墙是用空心砖砌的，这样能省点钱。现在我爸妈住得很舒服，心情也不错。

2012 年世界末日没来，老天却先打击了我

2012 年世界末日没来，老天却先打击了我。10 月底，从大学一年级就谈的女朋友，和我分手了。

我跟她是在校园认识的，我俩同级，她读英语，我念工科。大一时有一天，我跟同宿舍的 6 个哥们儿一块儿去参加校园英语角，第一个过来跟我说话的就是她。

她留了个齐肩短发，样子挺清纯、朴实的。她问了我一句英语，我当时就傻在那儿，不知道怎么回答，愣了半天，也没说一句话。后来知道她家也是山东的。

当时没手机，校园流行打 208 卡（电话卡），一张 22 元，能打 120 分钟，我那个学期打了 10 来张。我们天天就是打电话，见面反倒不知说啥好。有时在校园遇见了，我俩互相这么问答：从哪来？刚下课。你上哪？去吃饭。然后擦肩而过，走了。

我去沈阳读研时，我女朋友也考上了本校研究生。读完研，她来北京找工作，但不好找。她每天奔波着，参加各种考试、面试。北京是个大学都有外语专业，像她这种双外生（外地学校、外地户口），读研的大学既不是 985，也不是 211，人家看不上，正规单位不爱要，只能去辅导班教书。巨人教育、新东方都考过，过了几轮，最后还是被刷了下来。找工作不顺，对她打击挺大的。

我俩商量，要不就回老家，考教师吧。结果她真考上了，然后，我们就黄了。

她考上的是当地一家非常好的高中。我听了特高兴：你够厉害的嘛！开始她还常给我打电话，她说学校好多同事都开着宝马、奔驰上班。我没想太多，也没想到，当地会把教师的地位抬得那么高。

我后来专门去了一趟，住在离她学校不远的快捷酒店。一看学校的外貌，真是相当不错、相当气派。而且，她们学校还有资格推荐学生免试上清华北大。我大姐也住在这个城市，她说当地人虽然很有钱，但对公务员、事业单位上班的人还是很推崇，你就是有个千万、百万的，地位也比不上人家。像我女朋友这样的教师，对象很好找，能找个条件相当不错的。加上在我这儿，她一直没得到一个承诺，我没让她看到希望，家里对她逼得又紧……

她是9月中旬签的工作，10月底跟我吹的。以前她也说过：分了吧，咱俩不现实。我都以为她是开玩笑，没反应过来。后来才感觉越来越不对劲了。有一天，她又说家里给她介绍对象了，这次是个法院的。

当时我真急了，那会儿我正在嘉峪关出差，我给她爸买了两瓶酒，坐上火车往回赶。一万多里路，我几乎没合眼。到了地方后，我发现形势对我极为不利。我打算跟她爸妈好好谈，结果他俩都没见我。给她妈打电话，很失望。她说现在没房没车，谁会结婚啊！家产过亿的人，都上门提亲了。听得我心里很凉。

我在酒店住了七八天，人很沮丧颓废，整夜整夜睡不着，头发大把大把地掉。大姐一看我这样下去不行，硬把我拉到她家。三姐也赶过来，她俩也不去上班，整天看着我。

当时吧，心里就是特别特别难受，还是很舍不得她，每天都想知道她在干什么。不知道还好，知道了更难受。我整天啥也不干，就坐着。我姐她们拉我去看中医，开了些中药给我吃。住了一阵子，我就回了北京。

真是万念俱灰啊！我对啥都提不起兴趣，也不想上班。我的主管知道了我的状态，跟经理说了，公司有两个月没给我安排工作。整整两个月，我就在屋里待着，连电脑也不想摸，光是躺着，打电话。

公司一个月能报销600元的电话费，我办了手机套餐，能打2000多分钟，但这还不够，那两个月，我一个月能打到800元，3000多分钟。我一天不跟人聊上俩仨钟头，感觉就活不下去，期望用打电话去分散自己痛苦的感觉，但又不想出去见人。电话打给好朋友，聊什么都行，只要耳边有个声音，有个活物就好，一个人好像没了魂儿一样。

我没有再回头去找她，没希望了。

以前听情歌，只是觉得有些伤感，没太大触动。失恋后再听，完全不一样了，觉得句句都唱到我心里，一听眼泪唰唰地流，也终于明白一些悲伤情歌歌词的含义。我和女朋友已经有七八年的感情，她对我特别特别好，有好吃的先让着我，我生气了她也不生气。我早已习惯了两个人的状态，即使我出差，也不会觉得是一个人出去。

这是一个过程，需要我们自己跑出来，抚平伤痛、擦干泪水，抓紧让自己过得好一点

这事（失恋）发生后，我也很内疚、自责。她在北京找工作，我也没怎么帮，都是她自己跑，受了不少委屈，吃了不少苦。当时我在做一个大项目，老出差，一走就是几个月，没顾上她，一次都没陪她去考试、面试。

有一次，她问我：钱呢？我没敢吱声。我的一个农村亲戚要买房，差 30000 块钱，他说我无论如何也要帮他，否则女朋友就黄了。我手上只有 27000 元，又凑了 3000 元寄给他，结果我自己紧了好几个月。女朋友一问我钱的事，我就不敢说话，她肯定心里知道，挺生气才问我。

刚工作时，我曾在人人网上转过一篇帖子：《不要让你的爱情受到生活的考验》。里边说了个例子：主持人问台下观众，假如有人出 5 万元，换你的爱情，换走你的女朋友，愿意的举手？没人举。假如出 50 万呢？有人动摇了。假如 500 万呢？不少人举手了。假如 5000 万呢？台下只有一个人没举手，那个男生说要坚守自己的爱情，因为爱情是无价的！众人哗然。

当时顶帖的人只有一个，就是我的女朋友。那时我想感情的事多，想生活的事少。我总觉得，现实中发生的那些事，不会发生在我俩身上。那时我俩真的很好，什么事她都听我的。我的哥们儿都特羡慕我，说现在好多人闪婚，看你俩，能好这么多年，而我们过了那个年龄，找不到你俩这份感情喽！

我不怨她，还是自己不行，人家才走了嘛！我曾让她再给我点时间，再等等，但她等不得。她比我大半年，属牛的，我属虎。我对她说过：如果哪一天，你有什么难处，我有能力的话，一定帮你。但其他事，你不要跟我讲。

我希望她能幸福，但又不想知道她的事。她曾跟我说喜欢"别克君越"，我还纳闷：她啥时候变得这么懂车了？不但知道哪款车，连型号都说得出来。后来才知道，一个追她的男人，开的就是这车。以前有人给她算命，说今年农历三四月，她就能定亲结婚。我打算到时候换个手机号，我不想亲耳听到她的事。

我也挣扎着，希望自己快点走出来，尽量不让自己想她。现在虽然几个月过去了，但跟你谈起她，想起当时的状态，心里还是很难受。

她刚提分手的那会儿，我在外地出差。

有天晚上大伙儿一块儿喝酒，聊得正欢，一个当地同事，顺嘴问了一句我女朋友的事，我立马就控制不住了，眼泪哗哗地流……就像电影《失恋33天》中黄小仙说的一句话："这种感觉，什么时候是个期限？"

经过这事后，我发现周围失恋的人，其实挺多的，有些比我还复杂、还要痛苦。

大学时，宿舍住了6个人，其中俩哥们儿后来也失恋了。有一个比我还惨，女朋友催他结婚，他说刚工作，再等等，结果人家转身就跟别人好上了。

等我失恋后，我才能理解他，跟他当时的痛苦状态比，我们不是一个等级的。他的那种痛，可以说是撕心裂肺。他是搞铁建的，要经过一些荒无人烟的地方。最惨的时候，他一个人裹着军大衣，躺在雪窝里。周围没一个人，手机也没信号，就是想说话，都没人可说。

我在嘉峪关做工程时，有个同事失恋了，当时我还没那个体验。他蹲在电气操作室里，抱着头说：我真想大醉一场，大哭一场。我当时就傻在那儿，不知道该怎么劝他。

假如现在，我的哪个哥们儿失恋了，我不会跟他说没事，都会过去的。我会跟他讲当时我的心态，会告诉他，我曾经也非常非常难过，包括现在想起来，还是不舒服。这是一个过程，需要我们自己跑出来，抚平伤痛、擦干泪水，抓紧让自己过得好一点！我还会告诉他，如果你很难受，想找一个人倾诉，就给我打电话；或者你告诉我，我给你打过去，因为公司一月给我报600元，我现在用不了。

我没时间消沉下去，我想让自己动起来、忙起来

今年 1 月 7 号，望京网的一个网友说，后沙峪有个房子很便宜。还没走出阴霾的我，第二天就去看房。我没时间消沉下去，我想让自己动起来、忙起来。我更不想让女朋友觉得，她离开我是对的，多年后见面时说：你看你这个熊样，你就不能混得好点？

那个小区挨着六环，2003 年建的，六层楼，楼间距很大。在望京，我还没见到这么宽的楼间距。小区周围种了好多树，人车稀少。房子是三室两厅，132 平方米。进门感觉很宽敞，阳光很足，特别干净。厅很大，还送 10 平方米阳台。因为是顶层，房主自己还搭了个小阁楼。我一眼就看中了，这房对我最合适，总价又便宜，120 万元，我还受得了。去年，公司把我户口解决了，在北京，我有购房资格。

我父母那代人，对北京是很向往的。我大伯两口子来北京，去天安门的毛主席纪念堂，老两口都是哭着出来的。他们那一代人有他们的情结。我肯定会接父母来北京住住、逛逛。还有，我姐姐她们哪天来北京，也不至于把人都挤到客厅里，那我多尴尬。

当场，我就跟中介拍下了。1 月 9 号，我带上定金，约了房主谈房价。我想让她给降点儿，这样我可以少交些首付，公积金我只能贷 80 万。

一下午，眼看谈得挺纠缠，我把两万元定金放桌上说：大姐，我不是来跟你晃价钱的，我是诚心要买，你只要给降一万就成。最后她让了我一万。

我把自己一年挣的钱归拢归拢，算算 1 月份再发奖金后，能剩十来万元，首付还差 30 来万元。我匆匆给家里打电话，让大姐和三姐一人借我 10 万元，我没敢跟二姐提，她前几年生意失败，现在还欠了好多钱。没想到，大姐一下拿出 20 万元，等于把家底全掀给了我，二姐也找人给我凑了 10 万元，三姐家里的钱，都让三姐夫的妹妹用了，但也凑给我 3 万元。

先找中介网签，再跟房东面签，这样，匆匆地折腾着，把房子买下来。初八，我拿到了房本，可以说，买房计划超前完成了！

有网友说我，就是你们这种心态，影响了北京的房价，把它给哄高了！冤枉呵，我可是"刚需"！不是我的心态影响了房价，而是房价影响了我。这个房价，我现在还

够得着，假如再涨一涨，我又要白忙活儿好几年。

还有个网友说我胆子忒大，一下敢借30来万元，又贷80万元买房，没这么玩的，以后就知道压力山大了！

每月要还贷4000元。我的工资还有上升空间，到今年7月，我的公积金就能涨到一个月3000多元。拿到房钥匙后，我先不打算住，一人住那么大房没必要，先把房租出去。这样算，用公积金加房租还贷，足够了，富富有余，我一年挣的钱，该剩多少还剩多少。只是我姐姐们的生活会受一点影响，毕竟钱都借给我了。好在她们孩子年龄都小，暂时不会花啥大钱。我打算一有钱，先还她们。买房并没有限制我，也没让我心态不好，只会催我更忙乎、跑得更快。

流行的词，相对于"屌丝"，我更喜欢"逆袭"。我当然有过逆袭。初中我挨了3年饿，那会儿我妈生病，家里的钱都买药了。我爸替人捕鱼，挣得不多。我当时住校，家里每周给我15块钱，我不敢都花，只花8块。别人回学校背的都是书、学习资料，我背的全是馒头和饼。在学校不敢买菜吃，只买碗咸汤，就着馒头吃。人老是吃不饱，觉得饿。上课时，我净想着下顿饭吃点啥，学习突然不好了。初中毕业，我连普通高中都没考上，分数低得说不出口。我们村的人，集体鄙视我。

复读时，家里条件好起来了，我一周能拿到30块钱，而且不用省，全花掉。一份青菜一块钱，鸡架炖土豆才一块五。花两三块钱，可以吃得相当好。我每顿饭都能吃很饱，感觉特幸福，状态也特好。记得当时我用圆珠笔记英语单词，一天半就能用掉一根笔芯。那年，我不但考上高中，而且还考上重点高中。村里人听了全都不信，我逆袭了！

后来读研，我的导师特别厉害，考研前我就知道。考他的人多而且都挺优秀的，学校不是985，就是211，而我读的本科也不是什么重点。复试时，导师是主考官，他问我是哪儿的人，我说是山东的。他说他喜欢山东人。我跟了一句：我家是农村的。他说：好啊！我就爱收农村的孩子，他们欲望大，知道拼！

我现在依然相信爱情，有憧憬和希望。但生活既然走到这一步，有些物质的东西也应该有。作为一个男人，我应该把生活需要的东西准备好，我再也不想让我的爱情，接受现实生活的考验，我不想让人丑陋的一面暴露出来。

我把电脑里那些伤感的情歌全删了。受这件事的刺激，我想把我的计划更快地完成。

现在，本来一周能做完的事，我一两天就把它搞定，我要尽快把自己抬起来。

昨天还跟哥们儿聊天儿，我说像咱们这个年纪的人，自己哪会有多少钱啊！别人都是在拼爹，拼的是两代人，咱们只能拼自己，只能跟人拼步伐。

什么才叫混得好？有一份自己的事业，每天过得很有激情、很充实；身边的朋友遇到困难时，我有能力帮助他们；我的家人，因为我的存在而感到欣慰、幸福

今年过年，我是腊月二十七回的家。以前，我曾跟我女朋友说过：我家虽然家徒四壁，却很温暖，这是花钱买不来的。这个春节，是我们家在新房子里过的头一个年。一大家人坐在新屋子里，心情更好了。

大姐家三口，二姐家四口，三姐家四口，我单身，加上父母，一家人全齐了！因为冬天要在外边出差，公司给报销一件羽绒服，我自己没买，给我妈买了一件，是暗红色的。她平时不舍得穿，过年时，我大姐非让我妈穿上。她穿了，特别高兴。我买房后，父母心里也踏实不少。不然，他们老觉得我在北京漂着，租房子住，没着没落，怪可怜的。现在，孩子在北京也算有个窝了。

农村过年的一些老习惯，我们那儿还保留着，比如过油，就是炸东西，像炸鱼块、丸子、藕合什么的。吃的东西比以前丰富，肉也吃得多。但我觉得，最好的还不是这些，而是一家人团聚，坐在一块儿，说说话，聊聊天儿，感受浓浓的亲情。

我们村人全姓侯，我家住村西头。大年初一一清早，我爸领着我，从村西头走到村东头，挨家挨户，给60岁以上的长辈拜年。一年没见，我给他们敬敬烟，问问他们的身体情况，吃得咋样。他们会问我一年都干啥了，混得怎么样，明年有什么打算。

春节的时候一切都好，初五那天，我背着包离开家，就发生了火车上的一幕。接完三姐电话，我心里难受了好久，感觉自己步伐还是慢，还得再吃点苦，还有好多事要做，自己应该混出个好样子，给父母点安慰。

什么才叫混得好？我的理解是这样：有一份自己的事业，每天过得很有激情、很充实。身边的朋友遇到困难时，我有能力帮助他们。我的家人，因为我的存在而感到欣慰、

幸福。

我打算今年，一是工作上，该学的东西再学学，把脚扎稳喽，别哪天人家把我撵出来；二是，我的专业可以考的证，像电气工程师证啦什么的，都把它考下来，有证可以接私活，像我导师，一年接的项目就有几千万，几十万的小活儿他都不爱接；三是，再寻找些机会，多认识些朋友，提升自己。我喜欢跟那种积极、乐观的人交往，能给自己带来正能量。像我们公司有个管设备的哥们儿，喜欢喝酒、吹牛，他能把事给说活了，能把你聊得很开心，能把人从消沉中拔出来，这也是一种能力。

去年，在网上逛论坛时，发现望京有个实验话剧社，我就去了。现在每个周末，只要我在北京，都会去剧社参加活动。剧社里的人全是业余的，干啥的都有，有销售员、司机、会计，也有小保姆，社长是 CCTV 的。我们演过经典话剧《雷雨》，也演过现实生活的戏，比如《春饼》。

在剧社我虽然没挣什么钱，但能让自己精神得到升华。待在北京这样有文化的地方，能亲身接触一下文化，挺好！收获还是挺大的。演话剧，要求人说话声音洪亮、清晰、流畅。农村的孩子老实，大部分像少年闰土，没见过什么世面，也没接触太多人。上大学时，我跟女生说话脸都通红通红的，公开场合开不了口。

参加剧社后，站在台子上，聚光灯打过来，人进入另一种角色，感觉确实不一样。刚开始不好意思，特尴尬、别扭，张不开嘴，现在进步多了，人好像被打开了。

这个周末的活动，是让我们即兴表演，以两个小时为单位，说一下自己每天干什么，用一句话结束。起初我的思维还跟不上，但过一会儿就说得挺溜儿了——

6 点钟我醒了，我冲进厕所，这是我一天最幸福的时刻，因为我还能再睡俩小时；8 点钟我起床，我把一条腿先伸出被窝，试一下温度，再拉开窗帘，看一眼远处的山；10 点钟我要面对公司的同事和领导，主管在交代我工作；12 点我需要一张床，暂时午休，因为晚上要加班；下午 2 点趴在我的电脑上，开始我的工作；4 点我继续面对电脑，偶尔扭动一下腰和脖子；6 点我穿着工鞋，漫步在厂区里，休息一下准备加班；晚上 8 点我收拾电脑，下班；10 点到家，翻翻书，打开我的人人网和微信，让别人来关注一下我，不让自己太孤单，以至于又想起她……

不管怎么样，我都会挣扎着往前走。今年我会很忙，公司在广西接了一个好几亿元的项目，明天我又要出差。虽然生活中，会遇到些挫折，但它还是在往上走，在好起来。

虽然没看到，但我相信，自己人生中最辉煌的时刻，还没有到来！

我是初六在望京网上发的那个帖子。看看我周围的"北漂"，还是抱怨的人多。有人每天怨这、怨那，自己却什么都不去做，光是坐着、等着。也听说过有人因为绝望，干脆跳楼了。我发这个帖子的目的，是想让看到的人，再加把劲儿、别放弃！但最主要的，还是想激励自己，不要停下来。

在帖子最后我说，住花家地北里时，认识小区一个退休阿姨，以前是小学老师。她告诉我，常在外奔波，不能在父母面前尽孝，就曲线孝顺吧，大家都平衡。所以，这两年回家过年时，我都私下给二姐几千块钱，让她平时买点肉啥的给爸妈送过去。出差遇见好东西，也买了给二姐和二姐夫寄去。呵呵，辛苦他们了！漂在外的年轻人，可以借鉴一下这个。

2013年，好好混，祝大家都有个好前程！谁的青春都不好过，不给我们压力，我们怎么能更努力？可以不满足，但一定得知足！

一切都会好起来的，时间会让我们变得更好。

2013 年 3 月

部分照片提供：晓风科科

作为一个个体，我们可能无力改变整个社会和时代，但我们的确可以改变自己！

因为我们一无所知

我如约来到北京中国大饭店大堂。

一个在美国学习工作了十几年的博士，当是西装革履，我想。

久候不至。我走到一个穿着粗毛线背心、皱巴巴裤子的中年人面前，向他打听怎么往房间拨电话。

他问："你是董记者吗？"

他叫王世林。他要跟我讲一段 30 多年前发生的故事——对今天还在读书的小伙伴们来说，这故事肯定是太不可思议了。

5 个北京中学生，在新中国最为险恶的那段日子里，在念书毫无前途出路，学问大了反可能招灾惹祸的年头里，居然成立了一个学习自然科学的小组，还办了份手抄本

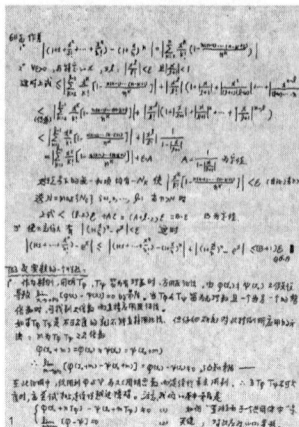

的小刊物《中学生》。

1977 年，他们全部考入大学数学系，没读几天，又都考上了研究生；没有亲友帮助，不靠国家资助，仅凭个人的科学素养，得到国外大学的奖学金，全部走出国门，继续深造。如今，他们在美国"硅谷"等高科技领域及大学工作。

虽说时下的社会环境与从前大不一样，但这个"五人小组"的故事，仍吸引着我。

"在各种变换中，总可以找到一个不变之量"

1969 年 7 月底的一天，王世林正在山西山阴县一个叫羊圈铺的地方插队。一封来自北京的信让他兴奋不已，信是张葆环写来的，告诉他成立五人数学小组的事。

5 个人中有 4 位是北京四中的学生。

程汉生与王世林是高中的同班同学，很早开始，他们就对中学那种循序渐进，培养解题机器似的缓慢教学方法感到讨厌。凭着对数学的极大兴趣，自己阅读了大量课外书。王世林每天下课后，马上就去离家不远的北京图书馆自修。程汉生则开始了数学方面的研究，钻研起《相对论引论》《非线性波动力学》，这后一本书是为研究理论物理的专家写的。

王明曾被树为全校学习的榜样，校长曾把他的八大本数学作业集用红绸子包好，拿

回家让自己的女儿学习。他与程汉生两人，高二时就被学校认可免修数学。

比他们高一级的钱涛，由于有特殊的数学天赋，被同学们称为"数学王"，数学史上，人们曾这样喊天才的数学物理学家高斯。

在这所北京最好的、优秀学生成群的中学里，他们4个起码在数学上是出类拔萃的。像大部分学生一样，他们升学的目标学校是北大、清华、哈军工。

物以类聚。喜爱自然科学尤其是数学，北京十三中学生张葆环就这么跟他们认识了，5个中学生聚到了一块儿。

但是，一场改变无数人命运的"文革"开始了，社会陷入动乱，学校停止上课，老师们要么被批斗，关起来，要么待在家里无所事事。对这场"革命"他们有刻骨铭心的记忆："现在60岁以上未经受这次运动煎熬的人寥寥无几，人格上精神上，以至于肉体上。整个政治空气充满了血腥味。许多人的父母被送进了'牛棚'，也就是关进工作单位私建的牢房。至少半年或一年不得回家与亲人团聚。没人能计算出，有多少人在'牛棚'中精神失常以致自杀。"

当时北京四中的学生，父母多为"高干"和"高知"，因此许多人的爹妈在劫难逃，受严重冲击，家里一下被搞得乱七八糟。重大的压力下，学生们的反应各不相同，而"五人小组"却在家庭重重压力下，进入数学和物理天地，继续学习高年级课程。

"正如数学中最优美的不动点定理所陈述的那样，在各种变换中，总可以找到一个

[6] 钱涛　　[7] 王明

不变之量。"在社会的动荡中，他们都回到了数学这个不动点上，通过对自然界的洞察以求得内心少许的平衡。

"有了这个数学小组，日子就大不一样了"

1968 年，"知识青年到农村去"的最高指示发表了，随着"上山下乡"运动进入高潮，他们很快被搬到了农村。

一个早上，王世林黯然神伤地排着大队，等着注销自己的北京户口。他还清楚地记得离开北京是早晨 7 点 9 分，火车颤动着西行，列车上下号啕的哭声，不仅仅表达着离愁别绪，大部分人心里都明白：自己走上了一条不归路，从此将被抛入社会最贫穷、最艰难生活的底层。

王世林插队的山阴在雁门关北，天天吃玉米。有天干活儿，几十人一字排开锄草，猛听一老乡大叫："哈哈，看来我这个人，还真是有点儿福气哩！"他两眼放光，盯住地上，弯腰从土里扒拉出一粒生蚕豆，在衣服上擦擦，然后搁进嘴里细细咀嚼。"那神态，就跟现在的人中到了几百万块的彩票一样。"

在城市悠闲生活中长大的人，突然每天要干十几个小时的体力活儿，一天下来，累得连吃饭的劲儿都没了，就想躺下睡觉。

王世林病了，一连两个星期高烧不退，肝部剧痛。最后他只好坐队里拉煤进城的马车，去县城瞧病。医生检查结果是：肝大两指，转氨酶特高。这在城里得马上住院，否则可能会肝昏迷以致死亡。但这里没这个条件，他只能重返村子，这回连马拉大车也没了，他一步步往回返。路上，得过水齐腰深的桑干河，走一会儿，他就蜷缩躺在路边歇一会儿，这8个小时的路，成了他一辈子都没法忘掉的8小时。

同在雁北插队的还有王明。阳高县下深井公社，不通车不通电，吃水要从八丈深的井里一点点提。除了放羊，知青还常被派去修战备路，修路时要在山岩上凿炮眼，一把几十斤重的大锤每天抡上无数次。有天，距他几十米处，一个民工当场被开山炮炸死。

一个寒冷的冬夜，一队北京来的男女知青，摸黑走在崎岖的山路上。等他们拖着疲惫的步子走进插队的村子时，村里还不晓得要来知青这事。他们被男女分开，仓促地安排进两间民房，天黑得伸手不见五指，老乡警告说：不要随便走动，以免掉下山崖！"数学王"钱涛，就这么开始了他在山西吕梁山的插队日子。

程汉生落的地方就在北京郊区的怀柔，可他回趟北京，路上花的时间比王世林从山西回家的时间还长。他那个鱼水洞大队骆驼山小队海拔上千米，深山区。从京城坐长途汽车走100里到县城，再走上100里到乡，然后爬山步行8里。这8里地可不那么好走，净是险段，小路只有一尺来宽，有的地儿，一边是几百米深的悬崖，一边是什么也抓不住的石壁，一路下来，一身冷汗。他住的屋子，冬天一到，屋顶是霜，屋里是冰，

［9］程汉生与王明　　［10］初到美国

睡觉得戴帽子。

只有张葆环幸免插队，留守北京。他的来信，再度点燃起这些沦落他乡，在恶劣的生存环境中苦挣苦熬兄弟们残存的兴趣和热情。

"当我们接到要成立数学小组的信时，无不欢呼响应。"

我问王世林："那会儿大学都停课了，升学肯定没戏了，没准儿你们真得一辈子在农村种地。看看小说什么的能理解，花工夫钻研数学，还有那个心劲儿？再说就是学了，那会儿又有什么用呢？"

"你不知道。"他说，"在那种环境里，我们太需要精神上的相互鼓励，相互支撑了，有了这个数学小组，日子就大不一样了。否则，人会消沉下去，把自己毁了。"

怎样才能使科学真正在中国的土地上生根、发芽？

当时他们考虑：既然大家都是中学生，将来也不会有机会上大学，所以，干脆就把自己的数学刊物起名叫"中学生"。

第一期上有一个大刊头，下边是一句简短的发刊词："我们是富于创造性的，因为我们一无所知"——这是培根的话。

第一期上发表了程汉生的两篇文章：一是《实变函数论与数学分析》，再是著名数学家哈尔莫斯的《朴素集合论》第一章译稿，这书是美国60年代出版的教材。从一开始，他们就为自己的学习定下基调：立足于现代数学。

从此，只有四五页厚的手抄本《中学生》，把天各一方的5颗心牢牢地拴在了一起。每期由张葆环手抄一式5份，四散寄出。

我看到了几期《中学生》。在第十三期上，有钱涛写的《阿尔采拉定理证明与思考》，共两页纸。他对定理详细证明后，还写了自己的思考过程，最后两句话让我印象深刻："早晨吃完早饭开始接触这题，边劳动边想，中午吃过饭已完成上述6、7（第六、第七部分），7用了约两小时，可以说在进行7前，已经找到了证明，只欠把它表述出来。"钱涛是5人中写稿最多的。

在北京的张葆环，那会儿常骑辆旧自行车到北京西单旧书店找"宝"。当时新华书店差不多只卖毛泽东的书，没有一本像样的科技与文艺类新书。维纳的经典著作《控制论》，就是他在旧书堆里发掘到的。维纳是20世纪世界著名数学家，他优美的文笔，深邃的思想强烈地吸引着张葆环，一连几周爱不释手。之后，他又把这本书推荐给程汉生等人。"五人小组"人人都读了，这本书对他们的影响，却不仅仅是数学。"书中生动地描绘了西方科学家们的学术活动方式、方法，特别是他们无拘无束、自由探讨的精神。"那会儿，他们曾思考过这样的问题：

难道一个国家光靠政治运动就能强大吗，一个不了解现代科学的民族真能强大吗？

为什么50年代许多留学生回国后，就再也没有什么研究成果？科学发展必须有怎样的社会环境？

西方现代科学家为什么能不断提出问题、解决问题，领导整个科学与技术的进步？西方现代科学是怎样成长、发展的？

我们怎样做才能融入现代科学的主流，成为不可忽视的科学力量？

怎样才能使科学真正在中国的土地上生根、发芽、不断开花结果？

……

就今天来看，这些问题仍值得探讨。

在不断地学习与交流中，他们更培养起自己的科学素养及科学精神，并发展出自己的思想和价值观。

"20 年后，这个国家总会明白，它需要现代数学"

1969 年秋后冬闲，几位"知青学者"，迫不及待地请假匆匆返回北京，他们的冬闲变成了冬忙。

北京西四兵马司胡同 34 号，程汉生手忙脚乱地把他那间 4 平方米的卧室，改造成课堂，他把一面墙涂成黑色，当作黑板。"五人小组"全部到齐，第一次会议开始，由一个人朗读维纳的《控制论》导言，别的人可以随时插话，发表自己的高论。"进行了 4 个小时，中间没有休息大家却不觉得疲倦。"

说起"五人小组"，不能不提及他们的恩师韩念国。

韩念国 1958 年只读了半年大学，就因家庭成分不好被迫退学，后到了北京天文台工作，人非常聪明，曾得过全国高校围棋冠军。1969 年，美国阿波罗登月成功，在周恩来总理的指示下，北京天文台等研究机构开始追踪美国这一试验计划。韩念国在很短的时间里，完成了对美国阿波罗飞船的轨道计算，成为几套不同计算方案中的最佳者，使中国有关科学家能有效地即时观测、拍照。没完成大学学业的韩念国，在著名数学家熊庆来的关心指导下，在校园外学完了本科课程后，又考上北大数学系研究生。也许是为了回馈恩师对自己的帮助，韩念国得知"五人小组"自学数学的事后，便以同样的方式，无偿地辅导起这些失学青年。

韩念国花了两个月的时间，准备了"测度论"与"集合论"讲义，给"五人小组"上了第一堂课。"没有一个人马虎，每个人都瞪大眼睛，头脑紧张地思考。"即使最聪明的人，对现代数学也不可能一看就懂，韩念国像是在为一群乱闯的羔羊指点迷津，这种点拨，比他们自己学，不知要快上多少倍。

老师是用这样一句话，结束了难忘的第一堂课："团结起来，争取更大的胜利！"这是当时中共九大政治报告的结束语。之后，他们骑着破自行车，奔波在北京的大街小巷，穿梭在几家之间，传抄老师的讲义，课后相互讨论，跑到外文书店人手一册抢购老师推荐的参考书《测度与积分》。

"20 年后，这个国家总会明白，它需要现代数学，这个事实最为重要。"韩念国如此鼓励五人。在一年一度的春耕大忙前，他们又奔回去种地，带回的作业有：消化老师的两本讲义，细读测度论参考书，从头做吉米多维奇的数学分析习题集，一共4462道。

"新时代开始最快 10 年，最慢不应超过 15 年"

王世林至今还很后悔，当年因为害怕，他们把《中学生》第一期毁了。第一期上有个大刊头，为了不引起有关部门的怀疑，从第二期开始，他们取消了刊头，只在每页中间底部标上本期号码与页码，每个人不用真名，都有专用的英文代号，比如王世林就叫 WS。

冬闲在京的有天晚上，5 人刚离开韩念国家，突然来了位不速之客，东瞧西看，目光充满敌意，在韩家实在没发现什么"异常活动"的痕迹才罢了。王世林他们都特别感激程汉生住的那座平民小院里的十几家住户，他们以中国人特有的良心，没有举报"五人小组"常常聚集到三更半夜的事儿，使他们得以生存下来。

这种民间活动小组，在当时可以说是大逆不道，冒有政治风险，即使现在回想起来，他们仍不寒而栗，这么干，很有可能被扣上"反革命小集团活动"而被打入大牢。

《中学生》仍继续办着，且来稿必登，决不退稿。他们实在太需要同伴的鼓励与赞赏，太需要有小小的成就感满足一下自己，太需要有个地儿能让他们自由讨论、平等对话。"科学，依赖于不被强权所左右的独立思考者；自由的探讨精神，乃是科学的土壤。假如把独立思想视为洪水猛兽，代价则是窒息文化发展，停滞生产活力。"

穷乡僻壤倒也有意想不到的好处，这里有相对宽松的学习环境，老乡才不管这些毛头小伙子手里捧着啥书哩。王明在队里放羊，空旷的原野上，伴随他的是蓝天白云、远处的古长城和身边老实的羊儿。没文化的农民其实也很精明，他们懂得量才为用，老乡不再让程汉生这个"大学生"天天干体力活儿，执意叫他去教孩子们念数学。

钱涛那儿的一位中学校长，听说有个知青擅长数学，就传话请钱涛来坐坐。两人谈话不久，为试探钱涛到底有无真才实学，校长出了道数学题：100 个和尚吃 100 个馍，大和尚 1 人吃 3 个，小和尚 3 人吃 1 个，中和尚 1 人吃 1 个，问大中小和尚各有几个？

钱涛说："我可能不能马上回答你。"他一心二用，继续跟校长聊天。半小时后他答：

"这是不定方程问题，有多组解，小和尚人数是大和尚的 3 倍，中和尚能被 4 整除，共有 26 组不同的解。"

钱涛于 1972 年参加了那年闹剧似的大学考试，结果张铁生以白卷考取大学且名噪全国。而钱涛呢，尽管他仅用了 1/4 时间，没有任何错误地答完全部试题，却仍名落吕梁山。县上阅卷的老师打抱不平地说：让钱涛答这些试题，就像刀切豆腐！

为了把书方便地带到劳动的地头，钱涛把一本书拆成 3 本，每本再用线缝牢，放在裤子后兜，每天在地头休息时读上几页，晚上回小窑洞做习题，把白天的想法记下来，他的鼻孔天天晚上都被小煤油灯熏得黑黑的。这样，他读完了两本美国大学研究生用的英文教材。

在韩念国的指导下，5 人完成了大学数学基础课的学习，然后开始学习研究生课程，并从事一些博士生的研究训练。比如 1973 年，中国著名数学家陈景润发表了他具有世界一流水平的研究论文，证明"1 + 2"。王明用了一年时间，把陈景润的论文完全看懂后，写了一篇总结文章，将陈景润的论文提炼出十大数学分析技巧。

一个初春的早上，春寒料峭，北京龙潭湖公园几乎没有任何游人，再过几天，王世林他们又要赶回乡下春播了。"五人小组"历史上最重要的会议——"龙潭湖会议"正在召开，他们围着龙潭湖边散步边讨论，议题是对社会前景的瞻望。

在那个极度混乱、沉闷、恐怖、窒息的年头里，社会到底还存不存在希望，会往哪个方向发展？5 人辩论得相当凶猛，态度有积极乐观，也有冷静忧郁。钱涛幽默地用现代数学语言道："成功的集合是零测集，但它确实是可以发生的。"成功的可能性并不大，但它确实存在。凭着对历史、社会、科学真实而朴素的见解，加上不被时髦思潮干扰的独立、健康的思考，他们最终得出了一个"反动透顶"的结论：科学是无法论证"万寿无疆"的，人总有一死，这是亘古不变的真理。中国新时代开始最快 10 年，最慢不应超过 15 年。

社会的变革，比他们预测的提早到来了。1977 年，全国恢复高考，"五人小组"全部考进大学数学系，上学不到半年，又有 3 人考上研究生。

1978 年 7 月的一天，他们在北京东单的一家餐馆举办庆功会，特别请来了恩师韩念国，还在附近的崇光照相馆合影留念。

梦想成真，总算熬出头了。席间，大家吃得开心，说得痛快，突然，韩念国话锋一转，道："你们有没有考虑出国留学？美国仍然是当今世界上最主要的数学大国，研究人才济济。"

5个人一下安静了，面面相觑。半晌，才议论道："留学，那是要政府保送，哪能轮上我们？""我们中学学的全是俄语，现在的英语只够看数学书的。"

尘封多年的国门刚刚打开，他们对外面的世界仍一无所知，到美国留学，这可能吗？

"没有职业的稳定，只有技能的稳定与更新"

1992年6月，美国犹他州。

高高的荒原，苍凉、开阔、壮观，王世林开着他那辆几百美元买来的旧车，走在这个景色跟他早年插队的黄土高原有些相似的地方，他刚从印第安纳大学读完数学博士、计算机硕士学位，这会儿，正横穿美国西部，奔加利福尼亚找工作去。

此时，"五人小组"的人已全部到了海外。第一个出国的是张葆环。1981年，他从美国数学月刊中选了10所美国大学的数学系，试着发去了研究生院申请信。5周之内，他得到了积极回应，在缺少托福、GRE这些关键资料的情况下，美国大学仍发出了给予奖学金的入学许可证。出人意料的成功，让张葆环受到不小的震撼。

在美国大学，进研究生院是要有大学文凭的，而张葆环在国内并没读完大学本科，文凭问题突然使他陷入困境。正赶上期中考试，他以高分取得系里第一名，学校对这个来自于停止了10年高等教育，不会讲英语，更听不懂英语的中国学生刮目相看，从此再也不提文凭的事了。

跟着，在国内读完研究生的王世林、王明、程汉生，也以同样的方式，接二连三地进了美国大学的研究生院。在念数学博士学位时，他们预感到计算机的发展前景，又都读了计算机专业。

最初工作时，美国的经济还不像现在这般景气，他们无一例外地都经历过"美式下岗"。

头天晚上，王世林还在为公司加班到半夜，第二天一早，就听说公司要裁员50%。裁员的场面甚是严酷，鸦雀无声。人事部门的人走到谁跟前，谁就倒霉，200多名员工坐在各自的椅子上，听候发落。那个瘟神似的家伙站在了王世林面前，他被请到人事部谈话："公司最近不景气，很不幸的是，王，你也被影响到了……"

"这算是客气的，最严重时，你刚被裁掉，保安员马上就站在你身边，看着你收拾东西，然后像押犯人一样，把你'送'出公司大门。"经过几番历练，他对被解雇的事儿也习以为常了，有时公司不炒你，你还要炒公司，假如工作的软环境不好，不能学习新东西，技能上不能得到提升的话。

"公司本身就是一所学校，唯一不同的是，在学校学习你得自己花钱，在公司学习，老板给你发钱。现在每年，我们还是花很多钱买书，学习已经成了我们的习惯。"

张葆环曾任"硅谷"华人软件工程师协会理事，在一次关于计算机职业市场的报告中，他说了一句让大家深有同感的话："没有职业的稳定，只有技能的稳定与更新！"

眼下，"五人小组"的张葆环和王世林都在美国"硅谷"当软件工程师。程汉生在世界第二大统计软件公司，芝加哥的SPSS公司做统计工作，他还在台湾出版了两本书：《大陆经贸指引》《大陆商情探实》。王明在纽约州州立大学任数学教授。钱涛在北大读完数学博士，进了中科院从事研究工作，曾获第一届国家科学进步奖，1986年，被澳大利亚科学院聘为博士后研究员，后来又到新英格兰大学、澳门大学任教……

30年，就这么过去了。

当我见到回北京出差的王世林，见到他特意带回的手抄本《中学生》时，有点惊讶：历经了这样长久的岁月，这样动荡不定的生活后，他居然还能把这一页页纸，保存得这么完好。

"不光是我，我们每个人都好好地保存着《中学生》。"他告诉我说，"在我们个人的生活经历中，没有什么比这更值得纪念的了。假如没有'五人小组'，那我们今天的生活，完全可能是另一种样子。"

"作为一个个体，我们可能无力改变整个社会和时代，但我们的确可以改变自己！"他的这句话，或许就是这个30年前的故事于今天的意义。

1999年9月

后记：

2002 年年初，我收到王世林从美国"硅谷"发来的电子邮件：

我们在北京的亲友已经拿到你们报社的书，我们不久就可以看到，谢谢。

2001 年是"硅谷"历史上最萧条的一年，中小公司大量倒闭，大公司纷纷裁员。摩托罗拉已经裁掉 49000 人，而且没有停止的迹象。我们几个人目前都还好。即使哪一天被裁掉，我们也一定会有办法。在美国，失业与转换工作是正常生活的一部分。

今年 8 月，四年一度的国际数学家大会将首次在中国举行。届时，中国数学家田刚将在会上做一小时报告。这是一个极高的荣誉，表明他已经被全世界公认为微分几何这一方向的领袖级数学家。田刚是美国麻省理工学院数学系讲座教授（最高级别的教授），北京大学数学系教授。他将是第一个在国际数学家大会做一小时报告的中华人民共和国数学家，值得重点报道。我那位爱爬山的朋友王诗成，去年获得国家自然科学奖二等奖，将在会上做 45 分钟报告。这也是一个很高的荣誉，表明他在他的研究领域居于世界领先地位。

我经常读《中国青年报》，也喜欢读你写的报道。祝你在新的一年，写出更多更好的文章。

如果我有机会回北京，一定和你联系。

祝新春快乐！

王世林

照片提供：王世林

青锋在手欲称王，少年心，自轻狂。海阔万里任我航，砺风雨，浴雪霜，水天一色唯见鸟飞翔。

拒绝当一个标准产品

　　2009 年高考刚放榜，7 月 7 日一清早，我就收了条短信："我女儿陶雨晴，已被香港浸会大学录取，应该是写作特长起了作用。老陶。"

　　老陶也是个记者，大约 3 年前，为了女儿念书的事，他曾找不少朋友咨询过。那会儿，老陶的妻子刚病故，女儿正值青春期，酷爱写作，喜欢看课外书，经常不交作业，老师也管不了。最后，学校逼着焦头烂额的老陶，要么带女儿看心理医生，要么休学回家。

　　收到短信后，我回了一条，祝贺他们父女俩在激烈的高考大战中获胜。

　　老陶很快回复道："不能说胜利吧？只是在这个教育制度下挣扎而已，分数只有560，在对付高考方面只能算及格。我觉得有个问题值得探讨：孩子的天赋，到底有多少值得维护发展的价值，家长如何处理这个问题和体制的矛盾。"

[1]陶雨晴出版的书　　[2]书柜里的书

是啊，现在不知有多少孩子和家长，被这个问题困住、难住。

"一上学，就完了，她再也没快乐过"

"我不是好人，别写我！"19岁的陶雨晴，大声嚷嚷着。我一下愣住了，这样拒绝采访的人，还真没见过。

"你怎么会不是好人呢？"我小心地追问。

她的一通话，又把我给噎住了："我不是报纸上宣传的好人，我没救谁，也没捐过钱，采访我干吗？"

陶雨晴是个单眼皮的女孩，人长得挺瘦，胳膊细细的，头发帘有些长，一低头，能盖住上眼皮。

老陶柔声相劝："你是个好人。只不过，不是老师心目中的好学生而已。"

采访是在陶雨晴的房间里，屋里有张单人床、一张长条大书桌和书柜。桌上堆放着《梭罗集》《史怀泽传》等书，书柜里没有一本关于高考的书，大部分是自然和生物方面的，像《人与虫》《生命之科学》《瓦尔登湖》《昆虫记》《纽约时报科学版》《感觉的自然史》等。在书桌前坐了一小会儿，陶雨晴就抱了本书，跑到客厅的沙发上看去了，撂下我和老陶。

谈话时，老陶时不时地要喊上一嗓子："陶雨晴，这事我能说吗？"

"你说吧！"靠在沙发上看书的陶雨晴，不情愿地回一声，老陶这才接着往下讲。

说起陶雨晴最大的特点，老陶认为是好奇心重，有点语言天赋。

"小时候，就爱看书，老是抱本书跟在大人身后，嚷着给她念、念、念。认点字后，就自己看。每天晚上都得给她念故事，不念不睡，我困得不行，睁不开眼，她就来扒我的眼皮。"

再后来，老陶也不知道她是怎么认得那么多字。有一天，她抱了本《西游记》（简版）上幼儿园。老师看到很惊讶：这个你也能念？还行，念出来了。在幼儿园里，别的小孩表演唱歌跳舞，她表演认字。

"从小，她就喜欢动物，去农村的奶奶家，什么虫子都敢抓，连蛇也不怕。村里每次来卖小鸡的，她都缠着大人买。结果，一共买回来 59 只。"陶雨晴还饲养过一只大肉虫子，看动画片时，就把虫子搁在沙发上，两个一起看。

"她读了不少生物方面的书，这方面的好多知识，我是跟她学的。"老陶给女儿看《小蝌蚪找妈妈》，陶雨晴说不科学，搞错了，妈妈找得不对。"青蛙的卵是一团团的，癞蛤蟆的卵才是一条条的。"

有一天，女儿惊奇地告诉爸爸，她看见蚂蚁长了翅膀，从洞里飞出来，这叫"婚飞"，一年只有一天，所有的雄蚂蚁和候补的蚂蚁女王都飞出来交配。

"一上学，就完了，她再也没快乐过。"老陶讲。

好奇心强，是小孩的天性。很多孩子都有自己的天分或特长，但绝大部分被家长和学校给干掉了，小芽还没长大就给掐掉。但有的小孩比较倔，顽强地生长着，老陶说自己的女儿就属于这种，不温顺。到了小学，陶雨晴竟然成了"问题少年"。"和别的小孩玩不到一块儿，属于另类。上来脾气了，什么都不怕。我呢，从她上小学开始，就不断地被叫到学校。一听老师来电话，心就'突突突'地跳，反正没啥好事。"

有一回，校长把老陶给叫去了。那天早上，学校做广播体操，说是陶雨晴跑到前边的台子上，把领操的老师给推下去了，这还了得？校长问：你为什么这么做？没想到，小姑娘是这样回答的：冬天早上这么冷，你们不让我们穿外套，可老师为什么就能穿着羽绒服在上边领操？

最让老师头疼的，是陶雨晴不交作业、不听课。有一次，老师实在气得不行，又叫老陶：你来，在窗外看她！"我站在窗外，确实是，别的同学都在听课，她在下边偷偷看课外书。"

老陶分析道，主要矛盾就是时间问题。学校希望学生啥也别干，一心一意学习，奔了中考奔高考。一天差不多12个小时，全上课、写作业，没时间干自己喜欢的事。

"陶雨晴喜欢生物，喜欢写作，她在这上头花费太多时间。别的孩子背一个书包，她等于背俩。别的小孩放学后，该玩的玩去了，她把时间用来看课外书、写东西、上网。好多书都是她自己买的，有几书柜。我家光《昆虫记》就买了几个版本，有一套15本，她都看了。她的阅读量，比我大。"

"应该说，老师没做错什么，是按学校规定做的。"老陶始终这么认为。知道陶雨晴有点天分，老师甚至对她还有些照顾。"在小学，到后来，校长也挺无奈地说过：'陶雨晴这孩子，只要她不影响别人，不要管她！'"

学校下了最后通牒：要么领孩子去做心理咨询，要么休学走人

上了初中，闹腾得更厉害，女儿跟老师的矛盾更大，加上家离学校近，老陶被叫到学校的次数更多了。主要是作业问题，还有几次是打架。

　　"现在的老师有升学压力，没有办法管学生有没有特长，只管你守不守纪律。"老陶说。像初中，每天有几项指标：交没交作业、听不听课、迟不迟到、上课说不说话、打不打架等，由班干部每天填，陶雨晴就属于经常被填上的主儿。

　　"我就怕开家长会。"老陶每次硬着头皮去，常常有对不住老师的感觉。有回开期末家长会，老师统计说，有一门课，全班除陶雨晴以外的其他人加起来一共少交8次作业，陶雨晴一人少交28次。

　　老师都这么跟老陶说："也就是你家这孩子吧，要是换了别人，早就开除了。"

　　"嘿，其实也没太大的事，跟学校、老师的主要矛盾，还是她不能做她喜欢的事，人就烦躁、发脾气、对着干。但是反过来说，要是没一股子倔劲儿，她写东西，也坚持不下来。"

　　"越是临近中考，人越是烦躁，压力也大，小孩脾气都火暴火暴的，跟班里同学动不动就有矛盾，干架。"

　　听她爸说起打架的事，陶雨晴从客厅冲进屋里，一屁股坐在椅子上，大声说："不对！是他把椅子朝我扔过来，可老师却让我向他道歉，凭什么啊？"跟她打架的男孩，长得又高又大，说是全班没一人敢惹。

　　说完打架的事，陶雨晴又气呼呼地说："我们学校也分好班和差班，老师让已经毕业的学生回来讲学习经验，给好班请的，都是考上北大、清华的人，给我们找的，都是上语言学院之类的。这就是把人分了等级，凭什么呀！"

　　"她老提这事，觉得不公道。"老陶坐在一旁讲，"咱们这个教育制度不公平，大家交的学费是一样的，但学校把最好的老师、最好的资源，都用在好学生身上了。"

　　提及最不喜欢学校的地方，陶雨晴一口气说道：只看分数，不尊重人，不尊重人的欲望，不尊重人的个性。让所有的人都一致化，用严厉的标准把你卡在一个小盒子里，还说是为你好。"在学校的网站里，骂老师的帖子特多，上去一看，你就知道学生心里想的是什么。跟学校教的那套，完全不是一回事。"

　　老陶的观察是：学校的思想教育，是让小孩虚伪化的过程，好多道德标准要求很高，根本就做不到。教育者假装在教育别人，被教育者也假装在听，大家都心照不宣。心里想的跟表现出来的完全不一样。而陶雨晴呢，就属于虚伪化过程没完成，不太成功的，所以，她才处处碰壁，较劲儿。"她的痛苦在于，不想当面一套，背后一套，想什么就表现出什么。也许有的学生想得比她还严重，但人家不表现出来，表面上规规矩矩的。"

"别人都能顺从，你也就随大流呗？"我问陶雨晴。

"可我心里不舒服。"私底下，她们同学也都讨厌虚伪的人，讨厌一本正经、装模作样的人。"在我价值观形成时，我觉得许多学校里教我的东西是错的，我不能接受，但我又不知道正确的是什么。有时候，我也迎合学校教的那套，有时候又批判它。人很烦，很偏执。"

停了一会儿，陶雨晴面无表情地补充了一句："我不喜欢过去的我。"

曾有老师让老陶保证，一定要孩子这样那样，否则就别来学校。"我可以保证我自己怎么样，不能保证别人，虽然她是我女儿，可也是别人啊。"

直到现在，老陶也觉得：老师的话要听，但也不能全听。因为老师对待学生全是一样，而家长知道自己孩子是啥个性。"像陶雨晴这种孩子，逼急了，弄崩了，出了事怎么办？我可不想冒那个险。强迫孩子老老实实听话，考个高分，结果把孩子心理弄扭曲了，精神不健康，划不来。"

折腾得最厉害的时候，学校把老陶叫去，下了最后通牒：要么领孩子去做心理咨询，要么休学走人！被逼无奈，老陶只好领着小陶，四处找人咨询。爷俩跑了不少地方，可都说孩子没毛病，正常。

有一回，他们去北京的一家医院，特意找了一位有名的心理专家瞧病。忙活了半天，老专家也说孩子没事。"我说，学校说有病，他们还说了，要是医生说没病，就给开个证明。老专家一听就火了：这有病没病的，是我说了算，还是他们说了算？有病我开证明，没病我开哪门子证明？这是我的电话，叫他们直接打电话找我！"

"到底是谁疯了？"那段日子，老陶心灵饱受煎熬，小陶心情也坏到了极点，她读了大量的李贺的诗。

李贺是一位中唐诗人，因为不能参加科举，他也就断了仕途，做官顶多做到九品。前程黯淡、贫病交困的李贺只活到27岁，被后人称为"诗中鬼"。陶雨晴说李贺的好多诗，写得够惨，够吓人。"南山何其悲，鬼雨洒空草""我当二十不得意，一心愁谢如枯兰。衣如飞鹑马如狗，临歧击剑生铜吼"。她对李贺的评价是：文字是癫狂的，是大气到恐怖的，甚至是一种病态的梦幻。他很擅长描写这种心理，悲凉、无奈、空虚，还有几分愤慨。

"那个时候，我的心情很坏，处处碰壁。"到底情绪糟到啥程度，会让一个花季少女，跟那个1000多年前失意落魄、抑郁而终的短命诗人，心境相通、惺惺相惜呢？

"唉，总算都结束了！自打上学后，她就没高兴过，我也是受尽折磨。陪她上一回学，赶上我读8回了！"老陶感叹道。

"我就是个投降派"

"我总是抑制不住自己写作的冲动。"陶雨晴说。

女儿写的东西，有些给老陶看，有些不给，偷偷发在网上。她在一些科普类的网上论坛里小有名气，也花费了不少时间。对此，老陶表示理解和支持。"这多少让她心理平衡些，因为在学校，很少能跟同学交流、讨论这些东西。"

中考完的暑假里，陶雨晴写了一篇文章，叫"永州之野"。老陶看了，觉得奇怪："这是我孩子写的吗？"拿给当记者的朋友们看，大家也都挺惊讶：这哪像个初中生写的，文字这么老到。大家都鼓励她参加"全国新概念作文比赛"，结果，得了个一等奖。

获奖后，小陶挺高兴的，把荣誉证书拿到了学校。班上有个体育生，看了后怪稀奇。"哎呀！这是全国的奖啊！"他带着小陶和一大帮同学，浩浩荡荡开到老师办公室，问老师：这个高考能加分不？老师瞅了一眼说：不能！这个东西不行。一群人只好悻悻地回去了。

陶雨晴出过一本书——《窃蛋龙的千古奇冤》，里边收集了42篇她写的科普文章。看她书里的小标题，挺有趣：《北京害虫排行榜》《小孩子为什么喜欢恐龙》《无毒不世界》《写金丝猴的作家还吃野生动物吗》。书的扉页上有一段介绍文字："与许多作文写得好的孩子不同的是，陶雨晴是一个有着博物学家潜质的写作者，她对大自然特别是生物有痴迷般的兴趣和十分丰富的知识。"书印了1万册，老陶刚刚问过，现在还剩下1300本。

"出书了，没送给你们语文老师？"我问。

"送了，但她没时间看。每回上课，老师都说整天多忙啊！多累啊！光那些作业本，够 15 个人看半个月的啦。"

说起上语文课，小陶来劲儿了。她最不能容忍的是，有一些好文章，老师却没有讲好。"像《滕王阁序》，'落霞与孤鹜齐飞，秋水共长天一色'，写得多好啊，文字多么光彩夺目，如果讲得很悲惨，那文章的美感，全给糟践了。"

老陶的解释是："现在的老师为了应付考试，不是教会学生欣赏，而是把文章剁碎了，从里边找分。"

还有一回，课上讲郦道元的《水经注》，文中有一句："夏水襄陵，沿溯阻绝。"课堂上的解释是，因为发大水，航道断了，船行受阻。但陶雨晴认为不是，水越大，船越好走，江里头所有阻碍行船的东西都没有了，这样船才能"朝发白帝，暮到江陵"。课上，她就跟老师辩。

老陶对老师深表同情。"一个班上，假如有几个像她这种孩子，就乱套了，课就没法上了。为了高考，只能是老师说什么，学生听什么，叫你背哪儿，你就背哪儿。辩什么辩，谁有工夫跟你扯这些？高考一完，学生走人，老师了事。"

"真没见过像你家这种孩子的，她提的一些问题，都不是她这个年龄段该问的。"老师对陶雨晴感到头痛时这么说。

高二时换班主任，新换的老师对陶雨晴挺重视，特意到老陶家做工作。

"想招安她，答应让她当班干部，但人家就是不干，我觉得也不靠谱儿。"老陶笑着说。

"与其招她当班干部，不如多夸她几句呗。"我说。

"作业都不交，夸啥？"

"总有长处，比如她作文好。"

"作文好，但她不按要求写，跟高考没关系，就是没用。"平常还行，到了高考，老师得考虑分数，不再给她"创作自由"，因此产生了冲突。

老陶一度挺矛盾：凭这孩子的智力，如果把她的特长、兴趣拼命给压下去，写作放下来，让她一门心思奔高考，死抠教科书，肯定也能考出高分来。"但是她不干，我也不忍心。"

"我就是个投降派！"老陶这么说自己。肯不肯跟现在的教育制度妥协？虽然痛苦挣扎过，但他说自己还是投降了。"应该说，好多小孩都不适应这种教育制度，但最后都服了，怎么办呢？你改变不了环境，就只能改变自己呗！"

老陶的政策是，大学还是要上的，上了大学就行了，哪怕二本也行。但陶雨晴不想上大学，高中最后一个学期期末考试，只考了 346 分。

老师劝她：你的潜力大，只要听我的，好好学，我保证你考上二本。但陶雨晴的倔劲儿又上来了，很愤怒：二本坚决不上！结果只考出 500 分，就是个二本，她要求复读。

"我俩达成默契，就是一起应付高考"

也许觉得吃饭时的聊天，算不上是采访，所以一块儿吃晚饭时，陶雨晴变得放松而健谈，尤其是聊到她喜欢的话题，更是眉飞色舞，完全是一个爱说爱笑的小姑娘。

饭桌上，我俩面对面地坐着，随意聊。"从小学到现在，哪段时间比较快活？"她想了一下，很快地答道："复读。""为啥？"

"在家读呗！"老陶抢先说，自己又忍不住乐了。

陶雨晴复读了一年，上半年在学校，下半年在家学，老陶给请了俩家教。时间安排得比较宽松，每天最多学 6 个小时，其余时间可以干别的。陶雨晴说比较喜欢家教老师，因为不老跟她提考试的事。

"我把从动画片里得到的思想和感悟，跟文综家教老师说，他也喜欢动画片，是首师大学生，正读大三。他有高考经验，我俩达成默契，就是一起应付高考。"

"今年高考作文《我有一双隐形的翅膀》，你咋写的？"

"早忘了。"考试前，陶雨晴准备了一套东西，不管什么作文题，都可以套进去，能引申上去。

"这也是她应付高考练出的本事，哈哈哈……"说起这，老陶得意地大笑，"这次她又用了这个，得分还不低呢。语文一共考了 123 分，作文分肯定不少。"

一考完，爷俩就把有关高考的书全卖了，差不多有 100 公斤。陶雨晴说自己还举行了一个仪式，拿出其中一本，烧掉。

"哪本？"

"讲高考状元的那本。"

"你不跟高分同学玩？"

"他们无趣，没意思。"

"如果让你选，最想干啥？"

"当个专栏作家。"

"你读过郭敬明的小说吗？"

"不喜欢，超自恋，小家子气。我挺喜欢王小波的杂文，也读过韩寒的。"

"你追过星吗？有没有特崇拜的人？"

"没有。"

"利奥波德啊。"她爸提醒了一句。

奥尔多·利奥波德是个美国人，写过的最有名的书叫"沙乡年鉴"，也有翻译成"沙乡日记"的。这书被认为是"自然史文献中的经典"、"环保主义者的圣经"。谈起利奥波德，老陶也说，小陶也说。

"这个人很有学问。"女儿讲。

"这本书很好看，比《瓦尔登湖》好看。"当爹的补充道。

"不光是文笔好，他还提出了著名的土地伦理观，说环保不仅是财富问题，也是道德问题。"小陶如此概括。

跟陶雨晴聊天儿，话题是天马行空。一会儿谈到拳王阿里的基因，一会儿扯到郭德纲的相声，再一会儿又蹦到网络新词上……

聊起动画片时，陶雨晴的兴致更大了，几乎都她一人在说，老陶插不上话。她把胳膊支在饭桌上，脸跟我凑得更近了。我问她看不看国产动画片？陶雨晴头一甩，说道："基本上不看。"

"为啥？"

"虚假、说教、不好玩。"

中国的童话，陶雨晴评价最高的是张天翼的《大林和小林》。她还说自己的好多价值观，是从动画片里得来的。咦，我有了兴趣，赶紧问她都有啥价值观。

"就是人性的解放，人与人要平等，我们都是一样的，而且人要有理性。"

"什么是理性？"

"就是要讲道理，也要听别人说话。"

"我还是给你说动画片吧，我最喜欢的是《海贼王》。它是日本最好的动漫之一，都连载11年了，很好玩的。一般人都知道日本人有武士道精神，但这部片子，除了回忆外，里边没死一个人，完全是人性化的。它说，人要活得快活，人要好好地活下去；不要被谁束缚，不要被什么东西束缚；人性不能被信仰禁锢，不能被制度禁锢，我觉得这就是人性的解放。"

她还为《海贼王》填过一首词，其中有这么几句：

青锋在手欲称王，少年心，自轻狂。海阔万里任我航，砺风雨，浴雪霜，水天一色唯见鸟飞翔。

不知怎么扯到了《中国少儿英雄传》，这是陶雨晴上小学时，学校推荐读的一本书。"那里头有一大堆小孩，受伤最轻的是被轧掉一只手、一只脚，其他差不多都死了。有救火的时候被烧死的，有不让别人偷辣椒给打死的，反正死的死，残的残，我看了心里不好受。"

接着，她又说道："生命是最宝贵的，应该尊重生命，不能一味地鼓励和歌颂牺牲，这是不人道的。"

陶雨晴出的那本书的序，是她自己写的，叫"生命的韧度"，通篇讲的都是各种伤残动物顽强求生的故事。她在文中强调的是："生命永远是神奇的，生命永远是顽强的，生命永远想活下去，生命要坚持到最后一刻。"

"原来以为打不开的门，开了"

"高考是不是疯了？"

老陶从网上下载了个帖子《"决战高考百日誓师"班级誓词大全》，看罢，他这么问。

老陶的朋友给他支着儿：你闺女不适合咱国内的教育，让她出去。可是，陶雨晴喜欢的是中文写作，总不能跑美国学中文吧。"去香港啊！"朋友说，"人家的大学比咱的活泛，没准她的写作特长能管用，说不定还能破格录取呢。"

去年，老陶父女也试着参加了北京一所大学的自主招生。"那也得考，参加学校自己组织的面试、笔试，也是按分录，分低还是进不去。本来招的是特长生，你又要求考高分，这不是扯吗？"那所学校只招 60 多人，陶雨晴的考试成绩排到了 100 多名，没戏。

高考要填志愿，老陶上网查了半天，最后选中了香港浸会大学。据说这所大学，在香港排名第五，而且重视文学创作。但去年，人家在北京的文科平均录取线是 628 分。

在网上报名时，老陶把陶雨晴出版过的书、得过的奖全填上了。陶雨晴今年考了560 分，只超过一本线 28 分。像北京的学校，她只敢报中央民族大学。

没料到，香港浸会大学来了面试通知。去面试时，爷俩也没敢抱多大希望，因为内地有 3000 多号人报名，录取名额只有 140 个。

面试地点是在北大。老陶说纯粹是去撞大运的，反正碰壁都碰习惯了，面试前也没做什么准备，挺放松的。别的孩子面试一会儿就出来了，陶雨晴一人在里头待了半个多钟头。出来后，老陶问都面试些啥？小陶说是随便聊，比如，她谈了自己的观点：人的欲望不能被压抑。问她为什么想上浸大，说是想换个环境。问读过《论语》吗？老老实实地回答说没看过。问是哪篇文章获奖了，她就把书送给了面试官。聊得多的，还是文学方面的话题。

面试一完，爷俩就去逛万圣书园。又没想到，才隔了一天，浸大就来电话，说陶雨晴被录取了，是中国语言文学专业，问是否愿意。

"能不愿意吗？从小学到现在，她一直受压抑，从没高兴过。这次拿到浸大通知书，是她自上学以来最高兴的事了。尤其是她的写作，能够被人承认，这点，最让她感到愉快。"

毕竟，陶雨晴分数挺低，真上了浸大，学习上会不会有压力？小陶讲不会。"再枯燥的知识，只要它是知识，我就不怕，逻辑学也是很美的。但问题是，高考学的知识，好多是假知识。真的知识，有道理之美，简洁之美。"

"嘿，总算熬出头了！"老陶长长地舒了一口气，"我们爷俩，从来没这么开心过，心里不再别扭了，痛快！"

几天后，我收到老陶发来的一封邮件，谈了他的"一点想法"。虽然只有几百字，但我反复读了好多遍，越读心里越酸：

我觉得，中国的教育不是真正的教育，而是利用教育绑架人的思想，劫持我们的孩子也就是（劫持）未来。高考使几乎所有人都很难受甚至是痛苦，只有那些卖辅导材料和在这方面有权力的人例外。

在这种制度下，实际上没有真正的受益者。他们没有培养出信徒，只是把有良知的孩子培养成反对者，把没有良知的孩子培养成伪君子。

我们不能指望真正的教育改革，只能自己去适应和应付环境……事实告诉我们，必须老老实实地跟着高考走，否则你的孩子不能进入大学的门，我们不能说朝另一个方向走，但是可以不那么使劲地往前冲，而且照顾一下孩子的实际情况。对于这个制度，我们把腰弯下90度，但是没有五体投地地膜拜。说白了，就是豁出去不上名牌大学，给孩子留一点做自己喜欢的事情的欢乐和个性。

陶雨晴的经历，实际上就是在这么一条路上挣扎的过程。

这是一个普通的孩子，但是有点倔，有点自己的爱好，并且在某种程度上保留下来了……这就是陶雨晴的大学。不是一个成功者的故事，更不是一个天分很高的精英的故事，而是一个非常普通的高考轧路机下面的小草的经历。在她的经历中，没有人有什么错，学校、老师都没有，甚至对她比一般学生还要宽容一些。而值得重视的是，为什么在学校、老师都没有什么错误的情况下，学生这样的不快乐。

至于浸大的录取……可以作为一个相声中的包袱，原来以为打不开的门，开了。

2009 年 7 月

高考难道就是我的梦？可它除了分数外，关于我是谁，我要什么，我想做什么，我的梦是什么，这些能看到吗？

自己的梦是什么？自己的故事是什么？这些非常重要。

破解美国"高考"

一个在国内高考落榜的男孩，却被美国排名第一的哈佛大学录取；北京一个高考理科状元，申请了美国 11 所名校，竟被全部拒录。

"中国人民破解了美国的教育体系"，有人在网上发了这样一个帖子，并转发了去年 5 月 29 日《纽约时报》的一篇报道，文中提到一个叫马振翼的美籍华人。

10 年前，马振翼在加州创办了一家叫"星腾科"的教辅机构，为高中生升大学提供咨询及考试培训服务。2009 年，这家机构进入中国大陆，在北京、深圳等地设立了分支。10 年来，"星腾科"帮助数千华人学生，进入梦寐以求的美国名校。

美国顶尖大学究竟是怎样招生的？与国内只看分数的高考比有啥不同？

春节前，在北京建国门外一栋高层写字楼里，我们采访了深谙美国大学录取之道的

［1］正在做培训的马振翼　　［2］"星腾科"在美国的机构

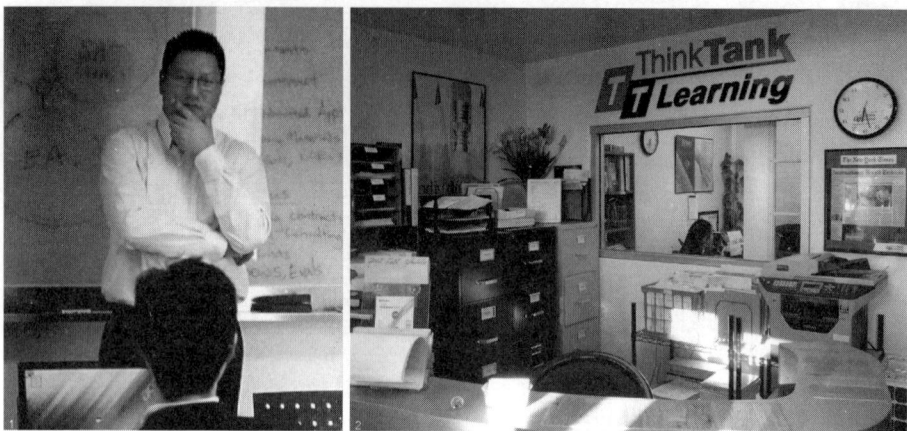

马振翼。他笑呵呵地说："美国各大学，都有一套挑选未来优秀人才的系统，而我们就是在不断破解它。"

"我看不到他们的灵魂，听不到他们内心的声音"

今年 34 岁的马振翼，在台湾出生，小学即到美国留学，大学读的是加州大学伯克利分校，毕业后在华尔街干过，还当过高中老师，后来自己创业。他身材高大、壮硕，长了个像成龙一样的鼻子，人很健谈，说话语速极快，少有停顿。

"咨询，就是聊天啦。跟大陆学生谈话，我最头痛的是，他们没有自己的想法。"马振翼说。"差不多""马马虎虎""还行吧"，这些孩子回答问题时，大多三言两语，翻来覆去就那么几句，交谈起来特别费劲。问他们为啥想去美国读书，回答基本上就是：那边教育先进，科技发达，学成后报效祖国；想以后去华尔街当证券分析师；要不就是父母让去的，看别人都去等。总之，千篇一律，大同小异，说得很表面化。

"我看不到他们的灵魂，听不到他们内心的声音。"面试 100 个学生，有 80 多个不清楚自己真正要什么、想干什么。

有天，一个从银川来的男孩，让马振翼眼前一亮。

这个男孩姓杨，他在北京见到马振翼时，已经高中毕业快一年了，没有上大学。他

的父亲是个工程师，家庭收入中等。小杨的父母觉得，孩子只要能进美国排名前 30 的大学，就很满意了。可聊了没多久，马振翼就在心里说：这是哈佛要的人才啊！

小杨长相普通，但给人的印象很阳光，善于表达，"聊他的经历，让人感觉很有趣、很兴奋"。他是从农村出来的，7 岁之前，都生活在一处沙漠里。在他的童年记忆里，天空常常是黄色的。

跟绝大多数天天备考的高中生不同，小杨花了很多精力，忙乎一件喜欢的事：做 NGO（非政府组织）。他说自己从小在农村长大，知道那些农村孩子需要什么，也懂他们的心理。

"像西部农村的学生，不仅缺乏物质资源，更缺少精神资源。他们需要资助，我要帮他们，哪怕是很小的帮助。"他曾与同伴募集到 5 万本图书、15 台电脑，分别送给 18 所农村小学。他还跑到大学征招短期支教的老师，去偏僻地区的小学教英语、电脑、音乐等。多的时候，他甚至召集到一百来个志愿者。

"我很看不惯地方上一些公益组织的腐败做法。他们把公益当成生意做，挂羊头、卖狗肉，以慈善的名义捞钱，践踏人们的爱心。"接着，他讲了不少让马振翼大开眼界的故事。

"你们知道吗，他让我觉得可贵的地方在哪儿？"马振翼自问自答道，"可贵的是，他看不惯一些公益组织的行为，但他并不只是发发牢骚，而是自己想着去做，去改变，

［5］美国大学校园学生社团活动日　　［6］美国大学校园

亲手创办一家 NGO。"

在中国，谁想注册一家 NGO，可不是件容易事，何况还是个高中生。"NGO，明明是不以营利为目的的非政府组织，可为什么必须挂靠在某个政府部门底下，才给注册？"这是小杨最感纠结、难办的事。

他告诉马振翼，开始特别不顺，跑了很多地方，找了许多人，都没办成。最后，是当地一家媒体出面，帮他挂靠在一个县级单位下边，才算注册上。

"小杨办的 NGO，很有创意，是一家网站，一家整合了当地公益资源的网站。"比如，现在有 20 名可以支教的志愿者，把他们的资料发布到网上，哪家 NGO 需要，直接联系就可以了，不用到处现找人；再比如物资，像电脑、书刊、过冬衣物等，都发布到网上，大家支配。这个网站，实际上就是 NGO 资源共享的平台。小杨告诉马振翼，网站已小有规模，有 200 多家 NGO 成为他们的会员。眼下，他们正在做远程教学，想让偏远地区的学生，通过网络也能享受到优质的教育资源。

小杨的另一段经历，也让马振翼很感兴趣。高中毕业后，小杨一个人去了西藏，在牧区与藏民生活了半年。"人生就好像旅行，重要的不是你都去了哪里，而是在旅行的过程中，你都遇见了什么人，他们给你带来了怎样的快乐。"小杨这么认为。

"你就没有很难过的时候？"马振翼问他。

"没有，我喜欢笑。"

"你是怎么评价自己的？"

"首先，我是一个热情的人。我喜欢新的东西、喜欢挑战、喜欢自由。还有，如果是我认准的事，我会很执着，一定会去做。"

"在你的成长中，有谁给过你好的帮助或建议？"

"我爸爸。他一直告诉我，要学会宽恕和帮助别人。"

马振翼问小杨，去美国上大学，最想读什么专业？他回答说：中国经济改革 30 年了，东部沿海地区的人受益最大。而西部，几亿人像是被忽略了。他的故乡，现在依旧落后、贫穷。

"我常常有种无力和受困的感觉。如果能去美国上学，最想读的是经济学。我希望能学到好的知识和理论，将来回到家乡，改变那里。"

这番问答让马振翼很满意。"你们问，美国一流大学，有什么录取标准？这还真没有一个定律。如果硬要套的话，可以这样说：他们要的是将来可以影响世界的人，是具有这种潜力的人。"他飞快地说。

"在这个 20 岁的年轻人身上，我看到了这种潜力。他很有想法、也很有激情，这就是他身上的亮点。我要做的事情，不是去包装、制作，而是尽可能地发现、发掘。如果是一颗宝石的话，我只需要把上边遮蔽的杂质去掉，让它闪闪发亮。"

换了口气儿，马振翼又接着道："影响世界，先看你是否影响了周围的环境，你都做过什么。在美国，高中 4 年什么都不做，天天关起门啃书本，肯定不行，一定进不了哈佛的。"

"试想，一个说自己有领袖才能的人，却从来没做过领导；一个说自己勇敢的孩子，却从来没冒过险；一个说自己很有创新精神的学生，却从未尝试自己想干的事，那人家怎么能信你呢？"

"这个姓杨的小伙子就很棒。看不惯环境，他就自己去做一个 NGO。虽然很困难，但他始终不放弃，克服重重阻力，最后注册成功，募集到善款，这说明他有克难制胜的勇气和能力。旅途中，他能拔刀相助一个素昧平生的人，就很勇敢、很有担当嘛！还有在牧区生活时，他去小学无偿地教书，帮助当地的穷人，这种服务社会的精神，正是一个优秀的人所必备的品质。"

可是，小杨的考试成绩不理想，SAT（相当于国内的高考）分数满分是 2400 分，他只考了 2000 多点儿，申请哈佛能行吗？那可是世界级的竞争啊。据说 2011 年，哈佛的入学申请人数，升至史上之最。

哈佛对小杨的面试地就在北京。谈话结束时，面试官笑着对他说："假如你被录取的话，你将是哈佛有史以来，录取分数最低的华人学生。"

最终，哈佛的经济系录取了他，并给了全额奖学金。

"你的梦是什么？你的故事是什么？这些非常重要"

一天，有对母子前来咨询。孩子妈兴冲冲地对马振翼说：我儿子的 SAT，考了 2370 分，你一定要让他进哈佛或耶鲁！但是，马振翼跟她儿子接触后，感觉特无聊，很无奈。

"No，我做不到！"他告诉孩子妈。

"为什么？"她跳起来问，"我儿子的分数，接近满分。他要进不去，简直没天理了！"

最后，这个男孩果真既没去成哈佛，也没进耶鲁。得知北京那位高考理科状元被 11 所美国名校拒录的事，马振翼说他一点儿都不奇怪，觉得很正常。

"在美国，即使是那些在高中全校排名第一、SAT 满分的学生，许多也照样会被哈佛刷掉。"马振翼介绍道。"星腾科"的 SAT 培训班，年年都能出几个满分学生，相当于国内的"状元"。但他们中的大部分，最后都进不了美国排名前 10 的大学。

有媒体报道说，普林斯顿大学拒绝了一半以上 SAT 成绩接近满分的申请者。其他美国顶尖大学，也都有类似情况。据马振翼了解，哈佛的 SAT 平均录取分数只有 2250 分；公立大学排名第一的伯克利，只有 2050 ～ 2300 分。"排名越靠前的学校，挑选人才时，往往越不看重学业，而更看重素质。"这是马振翼的经验谈。

"SAT 满分是 2400，谁可以告诉我，2300 的学生，一定会比 2250 的学生，在未来成功率更高？在美国，有人做过一项调查，用学生的 SAT 成绩，只能预估出他大学第一学期的成绩，第二学期的就估不出来，完全没有因果了。美国的'高考'，都没办法测出一个学生，进大学 6 个月后是什么样的，你怎么指望这个'高考'，可以预测人 10 年、20 年后的样子？"

那是不是说，美国大学录取不看重成绩喽？

"也不是。只不过相对于国内高考来说，他们不只看分数，不绝对以成绩论。"马振翼解释道。他说，美国的大学录取，大致看三大块：一是学习成绩；二是学生自己写的申请信；三是课外活动。成绩不仅有 SAT，还要看高中 4 年的平均成绩等。学习成绩必须达到基本要求，但是，当成绩过了录取门槛后，分数只能起 30% 的作用。

"你要想进入美国一流大学，光是成绩好不行，分数达标的学生太多了。这些大学，到底在找什么样的人？答案很简单：让人印象深刻、多才多艺和拥有特殊课外活动的学生。你的梦是什么？你的故事是什么？这些非常重要。"

在一篇写哈佛大学录取部（相当于国内高校的招生办）主任威廉·菲茨西蒙斯的文章里，描述了这样一个有趣的小插曲。

被人称为"哈佛良心"的威廉，在哈佛做录取工作已经超过 40 年，他亲手招进的学生，超过 7.3 万名。有一回，他去华盛顿，为那里的高中生和家长做有关大学申请的演讲。

讲毕，一位妈妈把自己的儿子推到威廉面前。她兴奋地说着自己的孩子，多么积极进取、勤奋好学、成绩优异，多么具有一个真正学者的范儿时，威廉只是听着，没有吱声。

等她唠叨完了，威廉，这位身材魁梧、曾跑过 30 多次马拉松的男人，才低下身子，看着面前沉默的小男孩，轻声地问："你平时喜欢玩什么？"

"年轻人最大的课题，就是找到自己，找到自己喜欢什么、要做什么"

可是在国内，那些前来咨询、想报考美国大学的学生及其家长，好多想法还是中国式的，还没跳出中国高考模式。

马振翼总结说："往往，这些学生的英语能力很差，而且，在自由时间里，除了功课，没做过什么有助于录取的事。但他们的爸妈，却要求他们入读常春藤盟校。"

即使有课外活动，也很单一，大多是学校组织或安排的，像"模拟联合国"、军训等；要不就是去敬老院做义工，当运动会的志愿者，体现不出学生的个性，也看不出参与者的想法和热情。

"我了解了你做的课外活动后，仍不能知道你是一个什么样的人。"马振翼常常无可奈何地对学生说，并教导他们，"年轻人最大的课题，就是找到自己，找到自己喜欢什么、要做什么。做自己喜欢的事，加之不懈地努力和坚持，成功离你就不远了。"

尽管确立了这样的原则，但对于国内多数学生，马振翼一时也找不到太好的办法。

"你就是告诉了他们，课外活动很重要，他们也不知道如何做。我们真的不得不牵着他们的手，和他们一起做每一件事。"

他反复提醒学生和他们的父母：你的课外活动，是否体现出你的个性？你做的事情，是否影响或改变了他人和环境？课外活动的参与和表现，会透露出学生的人格特质。正是这些特质，决定了名校做出是否录取的考量——甚至在你学科成绩并不突出的情况下，也有可能被录取。

马振翼强调，大学考察课外活动，实际考察的是学生的能力。能突出你能力的活动，就是好的活动。假如你参加了 3 种社团，都是普通团员，就不如只参加一个，但是担任了主席职位，这代表你有组织和领导能力。参加各种体育活动也是，要有突出表现为好。美国的高中有各种社团，自己也可以申请组建新的社团，所以，参加了并不说明问题，在里面起了什么作用、组织了哪些活动才重要。

他还列出了一些美国名校比较看重的项目，例如：体育、社团、夏令营、研究性活动，或者参加实习、做义工、旅游、参加比赛，甚至还包括兴趣和爱好，哪怕是逛街买东西、玩电脑游戏和听音乐……

"如果还是不知道自己想做什么，那我们会通过咨询和测验，了解学生的内心。你想要什么？想干什么？梦是什么？找到他的兴趣点，就引导、鼓励他去尝试。"

但真做起来，并不容易。"我们跟学生沟通时，很多时候得一点点地问，一点点地抠。"马振翼说，他们会问学生诸如此类的问题：你最高兴的儿时记忆是什么？距离最近一次哭多久了？为什么哭呢？

他们是去美国上大学的，跟什么时候哭了、什么时候笑，有嘛关系呢？许多人不解。

"当然有关系了！"马振翼笃定道，"一所大学要招几千人，他们要了解你是什么样的人，与众不同的地方，从本质上与别人区别开来。你的喜怒哀乐，能表露你的内心、你的性情。比如说，有个学生讲，他最近一次哭是在 6 岁，为什么哭，已经记不得了。那么这个学生，很可能是一个正面、乐观的人。"这么做的目的，就像是扒开外皮露出瓤，看清一个人的本质。

这招还挺管用。连与学生朝夕相处的父母都不知道的隐私，也让马振翼给刨出来了。有回，他问一个学生啥时哭过，回答说是几个月前。为啥哭？说是朋友背叛了他。怎么个背叛法？造成什么伤害？一路追根问底，才发现事情不简单，这个男孩是同性恋。在后来写的大学申请信里，男孩坦陈了一切，反被录取了。

还有一回，马振翼的办公室里来了个"富二代"。"那小子一身的名牌，手里拿个 iPhone 手机。吊儿郎当的样儿，叫坐不坐，问一句答一句，不问不说话。"问为什么想去美国念书，想学啥，他说不知道，是他妈叫他去的。

马振翼耐心地与他对话，慢慢推开心门，发现了他的心结。

原来，这个男孩在小学三年级的时候，有天放学回家，亲眼看见他妈妈跟一个陌生男人在一块儿。发现母亲婚外情，这事对他冲击很大，但他却从未跟人提及，包括父母，一直憋在心里，留下很深的阴影。人一天天长大，他变得越来越叛逆。只要是他妈让他做的事，他一定不做或者不好好做，故意对着干。马振翼帮他舒解，引导他。最后，这个男孩说想读心理学。

"很好啊。你有这样的亲身经历，对你读心理学，一定会有帮助的。"

马振翼还给一个特别不爱读书的学生做咨询。聊着聊着，他发现这个男孩很喜欢玩电子游戏，那就聊电玩吧。"一谈到这，那家伙滔滔不绝。"哪家公司设计的游戏最棒、玩家们现在都玩哪款游戏、去什么网站玩、如何操作、武器系统怎样，等等。

"你简直就是个专家嘛！"马振翼夸他。

"嘿嘿，还行吧。"

"那你有没有想过，自己开发一款游戏？"

男孩愣了一下，说从没想过。

马振翼鼓励他试试，又说服孩子爸，给他投了几千块钱。接下来，男孩自己动手写出剧本，又跑到一所艺术院校找大学生帮他绘画。虽然他的游戏没有全部完成，但他把企划案，成功地卖给了一家游戏公司，获利两万。整个过程，历时 8 个月。

在这个过程中，男孩学会如何与人沟通协调，如何跟人谈判，如何组织团队。他要管别人，给人发工资，要做企划，要掌管财务……经过这 8 个月，男孩说自己一下子长大，有了责任感。后来，他被美国排名 15 的康奈尔大学酒店管理系录取。

正接受"星腾科"培训的北京女孩小段，是个 90 后。她现在关注一件身边发生的事：与她同龄的少女未婚怀孕的问题。她利用课余时间搞调查，从小广告上找到给少女堕胎的私人诊所，明察暗访；想方设法接触怀孕女孩，了解她们的身世、经历和想法。后来，小段在自己的学校搞了一场辩论：你如何看待"少女怀孕"这一社会现象。

"我们会有意地，让刚进入高中的孩子，发掘出自己的社会意识和独立自主的态度。"马振翼强调道。

万一有人撒谎怎么办？伪造自己的课外活动，没做过的事，就说做过了，那些远在美国的录取官，怎么可能发现？类似的问题，马振翼曾问过一个哈佛的面试官。

"这个简单啊。"对方告诉他一个小窍门：多问细节。

"比如，一个学生讲他发明了某种东西，你可以问他：使用何种工具、哪里出产、什么牌子、性能如何等。"哈佛在北京面试一个学生的时间，通常为 40 ~ 100 分钟。如果根本没做过的事，一个高中生，是禁不住那些久经沙场、经验老到的面试官追问的，总会露出破绽。

"申请者的人生故事，那么真实、动人，你无法伪造"

在美国，到了申请大学最后阶段，学生能下功夫的，只有自己写的申请信了。其他都木已成舟，只有这个，可以努力写得更好。

像哈佛，每年的申请者有 2 ~ 3 万人，录取的只有 2000 多人。面对成千上万封申请信，一所名校的录取官，读一封信的时间很有限。怎样才能让他们在你的信上多停留一分钟，能否让他们对你留下深刻的、超越刻板分数的印象，关乎申请者的命运。

"关键就是要写出个性、写出彩儿。要一下子吸引住录取官，要在不长的篇幅里，强烈地呈现出你的形象和人生理念。"马振翼强调说。

深圳女孩小陆，申请了哥伦比亚大学。日思夜想后，她等来的却是一纸拒录信。读过这封令人沮丧的信后，小陆有些慌了：自己品学兼优，做了不少课外活动，咋还被拒绝了，哪儿出的问题？她去了深圳的"星腾科"求助，希望能找到答案。

看过她的申请资料，留学顾问觉得问题就出在申请信上。在信中，小陆着重描述了她打羽毛球的事。如何重写申请信，她与留学顾问进行了一场头脑风暴式的讨论。最后确定重写的内容，是她曾与台湾高中生共同组织的一场两岸对话会。这回，小陆的申请获得成功，她如愿地被宾夕法尼亚大学录取。

"你的故事不一定很离奇，但一定要让人感动，要与众不同。"这是马振翼坚持的标准。"星腾科"培训班里有个华裔女孩，父母是开餐馆的，没什么文化，家族中也没有人上过大学。她自己很少参加课外活动，课余时间都在餐馆里帮父母的忙。她的大学申请信，就写她在餐馆里干活儿、在家照顾弟弟的事儿，写得很生动、很具体。结果，那种积极向上的人生态度，打动了哈佛录取官。

有记者曾问哈佛大学录取部主任威廉，在年复一年的录取工作中，什么最令他难以忘怀？他毫不迟疑地回答："阅读申请者的人生故事。这些故事是那么真实、动人，你无法伪造。"

"在这里，你每年能看到两万多个申请者的真实生活。他们的高中、他们的家乡、他们的祖国、他们喜欢做的事情。还有这些人，在生活中克服困难所取得的成就。任何一个做这份工作的人，都是个幸运儿。因为你有机会看到未来。从这些学生身上我看到了，未来的样子真不错。"

每年春季大学录取过后，在北美华人报纸、网站上，都会出现不少相关文章。那些刚刚结束激烈竞争的人，撰文谈体会、晒心得。

有篇文章，专门讲了一个学生如何成功地写申请信的事。

这个男孩高三时，挑头建起网上论坛，主要用于同学内部交换信息、讨论作业。但好的愿望，却演变出坏的结果。参与者渐众，论坛失控，内容五花八门，有人把一些旧考试题和答案也贴上来。令他们喜出望外的是，期末化学考试，考卷与论坛曾贴过的一模一样。

很快，网站被人告发，校方如临大敌。在美国，作弊是很严重的事。作为网管，男孩的成绩单里，不仅多了个刺眼的F——不及格，人还差点被学校开除。

本来，这个男生成绩很好，在全年级500人中排名第一；课外活动也很积极，暑假连续3年做水上救生员，进常青藤盟校十拿九稳。但突然卷入这样一场风波，他连上普通大学都悬。第一次遇到人生路上的挫折，男孩非常沮丧。有段时间，他甚至觉得自己的人生完蛋了。

他的大学申请信，写的就是自己犯下的这个错误。原本是一件不光彩的经历，却让他写得非常积极、正面。信中写道：

在这几个月里，我学到了很多，不是学微积分或莎士比亚，而是学习人生中最重要的东西：责任、荣誉、正直和诚实。

我很庆幸这么重大的事件，发生在我人生的早期，这使得我有一生的时间来吸取教训，完善自己。我成熟了许多，并成为一个更有责任感的人。我学到，责任和正直是人生中非常宝贵的品质。在我年轻时遭到这样的教训，终归比我长大后遇到、并使我一生的努力付之东流要好很多。

从这一点看，我的人生眼界变得宽广了。我不再将视野局限于不惜任何代价都要上大学这一点上。从此，我人生的眼光更长远，对事物重要性的看法也改变了。

"高考就是你的梦吗？可它除了分数外，还能看到什么"

"假如我在国内读高中，可能就废了。"马振翼这么讲他自己。

他在台湾读小学那会儿，教师是可以体罚学生的。不好好念书，老师可以用藤条抽学生手掌。"错一个字，打一下。错了300个，就打300下。我没有一周是不被打的。"至今，最让马振翼耿耿于怀的是，一个男老师骂过他：你是我教过的最笨的学生！这让他很没有自信心。

到美国上学后，人也没多少起色，还是老样子，玩、混，就是不念书。到初中为止，他转了7所学校。直到上高二，遇到一个教数学的白人女老师。

"她对我特别有耐心，像妈妈一样关心我。在她的课上，我常受到夸奖。我喜欢上了数学，每次考试都考满分，每天作业都做。"后来，她又把马振翼介绍给一个教高年级数学的老师。很快，马振翼学完高中数学，又跑到离家不远的伯克利，修完了大学一、二年级的数学和物理，并顺利通过考试。

申请大学时，马振翼除了数学和物理，其他科目的成绩都很差。既然这个学生，一年跳了好几年的数学课程，肯定不笨，有天分。于是他被伯克利录取，双攻物理和数学。

　　"是那个女老师给了我自信心。否则，我现在可能还在混。"马振翼当高中老师时，也教数学。他教书的地方，是黑人居住区，犯罪率高，50% 的学生毕不了业。

　　"一个好老师，一定要启发学生，启发他的潜力。如果半年里，能有一个学生被我启发了，对数学产生兴趣，那我就成功了。"有个黑人学生，起初很恨马振翼，给他写来死亡威胁信。因为他吸大麻时，被马振翼逮到。半年后，这个学生又写了封道歉信。等马振翼离开这所学校时，这个学生哭了。

　　"人在年轻时学到的课本知识，可能会被忘掉。但一个启发、一个感动、一个梦想，可能会影响你一辈子。"

　　什么样的教育，才是好的教育？

　　从自己读书、教书经历中，马振翼悟出的结论是：教育的重点，就是启发人！

　　这些年，马振翼在中美两地，接触过的学生不下几万。聊到两地学生的差异，他的回答是：最大的不同，就是中国学生没有梦想。

　　美国的教育，从小开始就教你发现自我，鼓励小孩敢想、敢做。它的文化也一再告诉人：只要你想到、你做到、你充分努力了，那你一定会得到！

　　中国的教育，没有给人理解梦想的空间。

　　"难道高考，就是你的梦吗？可它除了分数外，关于你是谁，你要什么，你想做什么，你的梦是什么，这些能看到吗？没有梦想，你会成为一个真正的人吗？没有梦想，中国能出乔布斯吗？"

　　《纽约时报》那篇报道说，"星腾科"去年在美国的营收有 700 万美元。至于在中国有多少，马振翼苦笑道："我来大陆 3 年了，还没挣到钱。"但很快，他又乐了。

　　"假如每年，我都能发掘出一两个，像银川男孩那样的学生，也值了！"

　　他的想法是：当这些年轻人站在人生的拐弯处、梦想的岔道口前，自己能在他们身后，用力地推上一把。

2012 年 2 月

照片提供：星腾科

这是一个生于底层，从坚持晨跑开始，一步步向上，最终实现自我目标的青年。

这是一个青年从幼稚到成熟，不断成长的过程。

从晨跑开始

　　编辑通知我参加一个新书发布会。这本书的内容是"新东方"学校著名的徐小平与一个名不见经传的年轻人对话。编辑感兴趣的正是这个人。他叫乔惠存，从一所中专毕业后，多年奋斗，最终被美国名校沃顿商学院 MBA 录取。听与会的人说，20 世纪 90 年代，沃顿商学院连续 8 年在全美排名第一，它每年只在中国招收 20 名学生。拿到这本《黄金是怎样炼成的》，很担心这又是一个"哈佛女孩""剑桥男孩"之类的书。

　　这本书的主述人是乔惠存，一个来自东北齐齐哈尔的男青年。徐小平边听边评。

　　乔惠存大致经历是：15 岁考上辽宁轻工学校，中专毕业，到齐齐哈尔明月啤酒集团当技术员；在啤酒集团，通过成人高考，用 5 年时间函授拿下商业管理本科文凭；24 岁考入哈尔滨工业大学读经济学研究生；26 岁在几千名求职者中被中信总部录用；

[1]乔惠存与同学一起　　[2]乔惠存(中)和父母

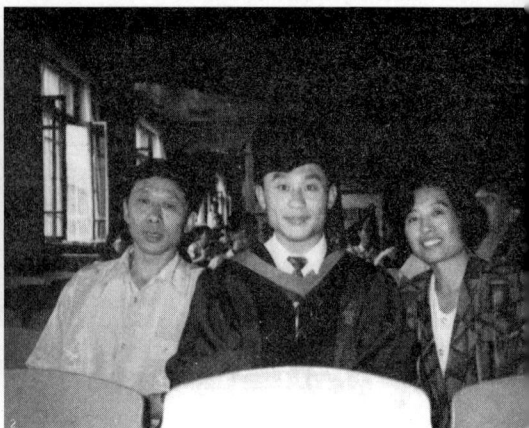

29岁辞职，创办自己的咨询公司；32岁，经过两年的考试和申请，被沃顿商学院MBA录取，现在美国念书。

乔慧存打小就有经商的爱好，12岁就能跟外公一块儿卖螃蟹。他们从大连进了一火车皮螃蟹，但那是1982年，齐齐哈尔人不认这东西，结果亏本了。后来，他又从他妈商店进了一批火柴卖，进价是一包5毛钱，卖6毛，买主是一食杂店老板，后来价落了，他竟然还能卖6毛。这回，总算从这个傻瓜老板身上挣着钱了。

后来他去一工程队搬砖挣钱，每天受到这样的刺激：午饭，包工头儿满嘴流油地吃烧鸡，而他吃的是土豆白菜，心里恨恨地想，自己一天天不该只为了2块4毛8分钱活着。念中专时，他又卖开冰棍。夜里11点睡觉时，大家都肚饿，几个学生就卖雪糕、饼干和汽水。卖了近一年，赚了不少钱。用这钱，他领上全班30多号人去了趟北戴河。

他曾出现过一次挺严重的心理危机，于是跑去看心理医生……

看完书，我有这样的印象：乔慧存是一个生于底层，从坚持晨跑开始，一步步向上，最终实现自我目标的青年；这是一个青年从幼稚到成熟，不断成长的过程。

"人用3周时间就能改变一种习惯，我只用了4天"

2002年12月30日，我见到头天回国的乔慧存，可能还在倒时差，他脸上有倦容，

但穿着干净整齐，头发一丝不乱。讲标准的普通话，听不出东北口音。他没有不少从国外回来的人常犯的毛病，讲中国话非要时不时地蹦出句英语，生怕别人忘了他是从美国回来似的。

我直言不讳地问他：你和徐小平出了这样一本书，你认为有什么价值？

"我想第一，我不是个天才，智力中等，眼睛从小就远视；第二，我没有很好的背景和环境，父亲是个工人，我只有中专毕业，生活在齐齐哈尔那种中小城市。但我的经历，起码会对年轻人有所鼓励。我都能干成的事，那些比我聪明，环境和条件比我好的人，更能做成。

"我最大的优势就是我的执着：做一件事，一定要做到底，一定要做成功！我相信这句话：没有什么是不可能发生的！如果我们能有这样的理念，成功实际上离我们并不遥远。"

我告诉他，那天新书发布会上来了不少事业有成的人，有国外回来的老板，也有国内创业成功的人，像新东方校长俞敏洪。"没想到，他们对你印象最深的事却是你的跑步，不少人发言时都提到这。"

乔慧存上中专时坚持天天跑步，晨跑4年，从没间断过，他永远比同室人早起两个小时。"开始我也起不来。我们寝室8个人，早晨都不吃早饭，8点爬起来直接去上课。我想要改变这种习惯，每天早晨6点起床跑步。可第一天起不来啊，一屋人都睡着，

[5] 乔惠存在美国

东北冬天多冷啊，零下二十几度，一出被窝冻得要命，我坚持早起 4 天，好了，不再觉得不舒服。有种理论说，人用 3 周时间就能改变一种习惯，我只用了 4 天。再比如说我练字，我母亲说我字写得不好，将来签个字什么的多难看，我就开始练。每天值日生扫教室的时候，在一片灰尘飞扬中我练半小时书法。到后来，跑步啊，练字啊，我不觉得有多痛苦，反倒能从中找出很多乐趣。"

乔慧存的好学和自律，让人觉得近乎残酷，一些成年人都做不到的事，他一个十几岁的孩子却做到了。像练吹口琴，他直练得嘴唇都磨破了。中专 4 年，几乎没看过电视、没读过小说。琼瑶小说在班上都传遍了，每个人都读，但他愣是一本没碰……"你才十几岁，父母又不在身边，怎么就能挡住玩的诱惑？过这样单调乏味的生活，你不觉得亏待自己吗？"我问乔慧存。

他是这样回答的："我会看，这个社会到底需要什么样的人，我会按这个标准来塑造自己，这个过程会很痛苦、很枯燥，但我能忍受。因为每成功一步，我都会受到鼓励，有成就感，比如像我学外语。"

16 岁时，他写了一篇日记，总结了 10 个必须学英语的理由。他们中专的校长常说：懂技术、能管理、会一门外语，是复合型人才的标志。

"我想我必须成为复合型人才，必须学好英语。英语自学我坚持了 11 年，走的是一条很笨的路子。从中专第二年一直到毕业，每晚我站在走廊里，用小收音机听大连外国语学院的美国英语讲座，11点听完了再睡。上英语课，每次大家都答不上来的问题，老师才会叫我答，他说我是班里的'英语王牌'。我的动力和毅力来源于我的梦想——成功。我有成功的欲望，而且非常强烈，越强烈我越想实现它。如果我去看琼瑶小说，我会很内疚，会觉得对不起父母，他们对我有那么多期待，而我却在这里看小说。"

"我的很多同学，包括现在的外国同学，都没有这种工作和管理经验，我能讲出的东西，他们根本不知道"

研究生毕业后，乔慧存去了他最想去的公司中信总部。"所有的人都不信，像我这样的经历，会被中信录用，他们还不信我没走后门。在中信，我不认识一个人，只递了份简历，据说往中信扔的简历有4500份，最后只录取了9个人。我也好奇为什么选中了我，后来听说是因为我的经历特殊，中专毕业，又在工厂工作那么多年，还有'亚冬会'给我写了两页纸的推荐函……"

19岁，乔慧存的同龄人刚上大学，而他已经回齐齐哈尔，到啤酒厂上班。他打交道的多是四十几岁的工人或学历比他高的技术员。

在工厂5年，给了他很大空间，包括各种学习。"工厂的学习环境和气氛很差，大家只喜欢喝酒和赌博。我对他们说：第一我不会打牌，第二也不会喝酒，就坐门口给大伙儿把门吧。我申请了这样一个看门的角色，坐门口看我的《新概念英语》。利用这5年时间，我把一至四册老老实实看了5遍，反复地折腾。"

有一次，乔慧存去北京参加一个国际啤酒研讨会，会上，只有他一个人能用英语跟外宾对话，所以受到瞩目，拿到了所有的演讲稿。他用半年时间把这几万字的演讲稿、专业论文翻译出来，并寄给当时的中国啤酒协会会长齐志道。"老先生居然当天给我回了信，5篇译文全部发表。这事在我们啤酒集团很轰动，因为有史以来没人在国家一级啤酒杂志上发表过文章。我成了厂里有名的翻译，厂里也重点培养我。"

他最终离开啤酒厂的直接原因，是他的两次挫折。"第一次是我21岁时，厂里副总经理、副书记以上的领导一致推举我做团委书记。能当整个集团几千青年的头儿，我觉得极荣耀。我很想要这个位子，认为应该积极争取，于是主动找领导谈话，推销自己。结果我的主动出击，引起大家反感，给人感觉我特想当官，是个官迷，他们撤回了决定。第二次是我23岁，我的企业家梦想差一点就要实现了，但又遭到挫败。有一年时间，我以总公司技术科技术员的身份在管理一个分厂，分厂厂长对我极为肯定，想任命我当副厂长，已向总公司通报了。23岁，就可以管分厂300多号人，手中一下子有了不小的权力，我摩拳擦掌，准备大干一场。可在节骨眼上，分厂厂长被提拔，离开了，新上任的厂长对我不了解，这事再没人提。好不容易来了个机会，却因个小意外而破灭。两次挫折让我意识到：这种机制我不喜欢，它不是按人的能力来评价、选拔人的。我干了那么多事，而当选的却是另外一类人。"

乔慧存说当时很失落，办公室里有张床，中午他就躺着睡觉不起来。一天的工作，只要一个钟头就能干完，剩下7个小时无所事事。想想自己熬到四五十岁，才可能当上个分管技术的副厂长，他没了耐心。决定先读两年研究生，充实一下自己，然后再做抉择。

考研究生，对他这个中专毕业，本科还没学完的人来讲是极大的挑战。在啤酒厂开报考证明时，别人根本不信他乔慧存还能考上哈工大经济学研究生。

考研前，他挨个儿去见导师，都不愿要，原因是没录取过中专生，怕他即使考上了也跟不上。但考试时，乔慧存的英语成绩排名第一，复试也是第一。33人报考，最后录取了3个人。

"现在看来，在这样一个大型国企、这样一种机械化大生产的管理模式下工作5年，对我是极宝贵的经验，对我后来的学习和发展都大有帮助。比如读书时，我的很多同学，包括现在的外国同学，都没有这种工作和管理经验，我能讲出的东西，他们根本不知道。"

"当别人蔑视我、嘲笑我、嫉妒我、排挤我时，我只有一种方式来回应：我要做得更好"

念研究生时，乔慧存就找到一份挣钱多、受重用的工作，老板许诺他："做这行，你一定会成为富翁的。"可他只干了一个月就辞了。

"念研究生是我人生最大的转折点，当时我有'转正'的感觉，我终于能进正规、名牌大学读书了。哈工大是黑龙江最好的学校，对我来讲是殿堂。入学前半年，我疯狂地学习，英语提前过关，后半年免修，这使我的研究生生活丰富多彩，否则我会被困在学习里。我在报上看到一招聘广告，是当时中国最大的期货公司之一的'中包期货公司'招聘经纪人，我想去学学。既然我学经济学，对股票、期货就不能不懂。结果当天被录用，并被任命为首席期货经纪人，坐在公司第一排的第一个位置。

"我是唯一一个研究生，又是哈工大学经济学的，所以特别受重视，公司老总是从新加坡培训回来的期货专家。做期货经纪人，不管客户是赔是赚，我都拿佣金。但期货我只做了一个月，又有了一个机会。"

第三届亚洲冬季运动会是 1996 年在哈尔滨召开，1994 年底开始前期筹备。导师把自己带的 5 个研究生都推荐去了亚冬会，面试后，乔慧存和另一个同学留了下来。"如果我一直做期货，会很有钱，但我觉得期货炒来炒去，不能真正为社会创造价值，而'亚冬会'对我更有吸引力，接触的都是企业大老板，一谈就是成百上千万的项目，很有挑战性。我就是喜欢干有挑战性的工作，我在中信学到的东西，是我一生不能忘的。但在中信干到第 3 年，我想更自由地发挥自己的能量，而它给我的空间和我想要的有一定差距，我就决定离开了。"

离开中信前，一个做信息业务的香港人，邀请乔慧存去他的公司任职，因为还没离开中信，所以他只答应香港人做一个 3 个月的项目。"我签了一个合同，帮他们解决了北京市郊区局代收费问题，这个合同每月能增加利润十几万。他一次付给我的报酬，是我在中信年薪的 5 倍。"

1999 年，乔慧存注册了自己的咨询公司"京城信达"。他说干公司这 3 年，最大的感受是特别痛快。"我们跟客户谈判，帮企业出主意，创造了很多价值。我能看到自己帮别人赚了很多钱，当然我自己也挣钱了，否则，我就没能力支撑连续两年的留学申请，包括各种考试费用。因为我底子差，所以我考的次数比较多，光是 GMAT 就考了 6 次、雅思 3 次、托福一次。""我决定留学是在我的公司鼎盛时，我们刚接下一个展览中心咨询项目的单子。这个单子是与世界知名的 M 国际咨询公司和财政部下属的一家有政府背景的国有公司艰苦竞争后得到的。这次成功的挑战给我带来了成就感，更带来了危机感。据说 M 公司在这个单子上花了两年时间，开始我根本没想和它竞争，我只是家小公司，它是国际一流的咨询集团，只招清华、北大这类名牌学校的毕业生，或是毕业于美国、欧洲名校的毕业生。"

他想与 M 公司合作，直接把电话打到了项目经理的办公室，但遭到了拒绝，人家说："我们从来不跟小咨询公司合作。""那咱们见个面聊聊，行吗？"他又问。"我们没有时间。"电话被挂断了。"我有这样的心理：当别人蔑视我、嘲笑我、嫉妒我、排挤我时，我只有一种方式来回应：我要做得更好，气死你！放下电话后我默默地想，我一定要成功！我什么怨恨都没有，既然拒绝跟我合作，那我就跟你竞争，别看我小，但我有我的优势。"

在争来生意连同自尊的同时，乔慧存也认清了去路：我知道自己已有的知识不够用了，凭我的实力和学历，是很难跟国际知名企业竞争的，可能偶尔我会赢，但最终还是竞争不过人家。而且我的公司很难做大，很难超越。我要留学，我得充电。

"你没必要刻意改正，如果你把它改了，你的优点没了，你的锐气也就没了"

纵观乔慧存的经历，过程曲折艰辛，但结果却出奇的好，似乎是想什么就成什么。我问他：从书里看，有不少人都爱重用你、提拔你、帮助你，有人与你只一面之交，就想请你做他们的合伙人。甚至连替人做人生咨询的徐小平，也把你推荐给了新东方，还说你"人脉关系很旺"，"与人打交道善于揣摩"。你的这种能力是天生的，还是后来学的？

"从小我就喜欢说话，母亲也鼓励我要敢表达，多与人交流。在人际交往上，起初也有障碍，不懂不会，是由幼稚到成熟。15 岁离开家时，我连衣服都不会洗，更不会与人打交道，老是表达不好，我甚至怀疑自己的智力了。有段时间我彻底改变，由外向变得内向，不敢说话。后来，我慢慢做了寝室长，当上班学习委员，又去校学生会当干部，交往的人越多，我越觉得自己交往能力需要提高。这时，我会寻求一些帮助，像看书。"

他读了一些心理学的书，说有本《青年心理学》帮助特别大，还读哲学类书，像《人性的弱点》，读演讲类的书，如《美国总统就职演说》等。《演讲与口才》杂志，读了4年，一期都不落地跟它训练自己。这让他学到很多社交、礼仪、接人待物方面的技巧。"比如它教你，当见到一个陌生人时，怎样在3分钟内找到彼此感兴趣的话题，这些对我后来的面试、谈判帮助很大。"

乔慧存出现心理危机，不是在工厂受挫那会儿，反倒是他念了研究生，当上"亚冬会"组委会洽谈部主任时。"当时我特别困惑，我一上班就开始忙，别人谈不成的生意，我去了客户就能和我签约，在实习的学生中我签的合同最多。但和我一起工作的平级同事，都对我敬而远之，不和我交朋友。"

别人说乔慧存这小子，怎么老是以自我为中心，对别人不理不睬的。"白天，我在单位受人嫉妒，工作有成绩受到领导的器重，结果周围的人更加嫉妒。他们聚在一起吃饭却不叫我，在一块儿说笑、看报、聊天，去喝酒、打牌、赌博，我只能在一旁学英语。晚上下班回学校宿舍，都有一种恐惧感。当时临近春节，同屋人都走了，整栋楼空空荡荡。我走进房间时，总有一种走进坟墓的感觉。我身边没有朋友，极其苦闷。回宿舍后，总是大声地放音乐或给父母打电话，只有这两种方式才能驱逐孤独和寂寞。我这个人是这样的，高兴时会大叫，但痛苦时会极为沉默。我开始剖析自己的毛病，我确实是个以自我为中心的人，这是从小奶奶娇惯的结果。在家我是中心，长大后在任何地方，我又都当干部，是'核心'，但现在，我遭到了反对和排斥。我还是个对自己极为珍视的人，身体有一点点不舒服都会去看医生。我读过一个日本人写的心理健康方面的书，所以，在大多数人还不知道心理医生时，出于好奇和需要，我去看了心理医生。我们在哈医大见面，他是黑龙江省心理咨询委员会主任，特别权威，他跟我说的第一句话是：你的这个问题、这种心理，是所有杰出青年所必然碰到的。我马上感觉舒服多了，又恢复了自信。"

心理医生又教他：你没必要刻意改正，如果你把它改了，你的优点没了，你的锐气也就没了，你在弱化缺点的同时也就弱化了你的优点。你可以增加一些和朋友的交流，增加一些和同事在一起娱乐的时间，比如打打牌、喝喝酒、聊聊天，关系会融洽很多，但工作风格不能变。

"真正解决我的问题并让我受益终身的是'亚冬会'一个领导的一句话，他说：'永远都要站在别人的立场来考虑问题。'我信了，也由此改变了自己的思维模式和心态：每个人都是值得尊敬的，你不能因为自己杰出而认定他人是平庸的。到现在我也认为，与同事的关系，最好是合作多于竞争，一块儿往前走。假如大家都互设障碍的话，会耗费很多精力，也很难干成事。原来我不愿意和他们交流，觉得自己时间宝贵，没空和他们一块儿闲聊。心态调整后，我开始从心里接受他们，人际关系立马改善。我还用这种心态去谈判，几乎次次成功，屡试不爽。"

"'亚冬会'这份工作，让我全方位地进入商业领域……我日后从事咨询业的许多理念，就是那时建立的"

乔慧存认为他在亚冬会组委会受到的"实战锻炼"，比 MBA 的案例教学还管用，尤其是谈判。"组委会刚成立时，我们什么通信设备都没有，领导让我出去谈几台寻呼机回来，我就去了哈尔滨最大的一家寻呼台，这是我谈的第一个项目。人家问我，赞助了寻呼机，我们能有什么好处？我说可以替你们做广告，开通一条'亚冬会热线寻呼'专线，结果我一次拎回 5 台寻呼机。因为不够分，第二天我又去了，这次想签约它为'亚冬会指定寻呼台'，老板说你得答应我个条件，我就签。他说你毕业后，就到我这儿工作，我给你一个公司做经理。我说我才 25 岁，他说没关系，我说行啊，结果他就签了。我又拎了几台寻呼机回去，受到领导表扬。第二天，我为这家寻呼台策划的宣传仪式轰动全市。"

第三件事是"韩国大米"，是人家找上门来的，乔慧存说他在 10 分钟内与对方签了赞助合同，确认它为"亚冬会指定大米"。

这事被投资老板看见了，他当即任命乔慧存为组委会洽谈部主任。后来他们连续为"亚冬会"签了方便面、矿泉水、可口可乐等一系列赞助合同。"从 1994 年干到 1995年年底，整一年，我们这个部一共谈成了 1500 万元的赞助。'亚冬会'这份工作，让我全方位地进入商业领域。在拉赞助的同时，我要帮助企业策划，它怎样利用亚冬会赚钱。到最后，我能在 30 分钟内，策划出一个客户满意的建议书，我日后从事咨询业的许多理念，就是那时建立的。"

在乔慧存多次面试经历中，美国沃顿商学院的那次面试，给他的印象最深，也最有挑战性。面试地是在上海，面试人是沃顿负责招生的一把手，一个年纪四十几岁的女士。

"进去后我很紧张，她说请你放松，请你坐得舒服一点儿。这时，我觉得她很友好，一下就不紧张了。

"她问我第一个问题：'为什么选择沃顿？为什么读 MBA？为什么现在？同时你也介绍一下自己，因为我不认识你，不知道你的经历，也没看过你的简历。'我说我带了简历，对您了解我会有帮助，就递给她一份，又说：'我为能受到沃顿招生办主任的亲自面试感到无比荣幸，同时我感觉对我来讲是巨大挑战'。这句话我精心设计过。

"她说：'第一你不必荣幸，第二不必感觉挑战，回答问题就可以了。'

"我接着讲：'听说您做过 15 年歌剧演员，然后到沃顿做招生工作，我对此表示非常崇敬。'她很惊讶地问：'你怎么知道的？'我说在网上看到的。实际上，我研究过招生办委员会每个人的经历，我知道每个人做过什么，喜欢什么样的风格，甚至喜欢什么样的学生。她惊讶过后，随即放声大笑，这是她这次面试中的第一次大笑。

"我开始介绍自己，当我谈到我的公司曾在一个项目上与 M 公司争得生意时，她眼睛一亮……问题都答完了，她说，非常清晰，不用再说了。接下来她问：'你业余时间一般怎么度过？'

"我说：说句实话，我大多数时间是在家里，我喜欢家庭。周末喜欢开车，带我父母和我的妻子出去吃饭。我说我妻子今天也来了，她是个模特，将在第二轮申请沃顿，一起读书。她说：是吗？很惊讶，第二次大笑。

"我有种直觉，她这个年龄段的女士会很重视感情，而这也正符合我的实际情况，我就把这展现给她，结果得到了认可。我还说，在我的公司开办一年后，我给父母买了房，又帮他们策划了一个小生意，一家装饰公司，我母亲做财务总监，父亲是总裁。她又一次惊讶地说：是吗？很有意思，非常有意思！然后第三次大笑。"

"我对他的奋斗过程和他获得这些素质的原因入迷"

徐小平说："和乔慧存对话，不是为了宣传他从中专到沃顿的成功历程，而是为了探索他从边远城市一个平民家庭的子弟、一个中专生，成长为北京城里的高级商业人才——以及候选商界英雄的奋斗过程。"

"他只是一个普通的奋斗中的青年，只不过他身上拥有许多商业经济时代成功者必备的素质。我对他的奋斗过程和他获得这些素质的原因入迷。

"乔慧存所展示的是一个贫民子弟、普通人，完全彻底靠自己的奋斗的成长过程，是一部人才成长启示录，是普通人走向成功，整个国家走向强大的时代写照。从这个角度而言，乔慧存时代既是激动人心的时代，又是令人沮丧的时代。既通过了自己艰苦卓绝的奋斗获得极为了不起的成功，但同时又是渺小与卑微、不断纠正自己的弱点、缺点甚至恶习的一个过程。你（乔慧存）说你想不起来你有什么缺点，其实是不真实的，你还没有发现自己某些弱点的能力。

"我想发表一下我的感慨、感叹。亚里士多德有一句名言，新东方老师们经常喜欢在课上引用，大意是：人反复做什么事，他就是什么人。你老偷东西就是惯偷，老做好事就是雷锋。

"成功怕你重复，你重复必然就会征服这个成功。重复做汉堡的人，是麦当劳；重复炸鸡块的人，是肯德基。重复教托福的人，是俞敏洪。另外，自己的惰性也怕重复，重复惰性的人，就是懒惰的人，而懒惰的人，肯定是失败的人。

"成功是成功者的纪念碑，失败是失败者的墓志铭。我采访的绝大部分都是失败者、艰难的奋斗者，或者失败以后仍想从头再来的人。这些人为什么失败？因为他有选择失败的强大的心理因素，他选择失败而且他决定失败。

"乔慧存优秀的特征之一是，不管是失败还是成功，他总是能把负面的现实当正面的动力，从正面的现实得到对负面的警示。

"谁都知道有'坚忍不拔之志'是好事，把它变成技术的话，就在于每天早上你一旦决定做什么事儿，就一直做到你要达到的那个最高目标。比如说练出一个强健的骨骼，练出一手漂亮的书法，达到一个英语学习的目标，这就叫坚忍不拔之志。

"每天早晨起来跑步肯定是一种优秀的习惯，但只有它成为你的习惯才优秀。当然，人有各种奋斗方法。但是，作为一个普通人，他的成功，恰恰源于这些细微之处的优秀习惯。

　　"沃顿只是你（乔慧存）的球，你必须把它打到篮筐里去，你才能真正得分并赢得胜利。篮筐是什么？是你事业的成功。留学只是手段，留学的成功并不是成功，事业的成功，才是我们一生真正追求的成功。"

　　带着徐小平老师等人的谆谆嘱托，乔慧存于 2002 年 7 月奔向美国。

　　"美国没有我想象的好，但沃顿比我想象的要棒。从外边看，它新建的大楼，设施是全美国，也是全世界最先进的；从里边看，我所接触的同学，个个不仅聪明，而且非常优秀。半年读下来，解释了许多我以前的困惑，纠正了我很多错误的理念，在这里学到的金融知识，是我以前从未听说过的。在沃顿，有几十个国家的人，这里交融着世界各种文化……到沃顿读书，我想我来对了！"

2003 年 1 月

照片提供：乔慧存

捡破烂、收破烂，可以说是起点低到了极限。这让我心理有了承受力，假如现在我生意做砸了，我也不怕，我有个底线，大不了再去捡破烂、收破烂呗，照样能活。从另一个角度讲，我是从最低点起步的，每走一步，都是上升，都有成功的喜悦……

最低起点

　　从未见过陈中华，只知他在北京亚运村的利康旧货市场里有个小门脸。旧货市场家电大厅里，音响震耳欲聋，我一个摊儿一个摊儿地找过去，瞧见一个卖二手电脑的摊位里，站着个戴眼镜、书生模样的青年，一问，果然就是陈中华。

　　几天前，专搞电脑维修的喻冰，来这儿帮人修电脑，无意中听人说起陈中华的经历，立马勾起了好奇心。

　　他跑到陈中华的摊位，一定要问问：现在生意多难做，下岗失业的人又那么多，你放着大国企舒服日子不过，干吗非下海？你一个研究生，经商干吗要从捡破烂、收破烂开始？为什么把自己搁得那么低？

　　我想采访陈中华，也是冲这问题来的。

［1］当年盖的砖房 ［2］利康旧货市场

"别人能打工，我也可以打"

陈中华身上很有他那茬儿大学生的特点：有热情，爱参与，不安分，能折腾，想干事，而且想干大事。

1985年，陈中华是从川陕交界的革命老区，四川巴中地区，考上北京科技大学的。老家那儿山多地少人穷，他中学念得很艰苦，上学要走几十里山路，初中3年，在校几乎没吃过青菜，天天咸菜拌饭。当陈中华坐着"呼隆呼隆"的火车奔北京念大学时，打死他也想不到自己有一天会捡破烂、收破烂。

毕业是1989年，正赶上大学生毕业分配实行双向选择，他写出去几十封信，挑来选去，最后决定去海南钢铁公司，那会儿叫海南铁矿。

时值海南建省第二年，像许多闯海南的人一样，陈中华一腔热情，满脑子梦想，奔大特区去了。

海南铁矿，在海岛西部的石碌，是海南最大的企业之一，利税大户，财大气粗，实力雄厚，而且输出不少干部。按陈中华的判断，在海南的开发上，像这种国有大企业应该起到举足轻重的作用，自己也有用武之地。

矿上的大学生不很多，北京科技大学来的就更少，当时的领导是些想干事情的人，

对他们很重视。陈中华说那会儿真的体验到了火热的气氛，每天精力用不完，很活跃，厂里的事喜欢参与。不久，矿上决定筹建钢铁厂。

几个大学生商量，就现在自己学的这点本科东西，怕很快就不够用了，他们想为将来做准备，考研究生，学成回厂，为新建的钢铁厂扛大梁。1993年，陈中华顺利考回母校，读热能专业研究生。

他们走时，钢铁厂已投资动工，三通一平开始搞了，矿上的人热情地说："建设过程你们赶不上了，等你们回来，就该点火了！"

还得提一下陈中华的婚事，这事儿很能说明他的个性：认准了的事就非做不可。

陈中华娶了个农民媳妇，不是父母包办，是他自己选择自己乐意的。为这事儿，爹妈不知跟他吵了多少回，连他周围的同事朋友也都劝他。厂里的组织部长，为这专门找他谈了一个钟头的话，跟他说小陈啊，别太浪漫了，最现实的问题就是户口，像你这种情况，农转非最快15年，慢点儿就要20年……

媳妇叫廖晓，是他家邻村人，比陈中华小3岁，初中毕业在家务农，两人十来岁就认得，陈中华读大学时正式谈上恋爱。

他坚持认为婚姻最重要的就是要有感情。"文化低怕什么，有差距怕什么，我有责任去帮助她提升她。只要有了文化基础，再往上就好走了。"

他真的把廖晓接到海南，继续读完3年高中。等陈中华考上研究生时，他已与廖晓结婚还有了女儿，而他读研究生是不带工资的。

"生活费怎么办，这么现实的事你就不考虑？"

"不怕！"陈中华说，四川老家的人，不少跑北京来打工，人家不是活得好好的，还往家寄钱。"别人能打工，我也可以打。"

这样，陈中华拉家带口辗转回到北京。

小两口同时进了北京科技大学，陈中华读研究生，他安排廖晓自费读"计算机应用与控制"。研究生每月补助 200 块钱，再加上过去的积蓄，第一年过得还顺当。但一年后，日子开始吃紧。连几毛钱的车钱廖晓都想省，大冬天她还穿着单鞋，除了租房子，200 块钱剩不下几个。一年 1000 块的学费拿不出，廖晓只好辍学，开始打工挣钱。

她连打了 3 份工，帮人卖建材，卖服装，卖小百货，要么是老板赖账，要么是货卖不动，反正忙活半天，愣没拿到钱。能不能继续读研究生，能不能养活一家人，现实逼迫着书生意气的陈中华，必须干点什么。

"收破烂有什么难的，一个研究生会干不好"

陈中华租房子的村子叫八家村，在清华大学东南，周围是大学区，有些人摆地摊卖旧书，陈中华一问，知道是从旧货市场 3 块钱一公斤买来的。

他决定自己也试试，打听到书是从八家旧货市场进的。早晨 5 点钟，他跟廖晓爬起来去挑书。旧货市场很大，以旧书报为主，来上货的人还真多，跟抢一样。挑书陈中华有优势，几个来回下来，他就知道哪类书好卖，像英文小说，经济管理等书走得快。

捡到 8 点来钟，三轮车装满了，他自己骑上。第一天投入 80 块钱，当天就挣了 60，算是开张大吉。后来，两人分工，陈中华清早挑书，廖晓白天守摊，平均一天下来能挣个百八十元。

这样过了没多久，突然有一天，连车带书全被查收了，这属无照经营，不合法。路子断了，两人没法儿，开始捡破烂，瓶子、纸、塑料，什么都捡，但陈中华觉得这样下去还是解决不了问题。思想再三，最后决定咬牙借钱，办执照，正式"下海"。

他说当时下海一是生活逼迫，另外他想到市场上见识见识，试试自己到底行不行。

读书人的毛病就是往往想得多，干得少，领悟力强，动手能力差，光说不练……

他顺着买卖旧书这路子走，干起收破烂的生意。在北郊朝阳区洼里14队租了座空院子，近100平方米，四周是农田，荒凉。陈中华自己动手，盖了两间砖房，房顶使的是旧油毡和石棉瓦，建筑质量不高，凑合着能住。"夏天，蚊子能从墙缝飞进来，冬天冻得受不了。"但不管怎么说，在这荒郊野外，他们有了一个自己的家。

"收破烂有什么难的，连没文化的人都能干，一个研究生会干不好？"起初陈中华没把它想得有多难，但市场就是市场，无情。因为不熟不懂，陈中华连连呛水，赔得很惨，血本全无。

第一宗大生意做的是废纸，他把借来的本钱，全押上，进了一万元钱的货。大热天，成堆成捆的纸露天放着，下雨了，纸淋透了，天晴了，纸包在腐烂，变臭。等他们知道时，根本卖不出去，最后只能当垃圾处理，全赔了。

好不容易又找了点钱，又接了笔大生意，收旧麻袋，10多吨，这回是上当受骗，看到的样品跟最后收到的货完全不一样：麻包外边是好货，里边全是碎得连不起来的烂货。一分钱没赚着，又折进一万多块。

"差点儿就爬不起来了。"陈中华说，又顽强地摸索了几个月，他终于悟明白了，出去借了一万块钱的高利贷，年息30%。

"你都赔成那样了，还敢借这种钱，是不是太冒险了？"知道的人都替他捏把汗。

"因为我知道该怎么干了，心里有底儿，所以敢借。"他说。

他是这么总结的："失败的主要原因是做得太杂，我现在就特不赞同什么多种经营，那实际上是把精力和财力分散了，形不成自己的竞争优势。当然，最初不了解时可以做得杂些，那是个遴选过程。"

废品回收，分类就有几百种，来收货的厂家，都是冲着某个品种来的。如果他们装货的大卡车一次装不满，量不足，就算白跑了。陈中华反复筛选，决定主攻玻璃瓶子，这玩意儿不怕风吹日晒雨淋。

光是旧瓶子，就分30多种，像茅台酒、人头马、五粮液之类卖价最高，二锅头啦、生抽王啦、燕京啤酒等其次。陆陆续续，陈中华有了30来个固定送货的客户，他们都是些生活在社会最底层，靠捡破烂为生的人。

收来的旧瓶子要先分类，然后清洗，再装进麻袋打包，这是个又脏又累的活儿，一麻包瓶子就有50公斤。陈中华两口子起早贪黑，所幸的是这回路子选对了，越走越顺畅。

他们收瓶子有了名气有了阵势，最多时，几辆大货车等在院外。量越大，货走得就越快，货走得快，资金周转也快。他就可以提高收瓶子的价格，跑他这里卖瓶子的人也就更多。

不久，他又扩充了一个收购点，还雇了三四个帮工。收旧瓶子的生意越来越火，平均两天走20吨。陈中华干了一年，不但还上了本钱，还净挣五六万块。

1996年下半年，陈中华研究生毕业，他的论文就是《海南新建钢铁厂流程选择》。

陈中华还是放下了发展势头很好的收破烂生意，一心一意回海南。

"收旧瓶子虽说能挣钱，但还是小打小闹，只有背靠像厂子那样实力雄厚的企业，才能成就大事业。"

"再这样下去，会误自己一辈子"

陈中华拉家带口又离开北京，坐火车，赶汽车，乘轮船，一路折腾着回了海南石碌的矿上。

可事情并没像他想象的那么好，钢铁厂没像人们预期的那样建成点火，这时的经济情况已经变了，钢的常规品种产量趋于饱和，银行不给贷款；厂里的人事也有不小变动，气氛跟以前大不一样，他回厂后最大的感觉是：冷漠。

"我们3个考出去的研究生，都如期学成回厂。在矿上，也算是有史以来学历最高的人了，可就没有个领导找我们聊聊，听听我们对新建钢铁厂有什么建议和想法，没人理我们。"

陈中华认为：新建钢铁厂最关键的问题，就是马上调整产品结构，还搞传统的常规炼铁炼钢没有出路，应该搞"直接还原炼铁"。当时，我国每年要进口100万吨以上。

他有一次阐述自己观点的机会，是在职称评审会上，别人讲半个钟头，他讲了俩钟头。会后，不少人借他的论文读。"仅此而已，不起什么作用，影响不了决策层，说不上话，够不着啊。照老路子走，钢铁厂百分之九十是搞不成了。"

也不能说厂里不重视他，陈中华回厂后到了技术监督处。他们搞了厂"计量结算体系建立"，弄了半年，调查核算，重新分配部门权力。

"如果真实施了，效益相当可观，但最后也没搞成。"

报告提上去，迟迟没推开。牵扯到很多部门利益，领导们要研究讨论，陈中华知道这个过程会相当漫长，一推一拖一扯，再赶上公司有什么别的事，这报告也就搁下，没戏了。

"知识再多，学历再高，干不了事，也是白搭。还是个体制的事，想做点儿事太难，部门太多，制约太多，推诿扯皮，施展不开。不是我不想做，是没办法做，这最让人苦恼！"

矿上出的是资源性产品，一会儿半会儿生存不会有大问题。陈中华自己的日子也挺舒坦，没什么负担，他已经买下了厂里分的两居室房子。处里也不忙，在别人眼里，像他这个学历，只要能熬得住，按部就班，将来肯定有前途，再过个三年五载，评上个高工，或谋个更高的位子是不成问题的。

天天都可以侃，睡觉也行啊，但陈中华说自己当时有种很强烈的感觉：再这样下去，会误自己一辈子！

"久了，人心慢慢就凉了，再也没了干事的热情和动力，会疲沓下去，惰性十足。知识不能更新，人得不到锻炼，再过5年、10年，就算熬上更高的职位，但实际上人更差了。"他甚至觉得自己对不住那点儿工资，"因为我没干什么，没创造出什么效益来"。

"我必须走！"回厂一年多后，陈中华坚决辞职。

1998年年初，他再次举家北上，又回到了北京。

以前收旧瓶子的摊儿，本来还有些存货，回海南前，他让父亲帮他守着卖掉。等他一走，他爸"稀里哗啦"，把卖3毛钱一个的瓶子，全砸了，一气儿砸了几车，然后扫扫，当碎玻璃卖掉，自己也收拾收拾回了老家。他要彻底断了儿子的想头，让他在国营企业老实待着。在这个本分的农民眼里，研究生收破烂，没面子，没出息，他死也看不上。国营大企业，那可是铁饭碗，是正经事，是多少乡亲一辈子都巴望着的。

回北京干吗？陈中华思来想去决定重操旧业，还干旧货。他有买卖旧瓶子的经验，但不能再干旧瓶子，这太初级，发展空间不大。他要从长计议，发挥自己知识优势，选择个技术含量高的项目。

他有两个项目可做：

一是垃圾的回收与处理，干这跟他所学的专业更对口，像垃圾的焚烧等。早在收破烂时，他就对国内外垃圾回收和处理研究过，做得最好的是德国。垃圾细化几千种，回收到最后差不多只剩下渣土，垃圾总量减少了，资源也没浪费。国内还是原始落后，作为一种产业，甚至没人搞。他特意跑过环保部门，还跟自己的导师探讨过。他坚信：垃圾的回收和处理，干好了，不光有利于环保，而且是个商机无限的大产业，虽然他很想干这个，但眼下没那个资金实力。

二是做旧电脑生意，电脑的更新换代速度太快，差不多一年升一级，可那些旧电脑都扔到哪里去了？

中国这么大，人这么多，地区间、城乡间、家庭间都有差别；人与人的经济情况、知识结构，需求快慢也都不一样，总之，二手电脑市场潜力巨大。陈中华最终决定从旧电脑干起。

以前收破烂挣的钱，回海南买房买家具，来来回回的路费，也折腾得差不多了，再次下海，还得先找钱。

他和廖晓回四川筹钱，老家的人本来就穷，一斤稻谷卖 4 毛钱，一年一人还要交各种负担 400 块，朝谁借？他爸听说他放下铁饭碗，又下海了，一肚子气，哪儿还会帮他借钱。无奈，廖晓跑回娘家找亲戚们借，听说是借钱给陈中华下海，都不说话了。末了，一个长辈这么对廖晓说：他放着国家人不做，作践自己，陈家人都不管，咱们廖家人能管？

还好，两人总算没空手而归。回北京后，正赶上利康旧货市场招租，条件简陋，加上地角不太好，所以摊位便宜。陈中华算是头一批进利康的人，他有了一个小门脸儿，第一批货，是从广州好不容易找到的 3 台笔记本电脑。

开张时，货架上只摆着这 3 台笔记本电脑，显得空空荡荡的。

"我是从最低点起步的，每走一步，都是上升"

采访陈中华时，我们一块儿去了他当年收破烂的那座大院子。一路上，他不停地感叹：这路，当年还是土路，那商店，我们在时哪儿有。当时收破烂的，只有我们一家，孤零零的，你看看，现在多热闹，这才两年多的时间啊。

洼里旧货市场，收破烂的大院一座挨一座，每个院子收的货都不同，旧易拉罐堆积如山，装旧瓶子的麻包，码得跟城墙似的……规模甚大，但到底是破烂市场，脏乱不堪。

陈中华当年盖的砖房还在，屋里黑咕隆咚，伸手不见五指。住这房子的人他不认得，现在专做啤酒瓶生意。

我问陈中华：羞不羞于向人谈及当年捡破烂、收破烂的事？

他说："一点儿都不！这段经历，对我反倒有益。"

"捡破烂、收破烂，可以说是起点低到了极限。这让我心理有了承受力，假如现在我生意做砸了，我也不怕，我有个低线，大不了再去捡破烂、收破烂呗，照样能活。从另一个角度讲，我是从最低点起步的，每走一步，都是上升，都有成功的喜悦，假如将来做大了，也是一步步走过来的，走得稳当，走得踏实。其实，人起点低不怕，只要能不断地向上，什么都不做或不能做，那才可怕呢！"

他还说，像收破烂这种初级劳动，知识的优势一时显不出来，但现在是知识经济，越往上走，越能显出知识的重要。

收旧瓶子时，他结识了一些干旧货生意的人，因为干得早，这些人手里也有个几十万，甚至上百万。听说陈中华做的二手电脑市场看好，他们也想做。来了，给他们打开电脑，一瞅见屏幕上密密麻麻的英文，一下就被吓回去了。

干旧电脑，实际上比干新电脑更难，技术要求更高。接台旧电脑，得先把残缺的部件补好，坏的地方修好，病毒杀干净，而且要对市场行情更内行才行。

廖晓的学没白上，现在有了回报，可以帮陈中华独当一面。她老家的同学问她现在干啥？她说干电脑。

"电脑是啥？"人家又问。

答："是计算机。"

"那计算机是个啥？"

什么"486，586，DOS，WIN95，WIN98"的，廖晓说得溜儿溜儿的，她能熟练地操作电脑，向人演示讲解，还能装简单的软件和处理故障。

陈中华的主要业务是电脑销售、租赁、升级、维修、回收，发展势头看好。第一个月打了个平手，第二个月微利，第三个月挣了5000来块，现在平均每个月赚一万块。

除了选项外，生意好主要得益于服务。别人卖旧电脑，不同的客人，给不同的价钱，陈中华说自己就是要做老实生意。

"买不买我的电脑，我们都要有问必答，有求必应，告诉人家实情，信誉就是我的品牌，一开始就要有这个意识。可能在单机上我卖不过人家，但总体上还是不如我，他们占了小便宜，却失掉了大东西。"

事实证明，这种经营观念对路，因为他的回头客明显比别家多，一个传一个，最多时一个人又传来了五六个。东北人老邓，在北京做事，他一共在陈中华这儿买了3台旧电脑，两台捎回老家，一台自己使。"买台旧电脑，千把块，划算，谁知电脑更新换代多会儿到头，反正功能不缺，眼下先使着。"

陈中华说刚干时，最困难的是他不知道人家，人家也不知道他，现在慢慢蹚出路子了，他刚接了笔大生意，收了100台旧显示器。

他说自己有种朦朦胧胧的感觉，他还在电脑这个行业边上转着，正在找一个突破口，一旦找到了钻进去，就会发展出一个大领域来。

自信心是建立在知识优势上的，他接触过不少做电脑生意的老板。"财力，我不如人家，但眼光、悟性、对问题的穿透力，我比他们强，这是我最大的优势，抓住商机，就等于抓住了财富。"

前不久，位于北大西南门的中关村"硅谷电脑城"招商，不少人迟疑不前，嫌地方偏，陈中华毫不犹豫就进去了。

他是这么分析的：第一，一下投资近亿元，投资方如果对北京市的规划，对中关村的发展不了如指掌，肯投这钱吗？第二，新电脑城，有十几层楼，几百个摊位，还有展示厅，办公区等，算是目前中关村最高档的电脑城了，以这种规模和档次，将来完全有可能形成以它为中心的新商业区。

"搞信息的，不了解信息绝对不行；搞电脑的，不进入中关村，那始终是在边缘上。"

入住十多天，"硅谷电脑城"首期招租的摊位一下就满了。因为看得准，进得早，陈中华租了个好位置。他把"利康"那边的旧电脑业务延伸到中关村来发展。

陈中华租住的那间农民房，屋顶很高，像个大仓库，靠墙码着新进的100台旧显示器，箱子快擦到屋顶，房内空间狭窄，坐在里头显得人小。

"现在每天时间不够用，晚上从不在12点前睡觉。如果我在原单位待着，苦恼的事还依然苦恼。可现在，我完全可以按自己的方式，做每件想做的事，行动快，效率高。虽说起步低，但天天都有发展。虽说苦点累点，但快乐，充实，有希望，这种感觉非常好。"

那晚，陈中华给我印象最深的是这么一句话："联想（电脑集团），当初也没想到会干到今天这个份儿上。我现在的生意不是最好的，但只要不出大的意外，我相信自己会越干越好，我迟早会进入另一个境界。"这个貌不惊人的书生，瞬间变得强大，让人不能小视。

1999 年 6 月

后记：

陈中华与人合伙，真在人民大学旁边搞了个"二手电脑市场"。后来，他还开了家公司，叫"卓基环境科技有限公司"。

被监禁了 13 年的黑熊，如同被解放出来的黑奴。

盗猎者以每年两万只的速度捕杀藏羚羊，目前藏羚羊仅剩不足 7.5 万只。

万一这个物种没了，我们怎么跟下一代说呢？

黑熊改变了我的生活

再也不敢接触草地的黑熊们

3年前，葛芮在美国犹他州电视台当记者，回广东拍片。

经国际爱护动物基金会与中国政府交涉，广东关闭了两家活熊取胆的熊场，基金会随即在广东番禺建了一个黑熊救助中心，收养这些熊。

"救助中心开张时，我去拍电视，真没想到，当时的情景让我触目惊心，终生难忘，也改变了我的生活。"葛芮说。

被监禁了13年的黑熊，如同被解放出来的黑奴。每只熊都伤痕累累，拨开它们的毛，皮肉上都是铁棍子印，它们常年待在铁笼子里，没有活动空间，只是神经质地摇头，身体摇来晃去，经年累月身上被铁栏杆压出一道道伤痕。每只熊肚子里插根管子，

［1］被关的熊　［2］抢救黑熊

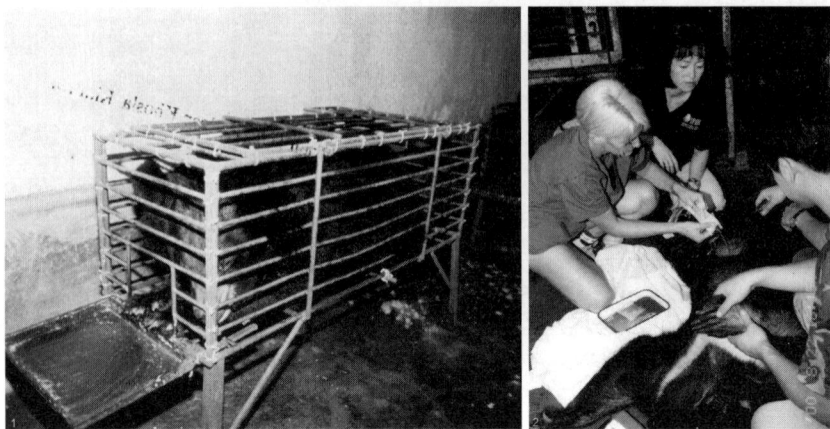

天天抽胆汁，有的还带着铁背心。有只熊，放进笼子里时是小熊，它长大了，但笼子还是原先那么大。结果它的锁骨根本不发育，头都抬不起来，根本没法自己吃东西，只好给它安乐死。剩下 7 只熊，被送到养护区。养护区不大，只有两亩，但有水池子，有草有树。

"照理说熊是应该生活在树林里，能够呼吸到新鲜空气，喜欢在草地溜达。可这些熊，一辈子都没碰过草。那天，熊从笼子里出来后的情景，看得我热泪盈眶，熊爪子刚挨到草地，就吓得缩回来，伸一下，又缩回来，像被烫着似的。它们只知道爪子应该放在笼子里，放在水泥地上。园子里也有条水泥路，是为了车能进去。结果这群黑熊，就那么沿着窄窄的水泥路，走来走去，怎么也不肯回到它们真正的栖息地——土地和草地上去。"

拍完这部片子，葛芮就改行了，由电视台记者改为职业动物保护者——国际爱护动物基金会中国代表。她和两位助手，加上无数热心的志愿者，在我们辽阔的国土上，为各种各样的动物奔忙着。

"对动物残暴的人，无疑对周围人也具有威胁"

去年，有人给葛芮他们通风报信，说有些野生动物园打着野化训练的名义，搞了个

"斗兽场"。他们赶去后，拍到这样的录像：1只牛被3只老虎抓打撕咬，血淋淋的，熬了半个多小时还不死。没法儿，人只好把虎赶走。那头牛惨不忍睹地躺着。人开着拖拉机进来了，拖拉机在牛身上碾来碾去，可那头牛还不死……

这样的场面，供游人花钱参观。观者有孩子，有老人。

"你说，给孩子看这么血腥的表演，名义上是要动物野化，这能野化吗？动物，只在野生的环境下才有野性。"事到如今，提起这事，葛芮还是气鼓鼓的，她认为这纯粹是人为的商业炒作。

"放虎归山，中国现在能找到一片没人的地方让老虎生存吗？一只雄虎，要占100平方公里的地儿，人早把老虎的猎物捕光了，老虎根本没法存活，没有猎物，你让它们怎么活？"

她用 E-mail 发给好几个世界有名的虎专家，问他们：世界上有没有这种老虎野化法？这样做真能让老虎野性大发吗？几位虎专家结论一致：这种野化，纯粹是无稽之谈。

世界猫科动物专家彼德·杰克逊说："我强烈谴责让游客付费观看活牛活鸡喂食老虎的行为，放虎归山的尝试需要在虎的栖息地繁育新一代虎，使它们同人类的接触降到最低并提供野生食物。"

印度的虎专家维维克·米南回电说："让老虎在围栏中捉鸡或其他家畜与老虎在野外捕食有着极大的区别。我不认为训练虎在围栏中捕食对虎会有什么好处。即使要进行放虎归山的尝试也要有计划地、在专家指导下进行，地点应设在离放生处较近的地方。"

米南说："据我的经验，从未有过任何完全意义上成功的放虎归山。并且我认为目前还不具备足够知识来指导这种尝试。在动物园里通过给老虎喂活饵来野化，是绝对错误的途径。"

他们提供的这些知识，使葛芮觉得这件事情更不对，"从道德上讲不对，从科学上看也不正确"。他们采取行动干预，写信请求野生动物园停止这项活动。可人家不理他们。

他们把虎专家的回信翻译出来，送交到国家林业局，请求他们过问此事，最后林业部门下了一个通知：禁止野生动物园用活体动物喂食。

后来葛芮去看过，动物园不用牛和猪这种大型动物喂了，改成鸡，让游人买鸡，然

［3］葛芮　［4］云南思茅保护大象项目——村民张贴宣传画

后坐车进猛兽区，把鸡从车里丢出去，看老虎吃鸡。

她问我："你说这无聊不无聊？如果你有孩子，你乐意让孩子看这种血腥的表演吗？"

在葛芮送我的一个小册子上这样写道："对动物残暴的人，无疑对周围人也具有威胁，因为他如能伤害无力对他构成威胁的动物，那么他也能……判断某人是否值得信任的内容之一是，看他对其他生灵持怎样的态度，能够善待动物的人，必然也是善良的人。"

"麋鹿保护区成了泄洪区，相当危急"

1998 年夏，长江发大水了。

许多人都想到捐钱捐物，救助灾民。葛芮他们想的还是动物：洪水中有没有动物，有没有动物受到伤害，怎么救助，我们能做些什么？救助灾难中的动物，这在中国还是个稀罕事儿。

正好基金会的一位工作人员在湖北做保护区调查，他和一个志愿者刚从石首回来，那儿有一个麋鹿自然保护区。志愿者说，麋鹿保护区的大堤快被水淹没了！当天下午，葛芮就给石首打电话，接电话的人说："水已经进来了，把我们办公室都淹了，如果

你明天打电话，可能我们连电话都接不了了。"问到麋鹿情况，回答说："大堤只剩4米宽，水已经上来很多，大堤现在断得一段段的，麋鹿保护区成了泄洪区，相当危急！"

当天他们就把情况反映到国际爱护动物基金会美国总部，晚上收到总部意见："我们愿意去救助它们，你们带着钱尽管去好了。"

他们把东西和钱准备好，第三天，葛芮带4万元现金，和一个叫胡佳的志愿者，加上两个记者，飞到石首。到的时候正好是洪水最高的一天，保护区的人建议他们不要上去。天快黑了，但葛芮他们急着要看到那些鹿。从老乡那儿租的全是小木船，他们把3只木船绑在一起，这样上到大堤。

当时的情景令人感动：一群武警为保护麋鹿，正冒雨加固大堤，保护区至少有二三十个工作人员没撤，和麋鹿住在一起。

保护区原先有围栏，自然状况非常好，水草丰盛，而且天然气候很适合麋鹿生长。现在，水草都埋在水下，麋鹿吃不到水草，就可能游到长江里头，游到对岸，鹿群会失散，已经有一些麋鹿跑掉了。

葛芮也是雪中送炭，雨中送伞。保护区用他们带来的钱请民工到水下挖水草，挖出的水草拌上精饲料，搁在大堤不同地方，让麋鹿吃。

去年5月，葛芮又请了一位专门捉野生动物的兽医，他们给保护区捐赠了两只麻醉枪和一批麻醉药，对他们做了培训，希望他们能把洪水中逃散的麋鹿找回来。

"他们刚给我们写了一个报告，你看。"葛芮拿给我一页传真纸。报告的大意说：他们没有用麻醉枪把麋鹿捉回来，原因是野生麋鹿警惕性高，还没达到麻醉枪的有效射程范围，麋鹿就受到惊吓跑开；野外芦苇枫杨茂密，影响射击，无法击中目标；麋鹿是湿地沼泽动物，经常在水边活动，开枪射击，一旦射伤了它，万一落到水里就会被淹死。但是有 10 多头鹿自己陆陆续续回来了，现在有 130 多头了。

由于葛芮他们的救助，保护区受到国际、国内媒体的关注，带来很多的资金，国家环保总局和省环保局拨专款 180 万元，让他们重建围栏。

葛芮说到这儿，脸上乐滋滋的："他们说非常遗憾，没能把鹿捉回来。但我想只要这些麋鹿能安全地生活，没糟蹋农田，能给予它们很好的关照，老百姓又没太多抱怨，人与动物和谐相处，这就是我们要达到的目标。我们不在乎它们没被捉回来，没有关系。看到他们这封信时，我心里非常高兴。"

"要么把大象收走，要么我们把大象炸死"

"如果野生动物跟老百姓发生冲突怎么办？你们是帮人还是帮动物？"我问葛芮。

她说这种情况的确有，他们刚启动的一个项目，就是解决人与动物争夺栖息地的矛盾。这事发生在云南思茅，是人跟大象的冲突。

负责这个项目的张立是位生态学博士。去年 9 月份，他带一个小组到云南省的思茅搞调查。

野生亚洲象在我国现存约 250 只。1976 年，思茅有大象被偷猎后，就再没人见过象。1992 年，大象重返思茅，现在约有 20 头左右，游走在思茅的中南部，黄昏时活动频繁，直至次日凌晨。偶尔有独象进城溜达，曾有只独象，在飞机场跑道上散步，后又到了思茅三中校园内。

大象刚回来那阵儿，老乡们可高兴了，把它当吉祥物看待，拿东西喂，有人甚至蒸了一锅米饭，跪在地上，双手过头供给大象吃。人与象翻脸是 1999 年。

大象原始栖息地成了农田，森林里的食物不够了，老百姓在树林子里开荒种的苞谷、香蕉、花椒地成了摆在大象家门口的餐桌。

老乡们想了不少办法对付大象，发动拖拉机，或几十号人聚在一起，大声吆喝，点灯、点火吓唬，但大象很快就熟悉了这些把戏，不怕了。也有农民开着拖拉机吓唬大象，大象一屁股就把拖拉机给坐了。又试着用电围网拦大象，大象一碰就被电打一下。但这也没挡住大象，它拔起棵小树，把电围网砸了。

有一农民，自费挖防象沟，深两米，宽两米，长 1000 米，花了 8000 多块钱把自家地圈起来，但大象用鼻子拱几下，土就松了，迈过去了，竹林被踩了，屋子弄倒了，大象甚至跑到人家里，吃盐……

一个孤老太太好不容易种了几亩地，几天就被象吃光了，她求政府救救她。

每年野生动物补偿费，思茅这个县级市总共才有两万块钱，但光大象造成的损失，一个南屏镇，就有 260 多万元，分到老百姓手上只有几元钱，一斤稻谷只能补几分钱。甚至发生了 3 起大象踩死人的事故。张立他们小组在村里调查时，老乡们苦苦哀求说："我们乡里、市里都去过，没用，你们是北京来的嘛，回北京后你们给总理说说。"

老百姓对象的态度全变了。开始认为大象是神，是吉祥物，知道受法律保护，但屡受损失后，实在受不了了，老乡们忍无可忍："要么把大象收走，要么我们把大象炸死，我们全村一块儿坐牢，每人轮流坐 3 年。"

张立说："人与象矛盾再激烈后，就会伤害到大象，我们要创造一种人和动物和谐共处的氛围，既保护大象，又保护老百姓的财产。7 月 12 日，我们的项目正式启动。"项目为期 3 年，一是了解亚洲象活动规律，它有什么食性，怎么保护。二是村寨社区发展。第三是教育，安全教育，动物保护教育等。国际爱护动物基金会在思茅设了一个办公室，聘请了一个动物教育专家。这个项目计划在 3 年内投 100 万元以上。

村寨社区发展，不再像从前那样拿一笔钱给老百姓一补了之，因为保护面越来越大，补偿金越来越多，政府根本拿不出。

"我们想的办法是：为每户提供 100 美元，也就是 800 元，农民自己一户再拿出 100 元，十几户人、几十户把钱存一起，成立一个互助基金小组。互助小组的钱不能平均分配，不能分掉买烟喝酒，这笔钱用来做小额信贷，扶持农村经济，让农民自己找些活计替代农业挣钱。在一定周期内，半年或一年，还上这笔钱，再借给别人。民主选举小组长来管理这笔资金。我们选了 4 个试点村，第一批有两百户左右。这钱留给农民也是有条件的：只要你不违反自己定的互惠协约，不毁林开荒，积极参与退耕还林，保护野生动物的话，这钱就永远留在社区里，留在小组里。如果有人上山砍林子，打猎了，那么你这户就得退出，那800块钱就不能再给你用……"

我问张立："假如大象再来吃农民种的东西，是让它吃呢，还是不准它们吃？"

"我们提供大象的食物物种，让农民种，比如花椒、竹子、芭蕉等，大象是游走式的，不固定待在一个地方，等它走了以后，吃剩下的，农民可以收获。这个项目不光解决眼下大象和人的冲突，我们更想探讨一种新模式：解决人和动物间冲突的新办法。以前国家一味地补偿，什么时候能补到头呢？每年都补，每年都损失，而且由于种种因素，补偿过程中会有一些腐败贪污的事情发生，老百姓的意见就更大了。"

"万一这个物种没了，我们怎么跟下一代说呢"

1998年秋天，葛芮通过"自然之友"认识了可可西里保护藏羚羊的"野牦牛队"，"野牦牛队"当时的队长是扎巴多杰。葛芮与扎巴多杰在北京会面，两人长谈了一次。

"我们谈得很好，扎巴多杰很坦率，讲了'野牦牛队'的困难，他们本来是治多县西部工委派去可可西里搞开发的，后来他们开始保护藏羚羊，但并不知道怎么保护，他们卖过没收的皮子，卖了皮子来养这支队伍。我跟他谈，这等于搬起石头砸自己的脚，这么干，你就不能树立自己清白的形象，本来你们做的是一件非常伟大、非常有意义的事，这等于自己给它抹黑了。他说不卖了，再也不卖皮子了。"

葛芮做梦也没想到，这次见面竟是永别。扎巴多杰回可可西里没几天就去世了。但他跟队里明确说过，咱们以后绝对不要再卖皮子了，这话成了他的遗训。

扎巴多杰他们每月工资200多块，雇的临时工几个月也付不起钱。冬天巡逻容易抓着盗猎分子，因为有车辙印，但冬天巡逻非常危险。春天，地正解冻，车陷在泥水里、河里，一陷好几天，衣服裤子全湿了。那地方平均海拔4500米，年平均温度零下4摄氏度，夏天都能赶上暴风雪。"野牦牛队"巡山，有时候一个人4天才能吃上一包方便面……

在可可西里，第一个牺牲的是索南达杰，他是在和盗猎者的枪战中牺牲的。当别人赶来时，他冻僵的身体还保持着举枪的姿势。第二个是扎巴多杰。"野牦牛队"还有一个烈士，是巡逻中搭帐篷时被杆子砸死的。

"活生生的一个人，一回去就没了！扎巴多杰的死，对我震撼很大，当时我就觉得：我们有责任帮助这支队伍。藏羚羊，已经有这么多人的血为它流了……"

从 1998 年开始，基金会向 3 个保护区——新疆阿尔金山保护区、青海可可西里保护区、西藏羌塘保护区和 3 省区 15 个林业公安派出所，也包括"野牦牛队"，捐助一批通信器材、夜视仪、传真机、照相机、对讲机、发电机等。

"我们希望这些设备能使他们巡逻更有效、更安全、更舒适一些，同时，也希望他们能够加强联系，那个地方地广人稀。"

去年 5 月份，"野牦牛队"请葛芮和"自然之友"参加他们的烧皮子大会。

"到那儿以后，他们对我们热情得不得了，特别感激，这些年很少受到社会、政府的重视。虽然我们不是政府，但我们毕竟是从北京去的人，他们把我们当恩人似的看。其实，真正要被感谢的正是他们，是他们冒着生命危险反盗猎！"

今年年初，基金会在青海做了个试点，印了一批宣传材料，向当地农牧民宣传藏羚羊保护。他们把宣传年历发给青海省林业厅、保护区，也寄给了"野牦牛队"。他们通过集市，搞野生动物保护的宣传，在公路上向过往车辆发放。"他们刚寄来了一张照片，是索南达杰的侄子，在青藏公路向过往司机发放我们的宣传品。"

葛芮说，一到藏羚羊繁殖期情况就特紧张。"藏羚羊，一年一万到两万地被捕杀。这个数字，已经不可能使这个种群健康地繁衍。1998 年，扎巴多杰来我们这儿时，带来一张照片，是藏羚羊在繁殖地内被宰杀。"

每年 5 月份，公母分开，母藏羚羊躲到一个固定的、有水的地方生育，可惜被一些盗猎者发现。1998 年，扎巴多杰他们曾在繁殖地发现盗猎者。母藏羚羊怀孕跑不快，很容易被打中，打中了就是两条命，小藏羚羊没有妈妈根本没有办法成活。

去年繁殖期里又有一大批藏羚羊遭到捕杀，今年春天，"野牦牛队"在藏羚羊繁殖地建了两三个点，守在那儿，保护母藏羚羊和小藏羚羊，一直到夏末秋初。

"提到藏羚羊，我挺悲哀。这个物种能否保住，到今天也不敢保证。盗猎者以每年两万只的速度捕杀藏羚羊，目前藏羚羊仅剩不足 7.5 万只。万一这个物种没了，我们怎么跟下一代说呢，就说我们费了很大的力气，花了很多的钱，但还是没保住这个濒危物种？"说到这儿，葛芮眼圈发红。

野生动物的走私额仅次于军火和毒品，也是暴利。一张藏羚羊的皮子盗猎者卖 300 块钱；皮子卖到国外，制成披肩后，每条能卖到 7000 到上万美金。获利最大的是中间人，这些中间商集中在尼泊尔和印度。

葛芮说："印度是一个大的口子，这个口子要能堵住的话，那就是我们最大的胜利。"

8 月 20 日，印度有一个时装周，很多藏羚羊羊绒织成的披肩将在印度新德里被出售。因此葛芮他们抓紧时间联系印度野生动物基金会和时装协会，一起在时装周中搞一个"对沙图什说不"的活动。他们找到了 6 个印度的"世界小姐"和一些著名的时装模特，她们都愿意做保护藏羚羊的形象代表。她们要告诉人们，不要买、不要用藏羚羊制的披肩。葛芮他们还设计了一种宣传小册子，封面仿藏羚羊的皮子，里面是宣传照片和文字，介绍藏羚羊如何被宰杀……

"我们把这些直接寄给欧洲的时装设计师们，告诉他们，你制成的披肩是如何血淋淋来的，请你不要参与杀野生动物，一定要用替代品。有很多设计师支持我们。"

但说到底，真正能直接保护藏羚羊的还是战斗在青藏高原第一线的反盗猎队伍。

除了物资援助外，葛芮他们下一步打算给这些队伍提供培训的机会，讲讲野生动物保护的法律和方法以及保护区的管理。

"如果吃的药里有这样得来的熊胆的话，不愿意再用这样的产品"

国际爱护动物基金会中国办事处，位于北京朝阳区的高澜大厦，只有一间屋子。屋里满当当的，除了办公桌椅外，地上堆满了装有各种宣传资料的大箱子。墙上贴有多幅彩色动物照片：大洋里的蓝鲸，草地上的斑马，冰原上的白毛幼海豹，树丛里的小熊猫，雪花飘飘中的豹……每一幅都很精彩，每一种动物都活灵活现，栩栩如生。它们使这间杂乱的屋子，充满生命神采和灵性。

1998 年，基金会在北京和上海做的爱护动物的调查，调查结果令人振奋：92% 的被调查人认为，动物也有感觉、有感情，也有喜怒哀乐；百分之八十几的人都表示，如果知道活熊取胆那么残酷，他吃的药里有这样得来的熊胆的话，他们都不愿意再用这样的产品。但市场上，在任何一家药店都可能找到熊胆酒、熊胆粉等东西。

"这违反了濒危物种国际贸易公约。我们专门印了个小册子，介绍这个公约，还特制了宣传牌放在上海、昆明等机场的出境大厅。"

随着基金会知名度的提高，越来越多的动物保护项目找上门来。

黑颈鹤夏天住在海拔高的青藏高原上，冬天飞到云南过冬。春天吃饱后，再飞回高原度夏。可春天，正好是青黄不接的时候，老百姓刚种下的种子被黑颈鹤吃了，种子里裹了农药，黑颈鹤吃后会中毒。"我们连着两年春天，资助云南野生动物保护协会出钱买粮食，成立护鹤小组，让护鹤员到山上去给黑颈鹤喂食。"

今年的春天，葛芮他们又接到大连斑海豹国家一级保护区的紧急求援。斑海豹初春在冰上产崽，很多老百姓就把冰面上的小斑海豹给抱回家。想在市场上卖或当宠物，但很快发现小斑海豹太能吃了，斑海豹母乳里含很厚的油脂，小斑海豹一天能长 20 磅，老百姓发现自己养不起了，就不管了，结果不少小斑海豹饿得奄奄一息。

"保护区的人从渔民家没收来的斑海豹，要养一段等它们恢复体力后才放生，但没钱，我们已经出钱资助了这个项目。咱们国家许多动物保护区，把钱用来雇人、建房子、买汽车上，真正拿来救助动物的资金很少。我们基金的赞助者，要求我们必须保证把钱用在动物身上。"

葛芮说，他们现在不缺钱，每年他们能从国外得到 400 多万元的资助，最大的困难就是人手不够。她问我能不能帮她一个忙，替他们基金会物色这样一个人：懂英语，当过记者，能在高强度下工作，爱护动物，尊重生命……

2000 年 8 月

学骑马时，教练反复强调"控马能力"，在生活里，也就是人控制自己生活的能力。
每天做自己该做的事，结果自然就出来了。

特殊回报

　　如果在北京的闹市上，见到衣着时髦的她，你会毫不犹豫地将她归入"白领丽人"一类。事实上，她可以舒舒服服地过"白领丽人"的日子——大学毕业，先当干部，后来下海经商，挣了一笔钱，即便此生不再干什么，也绝对衣食无忧。

　　屈雅萍有先天性心脏病，每月至少犯一两回。有一次发病是半夜，胸闷，透不过气儿，开始她以为是做梦，起来到卫生间一照镜子，吓了一跳，脸肿着，嘴唇黑紫，她赶紧吞"速效救心丸"……早晨睁开眼，又望见蓝天，瞧见绿树，吸着清早的空气，她说心里真是快乐："我还活着！"

　　按常理，她早应该好好歇着了，起码是静静调养，心安理得地享受生活。

　　可她干什么去了——种地！1996年秋天，打小就没怎么见过庄稼的屈雅萍，跑到

［1］屈亚萍走在农场里 ［2］屈亚萍学骑马

北京郊区顺义县包下了 550 亩地，投入自己的全部资产，办起一个私人农场。

"有病呀？等着哭吧……"

如果 10 年前听到这个故事，我肯定会认为是天方夜谭！

"学骑马时，教练反复强调'控马能力'，在生活里，也就是人控制生活的能力。我想我做到了"

第二个麦季刚收完，我去了她的农场。

出顺义县城，过潮白河再往东走几十里，就到了屈雅萍包地的北务乡道口村。

村子被大片大片的玉米地包围着，玉米长得郁郁葱葱。屈雅萍的农场在村子最南头，有 500 亩大田，轮种麦子和玉米，50 亩西瓜地，7 个大棚和 6 个暖室，承包期 30 年。

农场办公室里，能看到她过去"白领"生活的影子，书柜里装着不少文学和经济管理方面的书，柜顶上放着马鞍、马靴，衣架上挂着马鞭和马帽，屋里还摆了几张大幅的彩色照片，都是她丈夫照的。两口子喜欢玩，又没孩子，以前每到周末，夫妻俩就开车出去，去沙漠，去坝上草原，走哪儿照哪儿，他们的照片装了满满一大旅行箱。

有一年去康西草原，屈雅萍看见一个女骑师骑在马上，飒爽英姿的样儿，很着迷，回来后就跑到稻香湖俱乐部学骑马，有次从马上摔下来，脊椎都有点儿错位，但最后她还是学会了英式骑马。

"学骑马时，教练反复强调'控马能力'，其实，这跟在生活里是一样的，也就是人控制自己生活的能力。我想我做到了。我能控制自己的生活，我想做的事，我就能做。"

她在北京西单一个四合院里长大，在大学读了4年经济管理，毕业后在机关待了3年，百无聊赖，一扭脸下了海，先在中关村信通公司打工，后自己开了家电子公司。

干到1995年，她不满足了，寻思着再干点儿什么，开始自己的"结构调整"。

小时候，她跟爷爷奶奶住，老人家管教严，放学就被关在四合院里，家里的线装古书都看了，她说那会儿就曾望着院上的一方天幻想过：什么时候也能像陶渊明，待在没有围墙的山野地里，过一种"采菊东篱下，悠然见南山"的田园生活。她说打小就有这么一种"土地情结"。她从《参考消息》上抄下一些数据：中国人均土地只有1.2亩，每年新增1400多万人，减少耕地5万公顷……

有家小饭馆，竖了一个广告，一般人不会留意，顶多溜上一眼，屈雅萍特意跑到牌子下照了张相：民以食为天，国以粮为重。

她开始清晰要干的事：包地办农场。"土地是金，农业是根本，它进可攻，退可守，人到什么时候都不能不吃饭吧，发展空间太大了，我干农业，是要把它当作企业来经营的。"

屈雅萍有个朋友，是早年替人打工时认识的，当时他们同在深圳国货大厦里办公，见到今天的屈雅萍，朋友感慨道：要说人生是一场赛跑，我眼睁睁着屈雅萍从我身边超过，跑前头去了……

她可以过悠闲的"白领生活"，因为她有自己奋斗来的物质基础：汽车，房子，存款。

"你有病，好好养着不行吗？"我问她。

"正因为身体不好，我才觉得每天都是赚来的，才觉得活着宝贵，想什么就赶紧去做。"她说，"活着跟活着还不一样呢，我希望自己活得质量高点儿，高质量的生活可不是吃得多好，穿得多好，而是能不能满足精神需求，让自己身心愉悦，干我喜欢干的事，干跟别人不一样、有挑战的事，这才有劲儿，才有个性。"

曾有几个男青年来农场参观，有个人说："其实，你办私人农场也没什么新鲜的，头几年我就想过了。"屈雅萍接过他的话茬说："对了，这就是我们的差别，你只是想想而已，而我想了就去做。"

"农民没多少文化都能种，我就不信我干不了"

550亩地，步行走一圈儿得两个钟头。屈雅萍包地那年34岁，长这么大还没进过庄稼地，一下要种这么一大片地，怎么弄？"农民没多少文化都能种，我就不信我干不了。"

包地前，她请了几个教授一块儿给她上课，有讲种植的，有讲水利的，有讲养鸡养鱼的。专家们有一个共同的观点：干农业，是件很辛苦的事，而且投资大，收效慢，你得做好思想准备。

屈雅萍说开始她还不信会花什么钱，"一干上，我就知道了。"除了包地费外，买房子修房子，打机井，造晾台，买农机，盖泵房，雇农工等，一眨眼几十万就进去了。积蓄花得差不多了，她又到农村信用社去贷。

村民们议论说："非把她那点儿钱都折腾光了，她才肯走。"以前包这块地的人，只投下钱，却没挣上钱。

"这事儿，也就屈雅萍能干。"在北京城里办公司的丈夫，深知她的习性。

屈雅萍性子倔，做事爱较真，以前打工时，有次公司让她去株洲要欠款，正值盛夏，柏油路都被晒软了，穿高跟鞋走上头，一走一个坑。当时屈雅萍20多岁，下海没几天，要不回钱她就不走，愣耗了30天，把钱要下了才回家。

她现在有一个固定的师傅，是原顺义县农业局的副教授，给她做大田的技术指导，播种啊施肥等，都严格按师傅的话做。她说自己要用一两年时间，把大田里的活儿都弄明白。

连她自己都没想到，从没种过地，第一年的收成居然比当地的农民还高，麦子收了32万斤。头一回麦收，她脑子里没概念，不知道32万斤到底有多少。她的晾台只能晒5万斤，可租别人的收割机，得一次割完。

今年麦子又丰收了，35万斤，这回她有经验了，先买回台旧收割机，花了5万块，"合算，割一亩地50块钱，500亩就是2.5万，两年本儿就回来了，而且我想什么时候割，就什么时候割。"

人手不够时，屈雅萍也得下地干活儿，掰棒子，盖地膜，摘西瓜，打井砌墙，收割机一坏，她得赶快开车去买配件。

今年麦收忙，她有一个多月没回北京城里的家。最忙时，连着熬了两宿，最后累得靠着麦垛就睡着了，苍蝇落了一头一脸也没知觉，有个农工看了不落忍，就站边儿上替她赶苍蝇。

"从白领丽人到女农场主"，有的刊物这样报道屈雅萍。听说屈雅萍会骑马，电视台的人非要拍个骑马的镜头，农场没马，就到外头借了匹马。

屈雅萍戴红色头盔，穿白色马裤，蹬黑色马靴，骑在一匹白马上，"嗒嗒嗒"地从树林子里出来了，跟电视剧里的女主角似的。电视播出时，这段画面还配上了美国大片《飘》的主题曲，音乐是屈雅萍选的，她说自己特喜欢电影《飘》，那个郝斯嘉也有土地情结，而且女人坚韧起来，没个挡。

她收到一筐观众来信，大部分人是想到她农场干活的，也想过一下田园生活。屈雅萍赶忙给要来的人回信：可别来，我这儿，现在是辛苦大于浪漫。

顺义县妇联也听说屈雅萍的事，请她给本县的下岗女工做报告。屈雅萍说，我不是下岗，怎么好讲？妇联的人说，那没关系，你就讲自己不贪图安逸，下农村艰苦创业什么的。7月25日，屈雅萍推不掉，就去给下岗女工讲演，题目是"生活的支点是自己"。燕京啤酒厂工会听说后，专门领了30多个本厂女工到农场，让屈雅萍再给讲讲。站在麦场上，女工们听得唏嘘不已。

屈雅萍开始是住在一个废弃的院子里，8亩大，16间平房，四周没遮拦，院里的草有一人高，"里边能藏一个连的人。"晚上，她把那条叫"警长"的大狗拴在门上做伴儿。

"怕倒不太怕，有时候也会感到孤单。"有天播种，半夜才回来，睡不着，她就把录音机开到最大，放《蓝色多瑙河》。在这儿不用怕吵了别人，站在院子里，空气中弥漫着泥土味儿，"这儿的天空跟城里不一样，不是那么黑乎乎的，星星特别亮，月亮里有什么好像都能看到，夜空深蓝深蓝，跟天鹅绒似的，在这样的环境里听音乐，人好像都能融入音乐里面，心情很快就舒朗开了"。

"如果你今天不来，我得到玉米加工厂结账，下午去看播种机，还要去别人的地里，看看人家的甜玉米是怎么种的……农场离我想象的样子还差得太远，我脑子里想法很多，我现在没时间多愁善感，我有太多的事要做。"

我问她："又忙又累的，你就没想过不干了？是不是因为你投了钱，喜不喜欢都得干下去？"她笑了，"我也可以卖啊，而且现在卖我还能挣钱呢。可我已经舍不得了，农场就跟我的孩子似的，我只希望它能健康、稳定地发展。"

"我自己不消极，我也最不喜欢和消极的人共事"

"农活儿不会，我可以学；没钱，我可以去借去贷。"屈雅萍坦言，干农场最难最难的事，是与人相处。比如干农活儿吧，农民自己是种地的，却不太看得起种地的，看见屈雅萍脏兮兮地在地里干活，村民们就觉得奇怪，不理解。

屈雅萍却给我说了这么个故事：

我有一个朋友从美国回来，给我讲件事，让我挺受启发。有个黑人拿着风镐兴高采烈在工地干活儿，一个过路人，站边上瞧了半天，最后他对这个工人说，可以让我干干吗？结果，这个穿西装打领带的绅士，操起风镐就干开了，一会儿就满头大汗，等他愉快地转身离开时，才发现身后排了一溜儿人，都等着要试试。

"没准儿哪一天，人们的观念变了，觉得劳动是一种享受。我的两亩甜玉米，就是我跟师傅俩一块儿种的，出了一身大汗，挺舒服的。"

她的农场在村南头，与村子有一定距离。"我不是来插队落户的，不用打成一片。搅和在一块儿，不分彼此不好，我希望有自己的私人空间。"

我问她："干农场跟卖电脑有什么不一样？"

"实际上没什么不同，我现在也是在经营一个企业，只不过干的是农活儿。但这和以前的生产队有本质的差别，我们有一套管理制度，比如劳动用工制度，库房管理、农具使用、用电等都有制度。"

屈雅萍大学学的就是现代企业管理，但她的那套管理知识，也有不灵的时候。

麦收，是一年里最要命的农活儿，抢收抢种，时间性强。屈雅萍第一回麦收，就赶上农工罢工，给她撂了。一天早起，她瞧见场里的农工都不下地，全躺在场院上，不干活儿，也不吭气。半天她才闹明白，农工是跟伙房的大师傅闹矛盾，因为菜里没肉，于是就罢工了。

她觉得又可气又可怜，"雇佣关系是最简单，最容易相处的关系，但农民不这么想。他们的时间观念模糊，有时候，我根本无法用管理现代企业工人的方法管理他们"。

有了这一年多的互相了解、磨合，屈雅萍觉得现在好多了，眼下场里有15个农工，她常给农工开会，向他们灌输"认认真真做事，踏踏实实做人"的思想。"我与农工之间，应该没有我是地主，他们是扛长工的感觉，在我这儿干活儿，跟他们到城里打工是一样的。"屈雅萍前后换过3个场长，场长的工作是领农工干活儿，帮她处理农场日常事务，每月工资1500块。他们的共同点是农活儿干得好，但文化水平低，现代管理一窍不通，责任心不强。

有天在场部，一个农工慌慌张张地跑进来，说："不好了，动刀子了！"西瓜地里来收瓜的瓜贩子和农工打起来了。出了事儿，场长该出去瞧瞧吧，可场长还坐着，耷拉个眼皮，"吧嗒吧嗒"抽烟，跟没听见似的。屈雅萍见状，站起来，说："怕什么怕，天塌下来我顶着。"她先给当地派出所打了电话，然后直接去了瓜地，不一会儿警察来了，事情很快就解决了。

"我雇你，你得替我工作吧，可他们没这概念，拿了钱，常不来上班。到卖粮时，我却找不见人，骑着我给买的摩托车，回家忙自己的事了。"

头一次卖粮，屈雅萍不懂怎么个卖法，到哪儿去卖。场长也找不着了，她一咬牙，自己卖，到处跑联系卖粮的地儿，自己找大拖斗卡车拉粮，两天，她把粮全卖给了一家饲料站。然后，雇的人一个不留，全辞了。

"屈老板干事够利索啊！"别人也慢慢了解了屈雅萍。

"碰上难事，我只有两个字：'化解'它。"

有人问过屈雅萍，农场失败了怎么办。"我才不往这上想，没等干，就想着失败，那还能干好吗？出了问题，我也不回避，正是解决了一件又一件难事，农场才发展了。我自己不消极，我也最不喜欢和消极的人共事。"

"每天做你该做的事，结果自然就出来了"

我连着几天往农场打电话，也找不着屈雅萍，后来才知道她去了河北坝上，参加当地举办的牛马交易大会去了。

回来后，她忙着画草图，准备盖牛棚。"这次去，主要是看看行情，养牛，得先把硬件准备好，比如牛料，牛棚，青贮池等，然后还得选个好的时机入市。"

农场自己种玉米，有的是饲料，屈雅萍说喂上牛后，牛粪可以养鱼，可以改良土壤。"现在老用化肥，地都板结了。用有机肥可以养地力，将来我就可以种猕猴桃啦、美国大提子等高档些的水果。"

她说不能太急，农场的发展得一步步来，慢慢捋顺，第一步是稳住，保本儿，盈利了再求发展。今年麦收，挣了24万元，今年的本钱回来了，下半年可以净挣。

我曾问过她："农场离你想象的还差得远，你想象的农场是什么样儿？"

当时她正走在农场土路上，两边种着向日葵，她双手比画着，开心地描绘道："办成个花园式、休闲式农场，到处鲜花盛开，鸡鸣狗叫，牛羊成群，人丁兴旺，能喝上刚挤出来的牛奶，能吃到刚摘下来的水果、青菜。再盖些小木头房子，围上木篱笆，一个人静静地干自己喜欢的事，听音乐啊，看书，画画，刻图章啦。还可以让别人来住，放松一下心情，体验一下田园生活的乐趣，当一天农夫。明年，这路边都要改种葡萄……"

她给农场的将来画过一张草图：生产—加工—销售一条龙，她解释说：比如牛的加工就能搞很多，像肉制品，骨粉，甚至速冻饺子等等。农业产业化，这是许多搞农业的专家们，一辈子为之奋斗的梦想。

"我想让人看看，同样是一块土地，农民干得苦哈哈的，到我手上就成了金子。地是同样的地，就看你怎么种，怎么管，关键是科技投入……"她种的甜玉米，经高温杀菌，密封包装，在北京燕莎商场一个棒子能卖四块五。

采访前，我还替她担心：一包30年，后半生算拴在这块地上了，她能耐得住吗？看她站在地边上，有滋有味地望着自己种的玉米，眼神都跟别人不一样时，我跟她开玩笑说："你算是找到自己的根了！"

"你还别说，我现在活得就是跟以前不一样，知道自己要干什么，有明确的目标。有时站在地边上，想想自己一年能生产70多万斤粮食，够多少人吃啊，心里就挺自豪的。"

她的马鞍、马鞭成了房间里的装饰品，现在她再也没时间骑马，或开车到外头玩儿。"快两年了，风吹日晒的，我觉得自己老了不少，也没空打扮了，连裙子都不能穿，下地干活儿不方便啊。"但她很快又说：将来，我一定要在自己的农场里养匹好马，天天早晨都能骑，可以奔跑，那更过瘾。

农场养了5条狗，她给狗起名叫：警长，莱卡，屎蛋，金子，珠珠。狗样儿不同，狗趣和个性也不一样，有稳重老成的，有爱撒娇的，有勇敢好冲动的。每次外出回来，她得逐个抚摸一下，万一漏下哪条，那狗就能吭哧半天，表示它不高兴了，"非得我安抚一下，才肯罢了。跟它们在一起，感觉很充实，这些狗跟我的感情很深，它们给了我从没有过的乐趣"。

每天早上，屈雅萍左手牵莱卡，右手牵屎蛋，3个一块儿跑步。太阳从村庄尽头一点点升起，开始，天空是朦朦胧胧的瓦灰色，慢慢变成橙色，红色，最后太阳喷薄跃起。以前，她去坝上草原旅游时，看到的就是这样的日出，"得早早起来等，看见日出时特激动，特心满意足。现在，在我的地里，我天天都可以看到"。

今年麦收的最后一天，忙完了地里的活儿，又脏又累的屈雅萍，跟大伙儿一块儿往回走，想赶紧回去洗个澡，无意中她一扭头，看见远处地尽头有一个大大的落日，夕阳西下，彩霞满天，绚丽而辉煌。"我心里一阵子喜悦，人一下子轻松了许多，好像疲劳都减少了。"

干农场后，她开始记日记，把自己一步步走过来的心路历程都记下来。

"现在跟以前的生活完全不同了，换了一种角色，换了一种人生体验，别有一番风情吧，人生也更丰富了。经过快两年的修炼，自己少了浮躁，没了大喜大悲，能沉得住气了，真正懂得干一番事业，就得脚踏实地，要能耐得住，要一件件地做。人有多大耐力，就能成多大的事。能干自己选择、自己喜欢的事，这是值得庆幸的。"

"每天做你该做的事，结果自然就出来了。"对这句话，屈雅萍的体验更深，从去年8月到现在，即使收麦子时那么忙，那么累，她居然没犯过一次心脏病。这是她付出后，最意想不到的回报。

1998 年 9 月

照片提供：屈雅萍

我天生有一颗躁动的灵魂，渴望冒险，渴望寻找与现代文明的巨大反差，渴望寻找人性最初始的东西和原生态的生活。而非洲有剽悍、善良的黑人，有奇异的生活方式，还有那茂密的热带雨林，这一切都深深地吸引了我，于是，我决定去趟非洲，去看看地球那半边的人是怎么个活法。

——梁子

谁认得非洲的酋长

"万一他们对我干什么，我就彻底交待了"

"嘿，今年夏天，你如果在报上看到有个非洲酋长，娶了个中国老婆，那就是我了。"梁子临去非洲前跟人开玩笑。

听说她要一人去非洲，还住到一个部落的酋长家里，认识不认识她的人都吃惊不小。本来，梁子的经历就够传奇的了。

1986 年，我是在老山前线听说梁子的。当时她是参战部队搞摄影的宣传干事。别人跟我谈到她：是个假小子，胆子特大，人特野，背个相机，拎个钢盔，满阵地跑。去过上百个哨位，是老山战区唯一参加过进攻战的女兵。后来立了功，当了英模。离

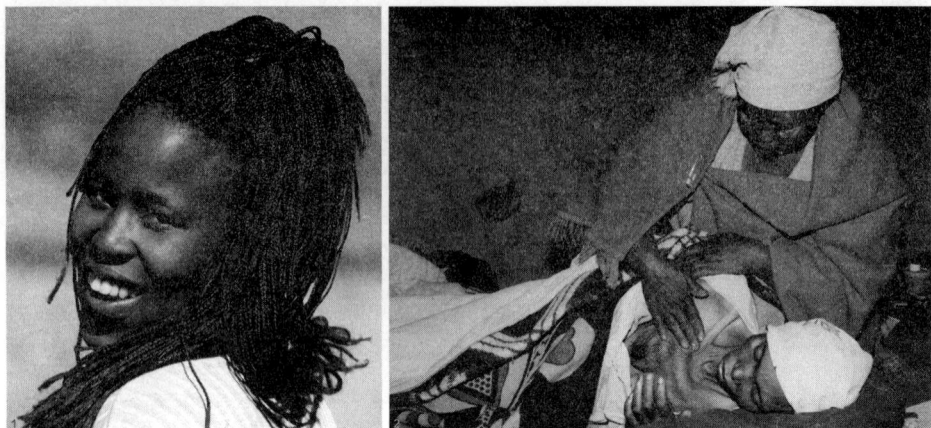

开前线，自己要求上西藏。两年前出版了一本插了不少照片的书：《一本打开的日记》。

梁子要去的国家叫莱索托，在南部非洲。"都是从电视、电影里看到的非洲，特好奇，想什么时候能去一趟，非常非常想去是一年半以前。我这人有个特点，只要我想做的事，觉得可以做，马上就做。"

她开始四处打听谁认得非洲酋长，差不多有一年，还真让她找到一个，一个台商帮的忙，找到一个莱索托的酋长。"在非洲，酋长就是领导，找到领导，事儿就好办了。"

她对非洲的了解非常有限，想象中的非洲，很热，人什么都不穿，脸上画得横一道竖一道。住山洞、林子或茅屋子里，拿着弓箭，围着火唱啊跳啊。那个部落什么样，酋长什么样，她完全不清楚。

在莱索托首都马塞罗机场，一个黑黑的中年妇女接的她，这人是酋长的老婆。

酋长叫马太里拉，56岁，胖，严肃，很少说话。他家在首都有一栋二层楼，有两辆车，一辆客货两用车，一辆"奔驰"，车号是0001。

在莱索托酋长分3种，其中一种是大酋长，全国共有22个，相当于国会议员，马太里拉就属于大酋长。他的爸爸曾是国王，他的哥哥后来继位，现在的国王是他的侄儿，他是正儿八经的"皇叔"。梁子要去的就是他在山里的部落。

到莱索托的第二天，梁子赶紧到中国大使馆报到，万一有个三长两短，也好有人往家里捎信啊。使馆的人听说国内来了个女子，要只身一人前往一非洲部落住下，吃惊

不小。待这么久，还头一回遇见这种事儿。使馆的一秘，马上就把大使叫下来。

大使提醒说：在首都马塞罗，昨天，还有一个中国人的包在邮局被抢了。这里差不多每天都有人被抢，在这儿待过一年以上的中国人，都有被抢被偷的经历。你语言不通，又去一个偏远的部落，行吗？

"我也不知道行不行。"梁子老实回答。

"到底在哪个省哪个地方？"她说不清，又回去问酋长，再跑来告诉大使：在莱索托东北角的莫霍特隆省，村子叫塔巴姆。大使压根儿没听说过，但知道那儿是高山深处，是这个国家最贫穷、偏僻的地方。

梁子跟酋长上路了，坐的是酋长家客货两用车。7月的南部非洲，正值冬季。莱索托是非洲的高原之国。车子在山里转啊转，从天亮走到天黑。车窗外黑灯瞎火，什么也看不见。走了10来个小时，突然车拐了个大弯，上坡，车速慢下来。模模糊糊的，梁子看见窗外有铁丝网，她心里一下毛了：到了？

"完了完了，这到底是什么鬼地方，这么黑，万一他们对我干什么，我就彻底交待了。"她的心提到嗓子眼儿，神经紧绷绷的，不敢动，不敢下脚。

听见有人说话，来人了。黑面孔融入黑夜里，近在咫尺也看不见人脸，只能看见萤火虫般闪烁的眼白和一张一合的白牙，3个亮点一组，替代了一张张面孔。白点悬在夜色里，在她四周晃动，像是黑暗中飘浮的神秘幽灵。

[5][6]梁子在塔巴姆村

酋长也不说话，一甩手也不知哪儿去了。没人搭理她，梁子暗想可能是没人发现我呢。谢天谢地，没有刀光剑影，也没虎视眈眈的场面，就这么平静地走进非洲，走进这个黑人部落。

突然，一只有力的大手从背后紧紧抓住她的胳膊，拉着她就走，本来就悬着的心像要爆炸了，人一下失控，她"哇——"地大叫，尖锐的叫声撕扯着夜色。立马，抓她的手放开，四周一下静了，她的周围，又飘荡过来一些小白点儿。她太紧张了，那人是要给她带路。惊魂未定进了屋子，一晚上什么也没问、没说就睡下了。

本来，梁子打算在部落里住他个一年半载的，刚到就后悔得要命："不行不行，明天就走。"她在黑暗中发誓：这次绝对是最后一次，我再也不一个人这样出来了！

"在天亮前，把管家震住、吓住"

第二天早晨推门一看，嘿！一派高原的景致，一个山包连一个山包，视野很开阔。四周散落着一座座圆顶石头房子。阳光明媚，天高云淡，有狗叫声、鸟叫声、远处有人喊着说话声，非常宁静。"这儿还不错！"昨晚的恐惧被这大自然的美妙气息冲淡不少。她决定：就住几天吧。

塔巴姆村海拔3000米，由6个小村子组成，大约400多户人家，近2000口人，都

是巴苏陀人。酋长说，塔巴姆的意思就是"高兴"。

很快酋长就让梁子不高兴了。酋长说，你不能住在我的房子里，你跟女管家马丹给索一块儿住，住头的小圆房子里。原因是他们家从来没住过外人，更别说是外国人。

酋长在部落里有很大很好的房子，三间卧室，一间是他们两口子的，另两间是他儿子女儿的。房子周围没院子，围一圈石头盖的小圆顶房子，里边装些乱七八糟的东西，特脏乱。梁子说倒也不是怕吃苦，老山的猫儿洞她住过，夜里被老鼠嚼掉一大撮头发；他们师部设在一个叫"曼棍"的天然溶洞里，一个洞住了百十号人，整住了一年。洞里终日不见阳光，阴暗潮湿得厉害，用塑料布搭出一间间小屋子。夜里谁打个嗝、放个屁，都能余音袅袅地传遍全洞。

在马塞罗，梁子已跟酋长的老婆谈好了价钱：住他们家，一个月付 500 美元。在当地，一个月 200 美元就能租个豪宅。"我是花钱买安全，住酋长家安全才有保障。否则万一出什么事，拍照啊、写东西都免谈。"

不行，得找酋长谈谈。

怎么谈呢？黑人酋长肯定不像咱共产党干部，他才不会敬佩什么吃苦耐劳、清正廉洁、同甘共苦、事业心强的人。"所以，我不能流露出自己曾穷过、吃过苦。"

头天晚上，她看到过酋长站在门口不敢下脚，天太黑。他肯定需要手电，忍痛割爱，梁子决定把自己的美国军用手电送上。这一招儿灵了，酋长对这个手电很感兴趣。梁

子教他怎么使，怎么调光，酋长比画着挺带劲儿。她趁机跟酋长说：我是大小姐出身，从来没住过这么破，这么脏，又没有电的房子，我要住到你家大房子里，我要工作。酋长最后同意了，把他儿子的床拖到过厅，让梁子住那儿。

刚去的头一个礼拜，梁子就遇上一件棘手事。

一天晚上，女管家马丹给索突然说酋长家丢钱了，50 马洛蒂（相当 55 块人民币）。刚开始梁子没在意，后来想想不对啊：酋长家平时是空的，他一周或两周来一次，处理一下部落里的事，住一晚就走。丢了钱，这不是明摆的吗？ 50 块钱，对当地人来说算是笔大钱，他们生个孩子，也就花 50 块钱。

"当时我判断有两种可能：一是钱真丢了；二是她看我出手挺大方，想讹我点儿钱。这事要在村里传开了，他们就是不打死我，我也没法儿在村里待了。在这儿，谁知道什么梁子不梁子啊，在他们眼里，我就是中国人，他们会说中国人偷了他们的钱，这不仅仅是我个人的名誉问题。"

梁子的英语是半拉子，出国前现学的。管家能听懂点儿英语，但不会说，愣解释怕也说不清楚。从首都上山时，梁子用美元换了好几千当地的钱，打开钱包告诉管家：你看，我有的是钱，谁稀罕你那 50 块钱。可要让她知道你有多少钱，更麻烦，以后他们能天天缠着你要钱，怎么办？想来想去只有一个办法：在天亮前，把管家震住、吓住。

"以前在小说里看到过黑人有些怪，其实，很多人都有点儿欺软怕硬、欺穷爱富。"

[10] 莱索托山区的女孩子和男朋友（右）特别喜欢对着镜头表现自我，这就是新一代的当地黑人

[10] 莱索托山区的女孩子和男朋友（右）特别喜欢对着镜头表现自我，这就是新一代的当地黑人

她开始发作，大声叫嚷，把酋长吃饭的小桌子拍得"稀里哗啦"乱响……

管家马丹给索愣了，一下没明白梁子嚷嚷什么，但看她的表情、架势，听她嘴里蹦出的英语单词，她很快明白了这个中国人是为那50块钱生气，而且非常生气。

梁子英语说得不痛快，憋得难受。她左看右看，抓起自己带的一卷卫生纸，扯了又扯，揉了又揉，然后"啪——"摔到地上，用脚使劲儿地踩、踩。

"看吧看吧，你那50块钱，就像这卫生纸一样，根本不是钱。你知道吗，我的机票多少钱？一万马洛蒂，一万，我有的是钱！"

管家目瞪口呆，嘴张得老大，眼睛本来就大，现在瞪得更大。而后，她揣着双手，弓着背，小心地往后退、退。

第二天一早，管家马丹给索告诉梁子：50块钱找到了。

"在这里，酋长也不管我！你想管我？No，不行，走开！"

有天，梁子外出照相，照完往山包下走。突然，脚边的一大块石头立起来，吓得她"嗷——"的一声，差点儿把相机扔了。管家马丹给索披着土色毯子，睡眼惺忪，蓬头垢面地站在惊魂未定的梁子跟前。

马丹给索五十来岁，人特胖，有5个孩子，她一直是酋长的管家，村里的事没有她

不知道的，是个"包打听"。她的习性是：走哪儿吃哪儿，走哪儿睡哪儿，走哪儿拉哪儿。在塔巴姆，由她每天陪梁子。她说酋长说了，梁子每走一步都要跟着，为了安全。梁子每月付给她200马洛蒂，告诉她：部落里发生什么事就来告诉我，好去照相。这下好了，不管是什么鸡毛蒜皮的事她都来叫。

"巴利萨、巴利萨！"管家又在窗外死命地喊。部落里的人起初叫梁子"中国人"，后来给她起了这个名，意思是"花儿"。梁子以为这回肯定发生什么大事，挺兴奋，抓起相机就跑。到邻村一看，是一队士兵正"嗨哟嗨哟"地跑步操练，这有什么好拍的？"不行，你已经出来了，必须拍。"管家喘着气命令道。

"管家特尽职尽责，但脑袋瓜子不开窍，一根筋，有时候把我给气得哟——

"比如爬山，是为了看看山那边有什么可以拍的，但人不一定非要爬到山顶，可以从侧面顺着放牧的小道，到半山腰就可以看到山那边。但马丹给索非直直地爬到山顶。

"站在山顶上，哎呀她那个喊啊，非让我也爬上去。风又大，离得又远，我也得扯嗓子喊，告诉她我已经看到了，我已经满足了，没什么拍的，下来吧！

"'不，不！山顶，山顶！'管家仍站在山顶上。

"哎哟把我气得哟，怎么这么不开窍。后来想想算了吧，她年岁挺大，不容易，爬吧。"忍到后头，有一天梁子实在忍不住了。

9月的塔巴姆，尽是大风天，一刮就是七八级的大风，能把房顶掀了。一出门满嘴都是沙子，根本没法拍照。有天，两人又出门，走了一半赶上刮风，飞沙走石，人睁不开眼，梁子对管家说回家吧。

"不行，必须去，因为你说过要去的。"管家不听。

"毛牙，托马是（风太大）。"梁子解释。

"嗯呀，嗯呀（不、不）。"管家摇头。

一股火直往梁子脑门上蹿，这么大风拍个屁啊，相机弄脏了不说，照出的效果也不好。

"那你，就不觉得受罪吗？"梁子问。

管家扯起披肩，把自己的脸和头包上。

那就再妥协一次，去就去吧。要是在国内，她肯定不去了。有一年，梁子与老公等人到西藏珠峰拍片子，走到一河边，桥已被洪水冲垮。一个要过，一个要回，争来争去，两人吵起来。火冒三丈的梁子，把两个刚开的肉罐头和仅有的干粮全扔进河里，让司机开车走人，老公也无奈，众人也无奈，皆跟上她回了。

她跟管家往前走，走到山口，风大得让人站不住。梁子这回下狠心，一扭头走了。走老远，她回头看了一眼，管家跟来了。走到跟前，马丹给索气呼呼地问："我使劲儿叫你，你为什么不回头？"

梁子当即站在山包下，狠狠地出了一口气。"我跳着脚，挥着手，中文加英文喊：告诉你，在中国，我丈夫，管不了我！我父母，管不了我！连我老板，也管不了我。在这里，酋长也不管我！你想管我？No，不行，走开！"

两人快快地下了山。

"很难看到黑人哀伤啊流泪"

"说实在话，管家确实也帮了我不少忙，村里事儿她门清。像我去的第一个艾滋病人家，就是她领着去的。"

那个男人在家躺着，耗得身上就剩下一层皮。她们去的第三天，那人就死了。在塔巴姆，两三年里，就死了20来个艾滋病人。药在这里极其珍贵，有钱也买不到。部落里只有个土医生，是个女的，叫马姆次地，行医22年，有100多种草药。梁子专门去看她怎样给人看病。有个人可能是关节炎，马姆次地抓过那人的胳膊，"嚓——"先狠狠地咬了一口，咬得那人"呀呀"直叫。然后她把草药倒在一只小铁盒里，朝里吐口唾沫搅拌，用根针挑上药，扎到病人胳膊上她咬过的牙印里，再用毛毯边赶边念叨着。

有天，梁子跟管家到一小村口，看见一个叫马琳卡的老太太，坐在房子外头端只碗，正搅和什么。"是药，给马吃的药。"管家告诉梁子。给马吃的药，人也能吃，不行吧？

"停下，别吃了。"梁子抓过碗。然后，她让马琳卡躺在垫上，像医生一样问她哪儿痛。老太太告诉她这痛那痛的，痛得夜里没法睡觉。

"我一摸，肚子都是硬的，人也很瘦，该不是癌症吧。我想没救了，我跟她说，你等着，我去给你拿中国药。"她撒腿往回跑，拿回3粒芬必得，告诉马琳卡今晚一粒，明晚一粒，后天晚上再吃一粒。

过了近 10 天，她们又去那个村，"巴利萨、巴利萨！"离老远马琳卡就喊。到跟前，她比画着说："好了，不痛了，病好了。"奇怪，那么重的病，这么就好了？

从此以后，部落里的人都知道巴利萨有"神药"，一有病就找梁子要药。酋长有次感冒，头痛得厉害，吃了两粒银翘片，马上见效。梁子从国内带的 3000 多块钱的药，很快送个精光。

梁子自己也病过一场，在床上连躺了 3 天，一会儿发烧，一会儿发冷。平时她跟管家每天都要出去，从没白天躺着。管家知道梁子一定是病了，急着问：药哪？药哪？梁子说没有了，都给你们了。这时，管家马丹给索眼圈红了，含着眼泪。"他们连家里死了人也不哭，很难看到黑人哀伤啊流泪。我知道管家对我真的有了感情。"

部落没电，晚上 7 点就睡觉。刚去第一个月，梁子说整晚整晚睡不着。"不是想家，是饿的。"

哪家要想卖东西，就升个旗杆。绿旗，就是卖菜的，红色的是卖肉的，白色的是卖啤酒的。卖东西的时候很少，没东西可买时，梁子经常饿着。当地人一般吃巴巴粉（玉米面），用手抓着吃。要想吃口肉，得等谁家牛死了。

梁子从国内带了不少礼品，像檀香扇、糖啊药啊，甚至小孩子的围嘴。"你给他们任何东西，他们都不拒绝，也不谢你，总有人向你伸手要。"

部落里有个美国来的志愿者，与当地人相处很有经验。他住在小圆房子里，有人敲门，先开个缝，伸进一只大黑手，是要东西的，他一推，把门关上。在塔巴姆，只要有人伸手要，梁子都给，给得部落人都习惯了。为这，部落里发生了一场小小的"战争"。

在塔巴姆的这天，梁子出去拍照，没用管家跟着。走到一个村子，遇上好几十个孩子，大的有十七八岁，见了就要糖，梁子说没有。等她拍照时，所有的镜头小孩都挡。不拍了，扭头刚要走，"咔"一块石头砸她头上，梁子一转脸，小孩就跑。她一走，又有石头打。

梁子穿的摄影背心有很多兜，她在兜里装满石头，追着那伙孩子打。村子很大，小孩子一跑"哗"就散了，她盯住两个最坏的打。追打一气儿，梁子停下：不行，万一把哪个孩子打坏了，他家大人不干了，犯了众怒，一村人能饶了我？突然，她想起口袋里还有两包花生，于是有了主意。"过来过来！"她喊住两个小点儿的孩子。"这里有糖，这里有糖！"黑孩子就认糖，一下来了好几个。梁子比画说你给我好好站着，我要拍你，拍完了给你糖。小孩子一下就听话了。

拍完了，她把花生给拍照的小孩子吃，大孩子见了又用石头打。这样没完没了打下去就没法回去了。梁子一扭头钻进一小圆房子里，到人家装作采访。几十个大小孩子候在门外，捏着石头。临了，梁子跟男主人说，那些孩子用石头打我呢。男人出去，大吼大叫一气儿，小孩子散了，一场殴斗才告结束。

"进了酋长家，我就算进了保险柜"

从 2000 年 7 月到 11 月，梁子在塔巴姆住了 100 多天，记下两大本日记，拍了 200 来个胶卷。

每天太阳出来了，梁子才开始在村里活动，找人谈话。傍晚太阳落山前，她必定出来拍照，拍完照抓紧时间散步。天一黑，赶紧回酋长家猫着。

她归纳了几点注意事项：一防抢劫。钱要藏好，现金和旅行支票要分开放；二防强奸。一个女的，在这种性开放、艾滋病特多的地区，尤其危险。她有一只独角架，支相机用的。平时给管家当拐棍，关键时用来防身；三防疾病。在这儿，得任何病都没法治，万一需要输血，根本没办法；四防天灾。村里每年都有人被雷击死……

有回天快黑了，她还一人在山里拍照，有个男人跟上她，她往东他也往东，她往西他也往西。荒山野岭，她把独角架抽出来，边比画边往回走，那男人在后头叫喊，她也听不懂，最后干脆撒腿就跑。

"我想跟你睡觉，我想跟你睡觉。"老有黑人跟她这么说。你想睡觉，好，走吧！她"噔噔噔"地到了酋长家门口，一钻，进去了。黑人就信酋长，一到酋长家门口就畏缩了。"进了酋长家，我就算进了保险柜。要是随便住村里哪座小房子，他们没准能把房顶掀喽。"

她打了个比方：有人追杀你，你跑啊跑，"嗖"地蹿进中南海里，别人还能进来吗，只能望而生畏，撂门外去了。她说进酋长家就是这种感觉。

梁子性格外向，很快融入黑人堆儿里。说跳就跳，说唱就唱。走到村里，常边走边大声地唱："哩咕郎哩莱索索咳——莱索索"，这是赞美婚礼的歌。她跟管家也混熟了，管家的屁股很大，又有弹性，梁子可以对着当沙袋打。

但与酋长的交流比较难，一是他不住在村里，二是他不太说话。去中国使馆时，梁子曾给大使一本她的书。在一次宴会上，大使跟酋长碰上，提及了梁子。

再回村里时，酋长问："听说你在中国挺有名，大使说你很不错，是这样吗？"

"是这样。"梁子毫不谦虚地答。

"你真认为你很出色吗？"酋长盯住梁子又问。

"当然！"梁子道。酋长听后没再说话。

酋长每次回来要住上一晚。每次回来，管家马丹给索和他关在房间里，一说好几个钟头。刚开始梁子听不懂当地话，不知道他俩说什么。后来她能听懂不少单词：嘿！原来管家在向酋长汇报她梁子呢。

管家说话嗓门特大，她"巴利萨、巴利萨"地叨唠着：巴利萨都拍了什么，干了什么，遇到什么人，去了哪里……详详细细，一讲好几个小时，两人边说边笑。

在梁子眼里，酋长很绅士，特深沉，老是西装革履的。他曾在英国受过教育，又当过内政部长。看上去人很温和，又很威严，但也很古怪。

"他脸上基本没表情，但眼睛很贼。在他身上，有东方的东西，有西方的东西，又有非洲的东西，很难让人摸透。但他身上确实有一种魅力，到后来，我还挺崇拜他的。"

梁子快要走时，酋长回来了，还拿了瓶御酒，说是国王结婚的酒。他们第一次坐下来聊天、喝酒。

酋长问：你英语进步得很快，是不是跟部落里那个美国人学的？在马塞罗，也有些开便利店的中国人，但他们的英语很糟糕。他又说，多年以前，他曾访问过中国。在他的印象里，中国很脏，大街上跑的都是自行车；中国人很穷很丑。酋长比画着描绘中国人的长相：小眯眼，大板牙。但他说巴利萨不一样，他总结了几点：一、很富有，很有钱。梁子听了，忍不住想大笑。这趟非洲之行，是一经商朋友资助她一万美元；二、很漂亮，很干净，跟他从前见到的中国人不一样；三、很聪明。

梁子问：你凭什么认为我聪明？酋长说有两条：一是你英语进步得很快；二是这么短的时间，你学会了许多我们当地的语言和歌曲。

酋长最后的结论是：大使说你好，部落的人说你好，我的管家和用人都说你好，那你就是好了。"在部落人看来，中国人就是我这个样子。我多少改变了酋长对中国人的印象。他是皇叔，又是议员，从大的方面说，我们这也是两国之间的交流和沟通。你想，莱索托与中国的关系，他也是要投一票的。"

梁子认为人有很多地方是相通的，语言不通，也照样可以交流，可以磨合。这次虽去的是一个黑人小村庄，但也让她大开眼界。看到的、听到的、感觉到的都跟以前不一样，"对人的感觉，突然透亮了"。

梁子把她曾发过"再也不一人出去冒险"的誓言忘得一干二净，人还坐在回国的飞机上，就打算好了：等这本去莱索托的书写完了，再去一个非洲国家，跟黑人渔民出海打鱼去。

现在，她又托人四处打听：谁认得非洲的酋长？

2000 年 12 月

照片提供：梁子

从不幸和苦难中升华出的美，更令人感动。

只要你自己不放弃

今年春天，一个作家来采访京鸣，告诉她，她的大学同学杨佳现在什么都看不见了。两人虽不常见，可平常打电话时，从没听杨佳说过不高兴的话，京鸣心里一时乱糟糟的。

杨佳完全看不见会怎么样？等独自在屋时，京鸣把自己的眼睛蒙上。

她在屋里摸摸索索地走着，东碰一下，西磕一下……最后哭了：杨佳可怎么办啊？

如果不是30岁前后的那场变故，杨佳的人生可以说是一帆风顺，没有什么坎坷：15岁考上郑州大学英语系，19岁做大学教师，24岁读完中科院研究生后留院任教，30岁被评为副教授……

令人惊讶的是，即便眼睛看不见，她仍能出色地完成教学，甚至周游列国。这是可能的吗？

[1] 杨佳与父母　[2] 杨佳与母亲

"我接受命运的挑战——等待失明"

5 月 10 日，早上 6 点 30 分，杨佳就和父亲出门，上了一辆往北郊开的公共汽车，那儿有中科院研究生院的一个教学点儿。每周一上午，杨佳要上 4 节英语听力课。

这学期开学前，杨佳提前去学校踩点儿，熟悉路线，哪儿有台阶，教室黑板在哪儿，她讲课时的位置等。仪器按键是平面的，要事先贴上胶条。

第一次见杨佳是中午，领口翻出鲜红的衣领，化淡妆，戴着眼镜，透过镜片能看到她黑亮的眼睛，说话时，她始终盯着你笑。

像不少初次接触她的人一样，我一时感觉不到她是个什么也看不见的人，我们坐得很近，膝盖挨着膝盖，说着说着，我对她比画起来。

"你眼前，是什么样儿啊？"我问。

"我知道窗户在那儿，我有光感。"她指着我身后说，"现在，我的眼前是一片灰白。"

杨佳的失明是六七年前开始的。

她在中科院研究生院读的是"应用语言专业"，据院党委书记颜基义回忆，20 世纪 80 年代中后期，严济慈任名誉院长，院里的外事活动较多，接待的多是世界有名望的科学家，颜本人常作陪，他对杨佳的口语翻译印象颇深：相当流利，语感好，带有

美国口音。

因成绩优秀，杨佳毕业后留院教英语。她喜欢教师这个职业，而且已有了位榜样式人物。她的导师李佩，被人尊称为"中国应用语言学界第一夫人"。

杨佳先后开过多门课，《英语写作》是她爱教的课，《学术英语》被评为优秀课程，她还有机会被公派到美国继续深造。

正当她如日中天时，眼睛有些不对劲儿了，老觉得疼，有灼热感，眼球后头像有东西在磨啊磨，带着头也疼，耳朵发闷。看书错行，字越来越浅，还有一块块空白，以为是没印上。觉得是近视加重了，去眼镜店换镜子，各种度数的都试过，竟没一副合适的。人家说她可能眼底出了毛病，去医院看看吧。

去了医院，很快得出结论，是"黄斑变性"。医生悄悄把她爸拉到一边，告诉他一个可怕的后果：这孩子将来可能失明！

杨佳不信，她总觉得不定哪天一觉醒来，眼前又会清晰一片。再说北京有那么多大医院，现在的科技又那么发达。她还是一趟趟往医院跑，北京的大医院跑遍了，再跑外省，西医没治，再看中医、蒙医。可"神医""专家"一个个拜过了，希望却像肥皂泡似的一次次破灭。

眼前，像隔着一层雨雾，朦朦胧胧的。站在视力表前，起先还能看见医生的手指在动，后来就只能看见一只手晃来晃去。医院走廊里来来往往的人，像影子似的在她身边动着。

她看见的人脸，如同毕加索的画一样，少一只眼睛，或是缺张嘴，像是幻觉，但理智清楚地告诉她：失明正一点一点地到来。

"失明是痛苦的，中途失明更痛苦，等待失明的那些日日夜夜，才是人世间最残酷的事。漫长的煎熬，使我渐渐平静下来，求医无望，只能面对现实。我接受命运的挑战——等待失明。"

生活中的光彩，无情地消失。杨佳看东西没了色彩，没了层次和远近，浅色的东西她看不见了，深色的，也只是黑乎乎一团。终于有一天，她的眼前，留下了一片永久的灰白。

在最需要帮助的时候，她的丈夫提出了离婚。"在我最困难的时候，别人的一句安慰话，哪怕是握一握我的手，都会让我心里热乎乎的，成为最美好的记忆。"

对于突然失明的人来说，一道马路牙子，就可能成了巨大的障碍；芝麻大点儿的事就能被难住，像挤牙膏、剪指甲。再比如"杨佳你坐这儿或坐那儿。"她就会很茫然地站着，因为她不知道"这儿那儿"是哪儿。

杨佳个头 1.72 米，弹跳好，排球是强项，从前常练蛙跳，上下楼都是跑上跳下地"蹿楼"。可这会儿她最怕的就是下楼，一步踏空，人就能栽下去。她右手袖口，总是最先破。

有次上完课，杨佳母女从学校回家，在地铁等车。站台上人多，后边的人使劲一挤，杨佳的腿掉进站台和地铁车缝里，一阵钻心的痛。别人帮她把腿拔出来。回到自己房里，脱下牛仔裤一摸，小腿蹭下一大块皮。

说到这儿，她猛地打住，一撩手道："嘿，我怎么跟你说这些，该把别人吓住了，我不喜欢让别人可怜啊同情，我就乐意别人多鼓励我。"

她说失明前后最大的调整是心理的调整，自信心是关键。心有千千结，也还得靠自己一点一点打开。

"我常想，人的生命，只不过是一段时间而已，浪费了时间就等于浪费了生命，应珍爱每一天，因为它永远不会再来了。"

"如果光听她讲课，还以为她是个外国人呢"

上午 10 点，杨佳上完了两节课，接着再上另一个博士班的听力课。

教室里放着一首英文歌曲，旋律抒情悠扬，刚过完母亲节，杨佳特意选了这首《我长大会怎样》。

在美妙的歌声中，杨佳开始了两堂听力课。边听边讲，她和学生一起听了几分钟的歌曲，然后听讲教材《发展多方听力》。在这堂课上，杨佳结合教学重点，用十几分钟的时间，给学生放了昨晚今晨录的国外广播中有关北约轰炸中国驻南联盟大使馆的新闻报道。

就在失明前那段最难的日子里，杨佳用残存的视力，抓紧时间读书、写作、录磁带，做失明的准备。她整理了自己多年的教学资料，编写出了她最爱教的《研究生英语写作》一书，为了写好这书，她说那会儿很少在夜里 1 点前睡觉。

失明后，杨佳继续上课，但她最爱教的《英语写作》课不能再教了。她去找系主任，临了，她开着玩笑说："老祖宗，你算白疼我了。"说完赶快走了，她怕眼泪掉下来。系里安排杨佳教听力。失明第二年，她参加副教授职称评定，评委们几乎全票通过。

失明后，她和李佩老师关系比从前更密切，接触也更多了，对老师点点滴滴的关怀和鼓励，杨佳心存感激。一讲到李佩，杨佳的话一下就多了。

李佩夫妇都是早年从美国归国的，李老师的丈夫是我国搞"两弹一星"的大科学家，在一次从基地回北京的途中，因飞机失事去世。李佩老师是研究生院外语教学部创办人，在应用语言学界很有名望，80 多岁了，还给博士们上课。杨佳说不光是做学问，还包括做人，李佩都是对她影响最大的人之一。

师生俩见面时，一老一少会聊教学的事。听力课使的是老教材，有现成的教学磁带。"但杨佳不完全靠老教材，死搬课本，她不断增加新内容，比如，把英语广播中的一些内容录下来，加到教学里。这很好，可以拓宽学生知识面，活跃和丰富教学内容，我曾把杨佳的做法向别的老师介绍。但这样做要下功夫，要不怕麻烦。"李佩说。

这学期，几个外籍教师没如期返校，李佩推荐由杨佳接替外教，到北郊教博士生听力。

第一次上课，要不是电视台的人跑到教室拍杨佳，学生们可能还不会知道她是个什么也看不见的人。讲台上的杨佳，熟练地操作仪器，板书也写得整齐。

"如果不看人，光听她讲课，还以为她是个外国人呢。人家杨老师听英语磁带是整箱整箱地听，我只是一盒盒听。"有学生说。

杨佳在别人的帮助下学习盲文，她这个年龄盲校不收，中英盲文都得学。开始时摸"大白菜"的盲文英语单词，连摸了两个晚上才摸出来。

"A 是一点，B 是两点，盲文英语，完全是另一套东西，我得从字母学起。"

失明后，杨佳说她做得最多的梦是看书：一间大大的房子，高高的书架，老大一张写字台，老大一本线装书，字越看越清楚，她想赶快记住，醒了就看不见了，多看一页，再看一页，后来，书上的字没了，她醒了……

有天，一个朋友告诉杨佳：北京图书馆正在展览盲人阅读机，母女俩赶快顶着大太阳奔北图，被晒得差点儿中暑。

阅读机真不错，样子像复印机，把书打开铺平，机器就自动给你读出来，只是太贵了。总是有希望了，母女俩还是高高兴兴地回家了，等普及后再买。

电脑帮了杨佳大忙，别人给她装了一套英文语音系统，她又可以"看"东西了。先用扫描仪把要看的东西扫进电脑，电脑就能读出来，声音可男可女，可快可慢，自己调。

几年前，杨佳就上了国际互联网，"世界虽大，但知识与信息在网上瞬间可得。在网上，我同我的朋友们自由交流。"她差不多每天都能收到电子邮件，大部分是从国外来的。更重要的是，借助电脑，杨佳不光能读，而且又可以写书了。

杨家都是爱书人，刚从湖南搬北京那会儿，不知王府井在哪儿，却知道书店在哪儿。现在，一家人照样逛书市，每年一次的国际图书展肯定要去。几年前，就是在这个展览会上，杨佳结识了一位美国专栏作家古德温先生。

这几年，他们主要通过电子邮件进行交流。古德温称杨佳是自己"灵魂上的朋友"，在电子邮件上，古德温会告诉杨佳，最近他又去哪儿旅行了，他要搬家了，他的书写到了第几章。他还把刚写好的专栏文章，传给杨佳先看。

杨佳喜欢古德温的专栏文章，"健康美好，积极向上，绝没有灰突突的东西。"文章是一个老者谈人生的种种阅历，感悟，思考，有哲理又有文采。她花了两年左右时间，从几百篇文章中精选出 50 篇，收到书里。最令杨佳高兴的是，导师李佩答应为她的书作序。

"这孩子很坚强，她做得比我们好"

聊到业余生活，我跟杨佳说了件自己碰到的事：有次去昆明出差，在闹市区里遇见一串盲人，三男一女，一个拽一个地走着，每人身上背着马扎和大水壶，后来才知道他们是出来旅游的。

"看不见，怎么旅游呢？"我至今还有些纳闷。

杨佳一句话就解了："人的需要都是一样的啊！"去年国庆节，她去了长城，龙庆峡，还和父亲一块爬了山。

"看不见，但可以听，可以闻，还可以摸啊。站在长城上，我能听到周围游人的说话声，听见风声，闻到松树味、青草味。爬山时，又想起小时候，爸爸领我爬岳麓山的情景：杜鹃花开时，满山都是红的……"

杨佳去年还到过墨西哥，她说墨西哥城的大教堂给她留下的印象最深。"我能感觉到它的富丽堂皇和庄严，站在教堂里，我听见外头机器的轰鸣，还有跪在地上的信徒的祈祷……"

人的潜能是巨大的，有时连自己都不清楚。杨佳说："现在，我可以从音乐中听出色彩来。天无绝人之路，只要你自己不放弃，总会有希望。"

杨佳喜欢音乐，会唱不少英文歌，她嗓子好，又会英语，所以唱起来特别有味儿。她给我唱了一首席琳·迪翁的歌，歌词大意是：当我看不见时，你是我的眼睛／当我说不出话时，你是我的嗓音／我能做这一切，都是因为你爱我／当你坚定不移，会有奇迹发生……

一天天，一年年，多少次了，是父亲或母亲，牵着她的手，进进出出她家住的那幢绿色的高楼，在车流人流中，来来去去。去医院，去学校，去书市，去公园，去她想去的地方，从不因此抱怨，从不嫌烦说累，像是她的保护神。

让杨佳拄着盲杖一人上街，父母不肯，有些盲道上，还拉着铁丝电线，搁着油锅，不定哪个胡同，突然就会蹿出辆车……只有让女儿紧紧贴在身边，他们才放心。

"只要我们中有一个人活着，这爱就会延续下去！"

采访杨佳好几次，她老是在笑，哪怕说到掉地铁缝里的事也笑。但她还是哭了两回，一次是说到她完全失明后，一时间，全家人有种日子过不下去的感觉时，她哭了；再有一次，是说到离婚时的心情，又掉泪了。她哭的时候，头还是抬着，脸上笑容依旧，但眼泪却顺着眼角，"滴答滴答"地往下流。

"在家里，不是我们安慰杨佳，反倒是她安慰我们，她总是说，我没事，我挺好。这孩子很坚强，她做得比我们好。"杨佳的父母说。

杨佳劝他俩："你们该干啥就干啥，别再为我愁了，我有我的事要做。"她鼓动父母去老年大学"国画班"，叫他们占着心，别老想她的事。父母真去了，而且迷上了国画。"可他们并没有平静下来。这我心里明白。"

有次搞"盲人节"联欢，杨佳要去做翻译，她妈也去了，结果大受感动。

"我简直惊呆了！"她妈说。大礼堂里，清一色盲人，以前偶尔在街上看见，也就一个两个。盲校的孩子表演节目，在台上可劲儿地唱啊跳啊，让大人们高兴。

"坐我身边的人一会儿一鼓掌，我没心思去欣赏，唱的啥也都忘了，从头到尾，别人都在笑，可我一直在哭。

"多不公平啊！我坐那想，看看这些孩子，长得也好，唱得也好，本应过更好的生活，为什么，偏偏让他们啥也看不见啊。"

可这些孩子，却没有一个是不快乐的，在台下，他们搀扶着，笑着叫着，从她身边走来走去。"我心里很难受，又很感动。打那儿我有些想通了，世界本来就是千姿百态的，中国每 5 个家庭中不就有一个残疾人？"

杨佳从前喜欢看电影，现在，有好电影她还是不会错过。去年，《泰坦尼克号》上演时，她和父亲一块去电影院看。

杨佳觉得自己有点像电影里的男主角，赌赢了，兴高采烈地奔上了一艘豪华客轮，哪料到结局竟会是那样的。杨佳清楚地记得自己考上中科院研究生，离开郑州的那天早晨，天上下着倾盆大雨，火车开了，她看见站台上送她的人，手里举着一瓶红葡萄酒，朝她摇啊摇。

电影中的"泰坦尼克号"正在沉没，在一片混乱与嘈杂声中，几个小提琴手还在继续演奏着；等待死亡中，一个母亲在给自己的孩子念童话……一直给杨佳解说的父亲沉默了。

音乐倏然响起，那是杨佳熟悉的曲子《我心依旧》，她曾因学生的要求，把这首歌一句句做了翻译。电影院里响起座椅翻动声，有人起身离座，杨佳一直坐到最后，她再次沉醉在音乐里，任由眼泪流淌。

从不幸和苦难中升华出的美，更令人感动。

"这不是选我杨佳，是选中国啊！"

中午12点，杨佳才上完4节课，父女俩坐车往家转。

曾有半年左右的时间，杨佳为"盲协"骨干培训外语，她先上完研究生院的课，父女俩吃点儿干粮，再匆匆坐上地铁，赶去给"盲协"的学员上课。她还常为残联翻译英文杂志及资料，像《国际标准化无障碍专题资料——盲道，交通信号的声控装置》等。

杨佳的父亲，是个坐着站着都腰板直直的老知识分子。他没说一句女儿失明后自己的痛苦和辛劳，"我们没做什么，只是领领路而已。"但说起杨佳，他情不自禁地流露出一种自豪。

世界盲联主席来中国时，杨佳当翻译，她的父亲也跟了一天。看到女儿在外国人面前，言谈举止落落大方，很有气质和教养，她爸说："作为中国人，我感到非常高兴。"

现在，杨佳不光是中残联盲协副主席，而且在世界盲联中也任有职务——世界盲联文化委员及亚太区妇女委员。

去年6月，杨佳出席在汉城召开的"世界盲联第二届妇女论坛"。会上，杨佳用流利的英语做了题为"妇女能顶半边天"的发言，10分钟的讲话，掌声数次响起。

会上，要选举世界盲联亚太区妇女委员，"盲联"的官员对杨佳说：很高兴发现你这样的人才，英语造诣如此高。可惜的是，代表们不一定了解你。而且只有一个名额，一个韩国妇女已在这位置上了。

"我心里有些紧张，我很想被选上，这不是选我杨佳，是选中国啊。"

结果出人意料，东道主韩国的原妇女委员落选，杨佳当选为世界盲联亚太区妇女委员。

去过汉城后，去年7月，杨佳又去了阿姆斯特丹参加世界盲联文化委员会议。12月，随中残联代表团去墨西哥，出席"残疾人国际第五届代表大会"，并在"人权与妇女"专题会上，做了题为"携手迈向新世纪"的发言。今年，杨佳又被选为世界盲联"国际程序委员会"委员。

世界盲联前主席访华期间，给中国盲人骨干培训班讲课，大家问他："盲人都能干什么？"

他风趣地说："除了开出租车不行，什么都能干，开飞机也行。"他本人就打得一手高尔夫球。

杨佳认为这里有个观念问题，在中国，我们想的还是盲人到底能干什么；在国外，人们想的却是，只要你有兴趣，有能力，没有盲人做不到的事！

一次接待世界盲联的尤克里德·希里博士，当着许多人的面，博士向杨佳祝酒，他说："杨，你一定要争取当教授！"

教书，为残疾人做事，杨佳说两者不矛盾，都是自己爱做的事。

"只是比以前更忙，人也瘦多了。"她爸说，"一晚一晚，坐在电脑前一熬就是半宿，我们不懂，也帮不上她。"

我赶上一次杨佳大学同学的聚会，他们都刚知道她失明的事。

席间，杨佳跟京鸣，一应一和说起了《苹果树》，这是她们宿舍曾传看过的一本英国小说，写得很美。杨佳还告诉我：学校操场边上就是苹果园，春天，苹果树开着花，一大片一大片的……

见过杨佳后，京鸣说自己心里好受多了。

她觉得杨佳没怎么变，还更开朗了，还是那个睡她上铺的杨佳，还是那个聪明又勤奋的杨佳，还是那个爱笑的杨佳。

失明后，杨佳由不敢走路到走向世界，由不能看书到继续写书教书。杨佳说自己一直在做该做的事，想做的事，虽历经磨难，但痴心不改。

1999 年 5 月

部分照片提供：杨佳

人生就是一口气，凭着一口气去闯、去生活，可这口气不是别人送来的，确确实实是自己给自己鼓足的，我把这叫作：擂响自己！

擂响人生这面鼓

"我快要死了！"他在心里叫道。

徐力群躺在新疆塔城一家不知名的小旅馆里，好像被人遗忘了。他发着高烧，三天没吃东西，时而昏迷，时而清醒……他是一个摄影家，当时正独自骑摩托车，沿边疆万里行，走到塔城，这条东北壮汉"灭火"了。

最终，他骑坏了三辆摩托车，颠断车架上 7 根 3 厘米粗的钢管，用了 5 年，走完了8 万公里的边疆行，光在西藏，就走了 9 个多月。

走完了中国走世界，徐力群又走到地球的顶部——北极，访问了 7 个在北极圈内有领土的国家，眼瞅着北极要走完，只剩下一个白令海峡时，人生来了个急转弯，他再度灭火。

[1]鄂伦春猎人　[2]边疆行

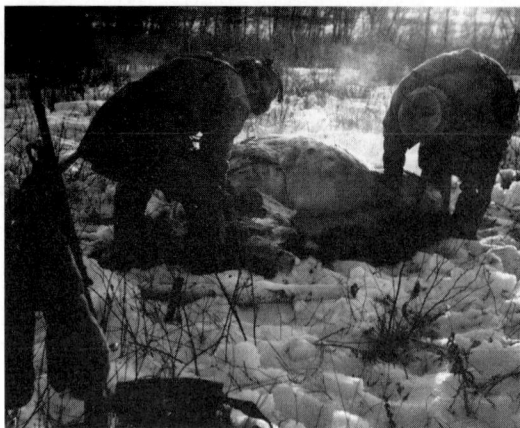

"我走了中国的边缘，走了世界的边缘，现在，又走到生命的边缘"

敲开他在北京大兴县的家门，我不禁一愣。

这个曾开摩托车独自走了 8 万公里的东北汉子，如今头发灰白，面色苍老憔悴，穿着有条纹的睡衣裤，手里拄根拐，两膝僵硬，走路晃晃悠悠。

桌上的一张相片，让我顿感生命无常：这是 3 年前徐力群在美国阿拉斯加拍的，相片上的他一头浓发，肩挎摄像机，身穿摄影背心，露出两条粗壮的胳膊，笑口大开，露出白牙，雄心勃勃的样儿。

采访前，我特意对他说："如果你觉得累了，随时都可停下来。"他坐在向阳的玻璃窗户前，脸上有了些生气，很豪气地一挥手道："大兴安岭、中国边疆、格陵兰、北极，这些地方都特别好，我喜欢谈。"

一切还得回溯到他 40 岁生日的那天早上。一睁眼，他就定下了两件考虑已久的大事：离婚，边疆行。

促成他要走边疆的是这么件事。一次，徐力群坐客船在黑龙江上旅行，有天早上四五点，船停靠在一个叫御史大夫的村子，汽笛一响，全村不光男女老少出来了，连猪啊狗也出来了，他们都站在岸上，眼睛直勾勾地看着船，既不接人送人也不接货送货，徐力群站在船板上，一时很纳闷。

船动了，他好像被什么触动，一下子明白过来，他本能地抓起相机，拍下了沙滩上一大群茫然若失的人。这就是中国的边民，地处偏野的乡村，过着与外界隔绝的生活，十天半月来一回的客船，几乎成了隆重的节日。就是这时，徐力群萌生了"边陲万里行"的想法；这时，他已在大兴安岭转了多年，出了两本摄影画册，是黑河文化馆副馆长。

徐力群由黑河出发。左边是秋色苍茫的兴安岭，右边是幽深黑绿的黑龙江水，一个人走上一条颠簸得厉害的沙石路，才走出去5公里，他就走不下去了。"遥遥8万公里路，我怎么走？文化考察采访些什么？车坏了咋办，又不会修，今晚住哪儿？"走前，他忙着跑申请，找赞助，把精力都耗尽了。

四野无人，索性坐地上号啕大哭，把积压已久的压抑、郁闷、委屈、迷惑、恐惧狠狠地发泄了一通。

晚上，他还是在一个叫三卡的小村子找着了住处，几个闯关东的老汉接待他。爷儿个唠了半宿，他们给徐力群讲了当年自己的爷奶们，怎样一头担行李，一头担孩子，一副扁担挑一年，愣是从山东走到了黑龙江边，开荒伐木，落地生根。

徐力群说自己虽出身知识分子，但骨子里还是东北农民那一套：敢闯荡，因为不闯就得死，做事不太计后果；讲义气，朋友见面分一半；能吃苦，有拧劲，大男人主义，认为男人在家要能自己盖房，能保护妻儿……

"人生就是一口气，凭着一口气去闯"

徐力群说边疆行，最难耐的是寂寞。走累了，倒在林子里睡，睡前是一个人，醒来还是一个人。

进入中国最北端的漠河县时，他开着摩托车在林子里奔，跑着跑着，一种激越的情绪来了，他一边飞奔，一边呼号："英雄，徐力群！徐力群，英雄！"

我忍不住乐了，觉得有些孩子气。

"这还真管用，有生以来，我第一次跟英雄连在一块儿，勇气倍增。人生就是一口气，凭着一口气去闯、去生活，可这口气不是别人送来的，确确实实是你自己给自己鼓足的，我把这叫作：擂响自己！"

他的边疆行走得极认真，到额尔古纳河时，摩托车过不去，没路，他找到伊木河边防站，要马骑上，又回头补上那路段。74公里的一截路，他绕了1200多公里。走那截路，还赶上了暴风雪，马跑了，人也掉进冰河里，走了五六天……

徐力群说他是靠两气走完了全程：一是勇气，二是运气。车出小毛病，又修不好时，他端上几脚，就又能走了。车大坏时，往往都坏在离有人的地方不远，但他还是有穷途末路的时候。在内蒙古巴丹吉林沙漠北，从早上4点开到下午4点，"扑哧"，车陷在一块洼地里，戈壁硬壳下是细软的沙土，他拿起小锹拼命地挖，等车轮高过沙面时，赶紧重新启动车往外冲，只走了一米远，车子"扑……"又陷进去，累得腰都直不起，车还在沙里。真没辙了，他躺在沙地上。假如再有一双手帮着推一把，他早就冲出去了，可四野茫茫，这里是死亡之海，静得让人心里发毛，慢慢地，恐惧涌上心头：

"没水了……这种连鸟、连小虫子都不来的地方是绝没有水源的。

"我心里发抖，乱糟糟的，前面看到过的一堆白骨又出现在眼前，我会被困死在这里吗？远处，一团骆驼刺像鬼一样蹲着，盯着我，忽然，我想起了'梭梭'。"

"梭梭，梭梭，梭梭"，他在戈壁上疯跑，找到了一小丛小枝干被风沙打磨得跟木雕一样、只有枝头尚存星星般绿叶的梭梭。进沙漠前，一个蒙古族牧民告诉他："能在沙漠里找到梭梭，你就不会死。"他开始在梭梭的根部挖，希望找到水，指甲挖出血了，还没挖到根的尽头，更没有一滴水。"完了，这里是挖不出水的，我傻了……"

他在昏昏沉沉中睡去，在昏睡中平静，一阵晚风吹过，梭梭的叶子在他头顶动起来，猛的，他有所顿悟："它为什么能活？这里已经8年没下过一场透雨，它是怎样活下来的？我急忙把挖出的沙培回它的根部，我还挖什么，梭梭能活下来，我为什么想到死？"

他不再瞎跑、喊叫，老老实实地躺着，恢复体力。午夜，他重新开挖，最后把衣服垫在车轮底下，冲出了那片险些葬送他的洼地。

"那以后，即使在最困难时，我也怀着对生命的感激奇迹般地走过去，活下来。"

像是一个流放者归来，他成了个不合时宜的人

徐力群是冒着大雨回到黑龙江的，边疆行终于走完了。他太想家了，在青藏高原上，

有天他曾面向东北长跪，一边流泪，一边磕头。

他有一肚子话要说，可是，当他回到离开5年的黑河时发现，黑河已大变，边贸异常活跃。他没有受到英雄凯旋般的欢迎，倒像是一个流放者归来。他成了个不合时宜的人。

"我没有根了，这样也好，我能飘起来了。"这回，他要往更远的地方走。

徐力群说自己这辈子与鄂伦春人有特别的缘分。大学毕业后，自己报名到了大兴安岭工作，开始与鄂伦春人接触，跟猎人打猎。没料到，9年与鄂伦春人的生活，成为他日后走向世界的契机。

"人付出了，总有回报，只是早晚不同，方式不同罢了。你做的前一件事，就是后一件事的因，后一件事，就是前一件事的果，这就是轮回，也是我的因果观。"

一天，他正猫在北京一农民房里写他的边疆行，写到鄂伦春人日常生活时，想起一幅北极照片：一个爱斯基摩女人，正从船上往岸上扔鱼，那女人的面孔太像鄂伦春人！他来了灵感：我为什么不做一个这样的考察：因纽特人与鄂伦春人的文化比较。

去北极做考察，对身无余钱，每月租民房120块，只能付人家30块钱的徐力群来说，是个"大富翁计划"。这事换作别人，想都不会想。

"想了就去做，想多大就做多大，这就是我的处世原则。"

拿着自己的画册、考察计划书、个人情况介绍等材料开始跑，而且出人意料地顺当，他跑来了下述东西：日本佳能公司赞助的价值十几万元的照相器材，美国柯达公司提供的5000美元胶卷，斯堪的纳维亚航空公司提供的格陵兰及北欧4国往返机票及行李票，加拿大官方提供3个半月北极旅行费用，黑龙江省文化厅赞助9000多美元……

徐力群美梦成真，1995年2月19日上午，他和在边疆行时认识并结婚的妻子潘蓉一道，飞往地球的顶端北极。

"鄂伦春人太像因纽特人了"

徐力群曾在格陵兰首府搞了一次《鄂伦春人风情摄影展》，很多丹麦人看了都大吃一惊：鄂伦春人太像因纽特人了！

他在日记里，这么记述着在格陵兰东海岸的猎民小村，跟因纽特人打海豹的情景：

拉斯（房东）好像懂得我们的心，他决定露一手，出猎海豹。

6点30分，10条狗拖着一架雪橇，载了一只小船，我和拉斯还有安德森3人出发了。出村不久，我们就下了海湾，这个村周围全是海……

不久，进入一团雾中，景色变得更为奇绝，周围的冰山、天空全是蓝色调，碧蓝、湛蓝、翠蓝，难以形容，让人感到极端的清洁。

太阳刚刚升起时，远天还有一抹红云，给这冰清的世界平添一分激昂。这种机会对我来说太难得了，不由得又想起了在大兴安岭与鄂伦春猎手出猎的情景，我曾数次与他们在森林里骑马打猎，打狍子，打野猪，今天，我又跑到北极，坐在狗拉雪橇上，跟因纽特人打海豹。

我们在另一处有明水的地方安营扎寨，要在这儿盯住海面不放松，直到某只倒霉的海豹露头换气，被打住为止。

因纽特人吃的是海豹肉，穿的是海豹皮。他们早先的船，不管是大船还是小船，也都是用海豹皮蒙制的。他们的房屋、铺盖也离不开海豹皮，连他们捕鸟的网子，也是海豹皮条编成的。海豹的皮下有丰富的脂肪，除了吃，早年因纽特人的雪屋冰室中，海豹油灯是他们唯一的热源。

海豹对于因纽特人，就好像狍子对鄂伦春人一样必不可少。世界上许多事情就是这样惊人的相似：像海豹一样，早年大兴安岭森林里的狍子也是又多又傻，狍子遇到人总是先愣一会儿，然后才跑，跑不远肯定会站下，还回头傻看着袭击它的人，故有"傻狍子"之称。

足足3个钟头，我平躺在雪橇上，眼望辽阔无际的海天，猛然瞧见不远的水面上蹿出一只油黑油黑的小脑瓜。

"海豹！"我在心里叫。

与此同时，那位老猎手抓枪就打，小脑瓜转眼就消失了。

拉斯忙驾着他的小舟朝海豹的位置摇过去，不一会儿，他用钩子把一只海豹钩上船，苦等终于有了收获。

这只海豹像个小野猪那么大，拉斯说这种不大的环海豹是最好吃的海豹，他用刀切开肚皮，找到鲜红的肝，切下一块，又切下一块肥肉膘，合在一起放到嘴里吃起来，另外几个人也来了两块，我也学他们的样子吃了两块。

生吃兽肝和肥膘的习惯，在鄂伦春人那里也完全一样，打到一只野猪或狍子，第一件事就是开膛破肚，鄂伦春人还有吃狍肾的习惯……

本来，徐力群会在北极圆满地走完一圈，但一个法国女人让他大受刺激，没有直奔白令海峡。

在地球的极北村——格陵兰的肖瓦帕鲁克村，他们遇见了一个住在村头破房子里的法国女人，她要住一年，研究北极人的食物：为什么因纽特人不吃水果和蔬菜，却不因为缺少维生素 C 而得败血病？海洋生物的肉里是不是含有多种维生素？她固执地认为徐力群两口子是一对旅游者，这让徐力群有些受不了。

"想想也对，人家这才叫考察研究，一住住一年，我们只在村里待 4 天，不就是个旅游者吗？国内现在搞的不少考察，实际上也就是旅游，熊熊国人还行。"

他决定找一个点住下，1997 年 9 月，举家搬到了加拿大。

然而这时，徐力群生命中的一场重大变故降临了。

不信自己那么壮实的身子，真会垮了

在北极时，他曾两次莫名其妙地摔倒，而且摔得很重，直挺挺地趴地上，这正是他大病的前兆。

到了加拿大后，他觉得走路软绵绵的，体力下降，体重在几个月内下降了 5 公斤。起先以为是腿脚出了毛病，他开始在加拿大看医生，用了几个月的时间，可还没个结果，眼瞅着病在加重，他决定回国。

回北京，他直奔解放军总医院，一位姓吴的医生给他做了检查，十几分钟就得出了结论："你得的是多系统神经变性病，如果你愿意，明天给你做会诊，你明天下午 3 点来，不用挂号了。"

徐力群不甘心一家医院的诊断，又拄着棍子去了协和等大医院，得到的诊断是一样的。神经变性病是什么病，他一无所知，可是，知道得越多越令他绝望。

多系统神经变性病，具体说是橄榄桥小脑萎缩，多系统神经细胞持续性消失，

OPCA 是世界医学界对此病的通用叫法。

它不像癌症、心血管病那么知名，但它每年却让成千上万的人死去。这种病还有极残酷的结果：眼看着患者渐渐走不了路，不能拿东西，不能吞咽，不能说话，视力、听力下降，直到失去生命，而他们的亲人却连该吃什么药都不知道。

有人告诉他美国能治，徐力群寄希望于美国的高科技，又飞回加拿大。"加拿大和美国的医生告诉我，中国医生诊断正确，他们也无法治疗这种疾病。"

他不信自己那么壮实的身子真会垮了。他坚持吃从国内带来的中药，每天做健身运动和游泳，开车送妻子打工女儿上学，事实上他的病还在变坏，直到有一天险些出了车祸：他的脚不听使唤，几乎无法从驾驶座上再站起来……

一个在加拿大待了 7 年的朋友说，加拿大每年死于肌肉萎缩的人是 3000 人，比艾滋病死亡的人多两倍。她还推荐了一篇文章，这是一个叫莲娜的加拿大人写的，她得了与徐力群类似的病。

"世界总是有希望的，我想生存，我有多个理由要活下去，我没有死的欲念。"莲娜每天都在哭。

徐力群说他看得几乎透不过气来，他赶紧检查自己身上的每块肌肉，两只胳膊的肌肉首先萎缩了，大腿和小腿开始变细，他慌了。

莲娜还写道："眼看着自己身体消瘦起来，真使人心悸，每天睡前我总会练习写写讣闻，也会假想一些颂词。"

发现这篇文章的朋友，本来不想告诉徐力群，因为其中有死的暗示，但最终她还是忍不住，她认为不能让他受蒙蔽而不知自己的处境，她在电话里这么跟他说："想吃点啥，就吃点啥吧。"

能找到的资料都找到了，他快把这病研究透了：

到了末期，患者会十分痛苦，因为他的大脑是健康的，但却只能听任病魔的随意摧残，连自杀的能力都没有。

"到了想死都死不了的地步，这太可怕了。"他想到自杀。

"在我的记忆里，因纽特人自杀的方式很符合我的性格。"

一个猎手老了，觉得自己活着没用，成了负担了，就收拾一下推门走了。家里人也知道他干啥，并不拦他。他一直朝前走，前面是海就掉进冰水里死，前边是雪地就躺在雪里死。

他为自己设计了浪漫的自杀方式：

在还能走动时，坐飞机回北极，去温哥华到阿拉斯加，再直达白令海峡，这并不难。然后选择某一天，走向白令海，走向那海的世界，最后葬身在那条曾梦想不已的海峡中。6000 年前，因纽特人祖先从东北亚，沿着今天已沉到海底的大陆桥走向北美。他可以永远留在那里做他的考察了。

他解脱了，可怎么向那些关爱他的人交代呢？"死得轻巧，死得不负责，死得自私而狭隘。"他最终放弃了这种极端做法。

在加拿大一年，徐力群说他深感在发达国家，钱是最被人看重的，没钱寸步难行。他的妻子现在必须白天晚上打两份工，几个月下来，体重下降了 5 公斤……

"为了不因为我的病使家庭蒙上阴影，她还要做出乐呵呵的样子，她在信上说：'现在，我们家谁也不能垮！''从你身上，我学会了生存本领，进取精神。'"

知道徐力群生病，黑龙江省文化厅正、副厅长分别来了电话，他们第一句话是："需要钱吗？缺多少我们想办法。""你是条好汉，相信你能挺住！"

都离开大兴安岭 20 多年了，听说徐力群病了，当地人凑了 1 万块钱，派人坐上 60 个钟头的车，去山西一个小村子看他。"只有大兴安岭人，才能干出这种事。"

许多朋友打电话，发传真劝他：好的意念能产生荷尔蒙给你力量，不好的意念会毒害你。

一个也踏过北极的人则这么讲："你不会倒下，因为你叫徐力群！"

徐力群说自己不能让他们失望，得让他们高兴。

我跟他讲了一组统计数字：中国每年自杀的人约有 14 ~ 16 万，每天有 400 多人。其中不少是年轻人，他们为很小的一点事，像失一回恋，考试考砸了，跟人吵架了，就去死，生命再也无法挽回。

听了这组数字，徐力群深感惊讶，他说："现在，每一个站在我面前的人，都应该感到幸福，因为你是健康的，你可以干许多你想干的事，年轻多么好，有多少机会等着你啊！"

"我希望这只是一场劫难，我要活下去"

有天，一个朋友把一则从国内报纸上复印下的消息寄给他，说他的这个全世界西医都治不了的病，有一个中国医生能治。

徐力群毫不犹豫地飞回北京，当晚，他就给一位在太原当记者的朋友打电话。人家告诉他：这家医院是个农民办的，在山西省河津市乡下一个叫北原的村子，能不能治你的病很怀疑，但那个医生杨克勤的电话查到了，你可以直接给他打电话。

徐力群马上又拨通了北原的电话，杨克勤说："你问能不能治小脑萎缩，我就是治小脑萎缩的。"

第二天晚上，徐力群登上 605 次列车，直奔北原。

很快，徐力群就见着这个杨院长，60 多岁，话不多，很少笑。他对徐力群说：这里条件不好，你可以住市里，3 天来看一次拿回药就行。徐力群赶快说：没问题，别人能住，我也能住。

他背着自己曾在北极用过的睡袋，走进了一座四合院。这里三面都是平房，共有19 间房，每间能有 5 平方米左右，两张床、一个小炉子，住在这里得自己生炉子、烧饭、取暖、熬药。

徐力群住下，第 15 号病房的小炉子被生上了火，连同那一星点儿的希望。吃了 30天的药，徐力群的病并没见好。到了第 32 天，见效了，好了半天又完了。直到第 35 天时，他才感到有些轻松。

"我希望有一种药，能对上我的病。现在，我每时每刻都在希望着，希望自己好起来。而且，我从周围这些病友身上，也汲取了不少力量。"

有一对夫妻是从江西乡下来的，丈夫得了舞蹈症，手脚老在动，没有一刻停着。他的妻子是个农村妇女，每天做这做那。"我从没见她愁眉苦脸。她每天都朝气蓬勃的，乐意帮人。"

春节到了，医院要放假，所有的病人都要回家，他们走的那天，徐力群去车站送，他们没钱，打不了"的"，所有的东西都是女人背着，他们要倒好多次车，得走四五天……

"他们走远了，我还站在路口，我心想，他们比我更灾难，更悲惨，可他们活得多坚强，多乐观。"

住在北原医院时，徐力群这个曾围着中国、围着地球顶端跑路的人，每天围着这家乡村医院的小花园跑起来，才80米一圈的小花园，他却跑得相当吃力，跑上10圈，就汗流浃背。慢慢地，他能跑上16圈，20圈，30圈。

"我希望这只是一场劫难，人生在世总会有各种各样的劫难。我希望我能过这一关，我要活下去！"

我问他："假如你的病真的好了，你最想干什么？"

"到白令海峡去！"他脱口而出。

采访前我还想，跟这么个重症病人谈话该多沉重。事实上，在一整天的采访中，徐力群家的小屋时不时爆出笑声，像被回忆中的大自然注入了生命力，那个雪地上生龙活虎的男人又回来了。

他说，许多时候，人首先是自己把自己打倒，自己把自己吓死了。事实上，我们的灵魂在最大的压力下，成长也最快。

徐力群回家乡哈尔滨过春节，病情恶化。黑龙江人向他伸出关爱的手，把他送进了省中医药大学附属第一医院的特需病房，并用各种方法，全力以赴治疗徐力群的病。

写完这篇稿子时，我又给徐力群打了个电话，他还笑呵呵地说："病又重了，连楼也上不了了。我的心气儿可好了，有那么多人在帮我，我仍然相信自己会好……"

耳边又响起他的话："人生是一面鼓，越擂越响……"

他还在擂响自己，尽管鼓声渐弱……

1999 年 4 月

照片提供：徐力群

我是透着泪水看着这样的人、这样的生活。对我来说，拍这些人的生活境遇和情感，是我的一种需要，一种感情的需要。

电影不是造梦的

是一阵火车的汽笛声，把我带进贾樟柯早年的生活和他现在拍的电影里。

某日上午，山西汾阳县城刮起大风。上着小学的贾樟柯突然听见一种声音，从很远的地方随风吹来，遂问父亲这是什么声，他爸答：火车笛声。

学会骑自行车后，贾樟柯头一件事就是去看火车。骑上三四十里地，到另一座县城。"我骑了很远很远的路，很累很累了，然后看到了一条铁路。就在那儿等、等，一列拉煤的火车'轰隆隆'地开过，噢，这就是火车！"

多年后，这火车，这笛声，这份看见火车后兴奋的心情，都被他拍到自己的电影《站台》里。

"对县城里的孩子来说，铁路就意味着远方、未来和希望。"

贾樟柯，1970 年出生于汾阳，青年导演，拍过电影《小武》《站台》，在国际电影节上频频获奖……

在北京小西天一处半地下的房子里，贾樟柯跟我讲了自己作为一个外省青年，是怎样一步步从县城走进北京、走到海外，讲了他的激情、梦想、快乐、痛苦、思索……

"那种想离开想到外边看看的迫切心情，让一个人非常激动和焦躁不安"

我的老家汾阳，是个奇怪的地方，它一半在平原，一半在黄土高原。往东有平遥、介休，曾是晋商非常活跃的地区，往西就是黄土高原和黄河。汾阳本应是个很封闭、内陆的县城，是传统文化气息很浓的地方，但在清末，这儿有了美国的教会，又受到西方文化的影响。

我父亲是语文老师，母亲是个售货员，我还有个姐姐。我们家的亲戚大多生活在农村，从小到大，家里就跟一个交通站似的，总有农村的亲戚来来往往，我算是生活在农村的文化里，这对我非常有帮助。

小时候，我最大的理想就是长大后当个大混混儿，有权有势。小学没好好念，成绩一塌糊涂。我周围有十几个像我这样的孩子，白天打架，晚上爬到教室里偷东西，去别人家把坛子里的咸菜吃光。到了初中，我的一半弟兄都辍学了，是父母逼着我念了初中。但我还跟我的那帮弟兄保持友情，跟他们在一起很开心，没有束缚，起码不用 45 分钟背着手坐着。对一个孩子来说，街道上的生活绝对有一种吸引力。他们每天蹲在学校外面等我，我一下学出来，一排小孩就去录像厅看录像。

我们看的全是香港武打片，影像不清楚，模模糊糊的，但很快乐，每天看，也不腻。后来跟我一起拍电影的摄影师是香港人，他看的香港武打片还没我多。

可能那个年龄段的男孩人太无聊，身体里的能量没地儿释放，出了录像厅我们就在大街横晃，故意撞人，找碴儿打架。最厉害的一次，是在一个巷子里，一个孩子看我一眼，我看他一眼，结果两人就打起来了，后来他带了很多人来追我，把我逼到一个两层楼上，我急了，就从楼上跳了下来。

初中毕业时，又是一个分界线，又有很多同学辍学。一部分人去当兵，更多的是流落到社会上，有些孩子真成了混混儿，犯罪入狱。

记得有一次，我跟个朋友去看电影，买完票他说上厕所，我就先进去了。我左等右等不见他，出来后发现他被抓走了，他抢了别人的手表。我一下觉得生活这么波折动荡。还有个混混儿朋友，有天骑车去酒厂玩，我们那儿出汾酒，第二天听说他死了，他在酒厂喝了太多的酒，酒精中毒。从少年时代起，这种朋友死亡也好，入狱也好，都像有人拿块砖"哪"地砸我一下，让我成长一下，然后又"哪"地一下。我开始想事，开始觉得人真的有命；而且生命这个东西很脆弱，太脆弱了。是那些过早流落到社会里头的同学，让我也过早地知道了这个社会。

我的青春期成长并不很快乐，我想这是大多数县城背景的年轻人都能体会到的。比如封闭的环境，带给我们的一种期待和向往，这种东西其实是很折磨人的。当时我特别想知道：汾阳以外的地方是什么样的？非常迫切。我知道很多人误解像我这样出身的年轻人，他们觉得农村的、县城的孩子非常向往大城市，其实不是，是非常向往别的地方，那个地方也许跟汾阳一样，也许还不如汾阳，但对我们来说都是未知的，充满诱惑和好奇的。

一个孩子从出生到十八九岁，都没离开这块土地，那种想离开、想到外边看看的迫切心情，让一个人非常激动和焦躁不安。在我青春期成长过程中，这种不安的情绪总出现、总出现。

上初二时，我的成绩非常差，所有的老师都把我放弃了，他们不愿意看到我，让我坐到教室的最后一排。这时来了一个刚毕业的男老师，教语文。有一次，他让我们写一篇作文：《故乡的秋天》。按惯例，肯定又是让我们歌颂故乡，歌颂劳动了。我当时有种逆反心理，就写秋天帮人秋收干农活，干农活太累了，我太不喜欢了，我非常痛恨劳动，也痛恨歌颂劳动的人，然后我期待着老师暴跳如雷。没想到他特喜欢这篇作文，他是个农家子弟，当然知道农村体力劳动的残酷。

他告诉我：什么课你都可以不听，但你不能捣蛋，我给你书，你坐后头自己看。这样，我看了非常多的诗歌、小说，然后开始试着写作。也就是从那时起，我的人生在改变，真的有一种被拯救的感觉，心里那些无法释放的欲望和压抑，还有焦躁不安的情绪，都因为写作，有了一个出路，人开始平静下来。到高中的时候，我生活得很规矩，算是一个"文学青年"。如果没有这个语文老师，我现在肯定还在汾阳城里混，百分之百。

"还有这样的电影啊！电影原来还能这样拍啊！"

读高中时，我们自己办了个诗社，起名叫"沙派"，因我们那儿风沙很大。我们自己刻蜡版，出诗集。非常幸运的是，在我读高中的时候，又遇到了一个非常开明的校长。

你想，考学是大多县城里的孩子唯一的出路，念大学才能去太原，才能离开穷苦的地方，才能有一个正当的职业。升学率在小地方的学校太重要了。

校长是一个学历史的老师，他非常提倡一种开放式的学习，他自己也不以升学率为追求，他规定每天只上半天课，剩下半天学生自由活动。

你能想象吗？我们只上半天课，剩下的半天你想干什么就干什么，不用听课，可以去阅览室看书、写诗。他给大家的不是一个成长模式，那种气氛真的给了我一种想象力。我说的想象力，不是指设计我的未来，而是内心世界的成长和丰富，还有和人的一些接触，对人的思考。我非常感谢那个校长，他给了我那么多可以发呆的下午，让我胡思乱想。那个校长为什么当时就能那么开明？他真了不起。

我们县有个文工团，在本地撑不下去了，就冒充"东北虎摇滚乐团"去走穴。我当时跳霹雳舞还可以，正好赶上暑假，就跟着这个团走了一个月，在山西的一些中小城市演出。这段经历对我非常重要，我第一次离开家，跟着一群流浪艺人出去挣饭吃。我的第二部电影《站台》说的就是这样一个文工团的事情。

考大学还是我唯一一个现实的出路，但循规蹈矩地考我不行，因为我的数学太差。父母很着急，让我学美术，这样可以不考数学。这样，我去了太原，到了山西大学一个美术班学习。"山大"在郊区，村旁有个"公路局电影院"，我常去那儿看电影。有一天放《黄土地》，我也不知道那是个什么电影，但实在无聊，就买票进去了。这一看不要紧，我算完蛋了。我一边看一边流眼泪，不知道为什么太激动了。电影里的黄土地跟我家乡差不多，勾起我对黄土地的感情和记忆。电影的画面和形式对我冲击太大了，"还有这样的电影啊！电影原来还能这样拍啊！"我看到了电影艺术巨大的潜能。看完之后我就要拍电影，我不管了，反正我想当导演。我问别人怎么才能当导演，人家告诉我得考电影学院，但千万别考导演系，难考。我就考文学系，报的人少。

"同学告诉我，现在走在大街上再看到民工时，心情都跟以前不一样了"

直到1993年，我连考了3年，才上了电影学院文学系。进了电影学院我最大的收获是看了很多电影，内部资料片子；再一个是学校图书馆有很多台湾版电影书，我如获至宝呀，每天下午都泡在图书馆看这些书，它们才是我的老师。

比如看电影导演谈自己拍片过程的书，就特让我开窍。台湾导演侯孝贤的《城市悲情》，让我找到了进入电影世界的入口！

有人推荐侯孝贤去看沈从文自传，看后他就被沈从文那种平静的、包容的东西给镇住了。你想：在那样一个纷乱的年头里，沈从文却能以那么平静、包容的心境看待世间万事万物，侯孝贤由此找到了他的电影态度和视角。而我则悟出了要从感情、感受出发，来寻找电影的方法，而不是从一个概念，一个理论。

我从进学校那天起就告诉自己要当导演，要当导演，可进去后发现离它那么远。我们班有12个同学，有好几个是制片厂人的孩子，属于行里的。记得班上有个女生常爱说的一句话就是："现在成什么社会了，阿猫阿狗都能当导演。"这话对我刺激特别大，对很多人来说拍电影是要出身的，它是一种特权。

进电影学院时我都23岁了，算是高龄学生，我的同学都只有十七八岁，正因为我年纪大，所以一入学我就感到有一种压力，一种紧迫感。也正是这种表达的急迫心情，让我后来受益很多。

大学二年级，我拍出第一个录像作品《小山回家》，说的是一个河南民工，被老板开除了，他想找个老乡一起回家过年，于是找了各种各样的人，这片子是说外省青年在北京境况的。很久以来，电影给人的印象就是用来造梦的，对普通人生存状态的关心似乎不是电影的任务，但我不这样想。对普通人的轻视，是中国电影最大的问题。

演小山的就是我同班同学王宏伟，在表演课上，他被表演系老师认为是最不会表演的学生。可后来，大家公认他在《小山回家》里表演得非常出色，我后来的电影都是他做男主演。我们真是累坏了，因为是自己凑的钱，只够租4天机器的，为了赶时间，最多1天拍过7个不同的场景，厂桥、西单、北京站等不停地跑，开始是花钱租辆面包车，后来只能扛着机器走路去拍。

终于，我们在电影学院狭窄的618宿舍开始了我们的首映式，连上铺都坐满了人。片子放完后，屋子里一片沉默，可怕的沉默。《小山回家》跟以前见到的同学作业，看到的电影都太不一样了，实在很难找到一个参考系来评价它，他们一下接受不了这么粗糙的影像，《小山回家》在电影学院受到冷落。

我们开始反省电影学院的环境，决定拿到外边试试。第一站选了北大。放映后的反应出人意料地强烈。意见有两种：非常喜欢和非常不喜欢。他们面对面地争论着，这我就很满足了：《小山回家》不管有多大缺陷，但它毕竟引出了话题，它有声音了！

《小山回家》让我更明确了这点：普通人也应该是电影关注的焦点，哪怕他们生活在最底层。电影具有这方面的优势，它可以记录他们的原生态，以谋求他们的发言权。跟我一块拍片的同学告诉我，现在走在大街上再看到民工时，心情都跟以前不一样了。

《小山回家》在香港得了奖，接着，它为我带来拍第一部电影的资金。到大学毕业那年，我拍出了我的电影处女作《小武》，它为我在全世界赢回了8个电影奖。

这再次让我坚信：对普通人的关注，对普通人生存状态的重视，不仅在中国，在全世界也会赢得普遍的认同。

"我觉得原先维系人与人之间关系的那种东西没有了，崩塌了"

我是县城里长大的孩子，在中国也走了不少地方，我老觉得大城市跟盆景似的，是这个国家的几只盆景，但真正这国家是什么样的，这个国家人是什么样的，不是大城市，是汾阳，是我家乡那种地方，真实的中国人也是在那样的地方。

拍《小武》之前，我本想拍一个叫"夜色温柔"的短片，可一回汾阳，拍片的计划就被现实的东西给改变了。

我有好长时间没回汾阳了，回家之后，发现汾阳那么偏僻、封闭的地方都在剧烈地变化着，有一种混乱的东西让我特别想拍。

那次回家，走在路上，突然一辆卡车开过来，我一个从小很要好的朋友，在卡车上坐着。我在路边站着，他看见我，我看见他，他冲我笑着。我当时不知道怎么回事，因为我刚到家，稀里糊涂的，那车就开过去了。等他走远之后，问旁边人，才知道他是因为抢劫被拉去枪毙的，哎呀！我的感觉就像得了一场大病一样。

我们县城外有一个市场，原来卖些小百货什么的，现在全变成歌厅，街上走的尽是四川、东北、陕西来的小姐；汾阳城里原来有一条街，两边全是老房子，马上也要拆了，我真有种物是人非的感觉。还有人的观念、人际关系什么的也都在变，像我一个同学，两口子原来感情挺好的，莫名其妙就离婚了。还有个朋友结婚后跟父母住一起，因关系处得不好人很苦恼。我觉得原先维系人与人之间关系的那种东西没有了，崩塌了；那种传统的、曾经让我们很温暖的东西在瓦解、在改变。大家好像都挺痛苦，活得比较郁闷，这东西对我刺激太大了，我就把原来的拍摄计划放弃了。

"从这部片子里，我看到了一种我们现在很少看到的电影精神"

我有一个同学是看守所的警察，另一个同学是小偷，外号叫"任毛驴"。我那个警察同学就看着"任毛驴"，在监狱里两人经常聊天。我这个警察同学跟我说：这毛驴现在挺怪的，老跟我聊"哲学"，老问我人为什么活着，人该有追求什么的，一套套的。我开始觉得好笑，慢慢地觉得小偷也有一种尊严，不管他道德上背负着怎样的枷锁，他仍然在思考，这就是他的尊严。我把剧本的人物换了，换了小偷小武。电影《小武》说的就是小武的三段感情：与朋友的、与歌女的、与父亲的感情。

有两种兴奋伴随着《小武》的拍摄：一层是有一种现实让我非常激动，我能把它表现出来；另一层是我那么长时间想拍一部电影，这个梦想终于得以实现。

除了演小武的演员是我的同学王宏伟外，其他都用的业余演员，他们演得非常出色，因为我拍的就是他们自己的生活，他们觉得非常亲切、非常可信，我导演起来一点不吃力。我选演员有两个方法：一是我特别熟的，再就是拍戏前的一两个小时现找的。像小武的父母、哥嫂，都是我们到了那个村，灯都布好了，到街上现找。所以他们很本色、很原始，根本不是表演。假如我提前一周告诉他们要拍电影，那就糟了，他们可能会天天看电视剧，看别人是怎么表演的，然后开始端架子，学别人的表演。

片子做出后，我们打算往世界各电影节寄，我特别想去柏林电影节的"青年论坛"。所有知道的人都跟我讲：不要想，太难了！后来我们还是寄去了。记得那是一天凌晨 3 点钟，摄影师小余从香港给我打电话，他的声音都在发抖：哎呀，我们的电影进论坛了！我一夜没睡。我们去"论坛"时，论坛的主持格雷戈尔见了我们特兴奋，在一次新闻发布会上他说：今年，我们选了一部中国片子《小武》，这个电影我只看了 20 分钟就决定把它选来了，从这部片子里，我看到了一种我们现在很少看到的电影精神。

放映第一场时，我提心吊胆地坐在那儿，放完后，格雷戈尔带我们走到前面，所有的观众都站起来鼓掌，人在那个时候觉得特别激动。放完第五场，格雷戈尔打电话告诉我：你得奖了！

《小武》在北大放过一次，人不多，是给搞"文学批评"的老师看的。有说好的，也有说不好的。记得有个女的说："为什么这片子一拍就像第三世界，为什么不能拍得像法国一样，那样的天，那样的美，为什么老拍我们脏兮兮的？"我说我也去过法国，法国的天就是那样，中国的天就是这样，不是因为什么别的原因。

我还听电影学院的学生说，有老师上课讲："像《小武》这样的电影还能得奖，我以后不会教电影了，没法教，胡来的电影嘛。"

拍《小武》之前，说实话我还没入行，知道的事情也很少，想的也少，很蒙昧的状态，完全出于一种直觉。真拍出一部电影后，一下要面临很多事情和问题，特别是要面对自己的变化，我觉得自己得想一些事了。

韩国釜山电影节那个颁奖仪式太隆重了，当宣布大奖是谁谁谁，我上台，那台特别高，就像往城楼上走一样。我往台上走的时候，满天在放着焰火，那时人的虚荣心得到极大满足。过后，我觉得我有了一点变化，有点觉得了不得或是说不清楚的东西，我想我该反省一下了。在中国这些拍电影的人身上，那种真正自由的、民主的精神有多少？很多人身上，倒是有一种优越感，因为他们是电影特权教育出来的人，包括我自己，即便是反对这种特权，但你的心理结构还是电影特权的结构，这是很麻烦的。我希望我自己能成为一个民间导演，这样可能会克服掉那种莫名其妙优越的东西。

《小武》在海外得了 8 个奖，它获得的奖越多，我心里失落的东西也越多。因为我拍的是一个很当下、很现代的中国故事，这个故事，这种快乐和话题，需要和中国人一同分享，和中国人来讨论，可我没有，我觉得很痛苦……

"你进入你自己的世界，那种真情的东西不断涌起，它能抵御别的东西"

有人问我：以后拍电影，会不会受票房、电影节这些东西影响，不像最初拍电影时那么纯了？我想不会，我有一个经验：当我一个人写剧本时，觉得特别勇敢、特别有力量。真的，那些东西不会附到身上，你进入你自己的世界，那种真情的东西不断涌起，它能抵御别的东西。

记得有本书写的是一个美国战地记者，他说当他透过取景器看这个战场时，他觉得自己就变了，就忘记了这是一个战场。我很能理解这一点，当你站在那拍的时候，你那种职业的勇敢会特别厉害。最重要的一点是：你选择电影的初衷是什么。有人是为了挣钱、出名，或乱七八糟的目的；有人就是想拍，没有别的。

《站台》是我最早想拍的，我一直有一个野心，想把 20 世纪 80 年代拍成一部史诗。想到 20 世纪 80 年代，就想到我自己的生活，对我来说最有戏，波澜更多一点，梦想更多一点。中国人到了 80 年代，充满了一种非常单纯的幻想，大家觉得一下日子好起来了，开始要幸福了。那是开放的 10 年，经济商品化的 10 年，那种震动和对个人的影响是非常强烈的。我现在更想关注的是：在这样的变革中，是谁在付出成本，是什么样的人在付出成本。

《站台》中有些人和事拍得有点像纪录片，拍的就是我的一些亲人的生活状态。电影的第一幕，是我表弟，他在私营煤矿干活。我第一次看见他，就是他和矿长在签一个合同，叫生死合同，里面写着"生死有命，富贵在天"。因为煤矿的安全措施很差，随时都可能出事，但他仍然要签，他要讨生活，讨一口饭吃。当我看到瘦弱的他一个人在矿区走的时候，我觉得他完全是在付出他的成本，但却没有什么回报。

我是透着泪水看着这样的人，这样的生活。对我来说，拍这些人的生活境遇和情感，是我的一种需要，一种感情的需要。我就是对这种人有感情，我也信自己有激情拍好他们。我的第一部、第二部电影，以至将来拍的电影，都会跟我的出身、跟我的文化背景连在一起，我愿意承认这一点，因为是这种东西给了我原始的动力。

《站台》讲的是 1979 年到 1991 年一个县文工团两对恋人的生活。因为对外面世界的幻想，崔明亮和团里的人选择了流浪演出，最后又回到了封闭的县城；同样因为对更好生活的期待，女主人公尹瑞娟曾拒绝了崔明亮的爱情，但最后两人又结婚了。《站台》的最后一个镜头是某个中午，崔明亮歪在沙发上睡着了，尹瑞娟在一旁哄孩子，烧开了的水壶呜呜叫着……

"我突然发现：放弃理想其实比坚持理想更难"

我在十七八岁念书的时候，经常晚上睡不着总期待第二天的到来，总觉得天亮了就有新的改变，天亮了就有什么新的事情会发生，这种情绪一直伴随着我。对《站台》中的人物来说也一样。好像我们在匆匆地赶路，好像我们在一个旅程里面，好像我们从这个站台出发，会到更远、更好的地方，实际上总要回到出发的地方，日子就这样过去了，每个人都在期待，但奇迹没有发生。

拍《小武》时我是兴奋，而拍《站台》时感觉挺痛苦，拍摄唤起了我的很多记忆，很多东西越来越清晰，甚至包括一个人的微笑都是那么具体。

我在汾阳拍《站台》时，有一天很冷，我跟演员说戏，一转身看见了高中时的女朋友带着她的孩子，我们打了招呼。我一下就觉得非常的难受，我是难受我现在的生活，因为最知道你，看你长大的人，一年两年三年你都不跟他见面了，包括那些从小一块长大的朋友，包括父母，知道你怎么过来的人，知道你以前事情的人。日子久了，甚至没人跟你聊一聊过去，哪次打架怎么样了，哪次吃饭怎么样了，很失落的。

拍这个电影有些伤感的另一个原因，是我突然发现：放弃理想其实比坚持理想更难。像我那些中断学业的同学，他们都有具体的理由，像父亲突然去世了，家里需要一个男的去干活；又如家里供不起了，不想再花家里的钱了。他们是要承担生命里的一种责任，对别人的责任，他们明知道放弃理想的结果是什么，但他们放弃了，承担起了非常庸常的、日复一日的生活。生命对他们来说到这时可能就不会再有奇迹出现了，剩下的就是在和时间做斗争的一种庸常人生。明白这点后，我对人对事的看法有非常大的转变。我开始真的能够体会，真的贴近那些所谓的失败者，所谓的平常人。我觉得他们身上有力量，而这种力量是社会一直维持发展下去的动力。

《站台》的故事结束于1991年，也就是《小武》开始的年代，我下一部电影是21世纪初的，写乡镇企业的一群人，本来是农民，突然有一天变成了工人，现在工厂倒闭了，而这些人既当不了工人，又回不到土地上，成了一个非常尴尬的群体。我想用这样三部电影把中国这20年表现出来，也把自己一些简单的人生经验传达出来。

两部电影拍过后，我的生活真是变了很多。现在，我半年时间在国外，常常一飞就是十几个小时，到一个个陌生的国家，参加电影节活动，跟发行人见面，宣传自己的片子，等等，过着一种不正常的、落不下来的生活。好像有两个人把我架起来，双脚离开了土地，没有根，飘来飘去的，我拼命想回到地上，我担心我跟自己熟悉的生活，跟土地渐渐地陌生了。

说白了就是一句话：我怕我不了解中国了！

2001年4月

人一辈子就是在选择，一个十字路口后头又排着无数的十字路口，根本就回不了头，但我们必须选下去。

明年的今天你干什么

有天，段云松去北京中国大饭店，一扭头，瞧见一个行李员，正推着一车行李走在大堂的另一头。他是段云松的老同事，10 年前，他俩同是北京王府饭店的行李员。

一天得空，两人跑到饭店 14 层上吸烟。脚下车水马龙，楼房鳞次栉比，看着看着，段云松突然指着下头说："将来，这里会有我的一辆车，会有我的一栋房。"

"你有病吧？"另一位不以为然。

10 年过去了。

"现在，我可以告诉他，不但车流里有我的车，那那那，都是我的店。"

段云松，1991 年，在北京开了第一家饺子馆；两年后，又首开了"忆苦思甜大杂院"饭庄，火爆京城，掀起了一股餐饮业的怀旧风潮；1994 年年底，再度爆冷，开了北京

[1][2][3]五福茶馆

第一家茶艺馆，并由此开启了一个茶艺市场……

站在中国大饭店的大堂里，段云松并没过去拍打昔日小伙伴的肩膀。他只是远远地望着，然后悄悄地走掉。

坐在五福茶艺馆里，听他不经意间谈到的这件小事，我突然有了很强的采访兴趣：是什么使两个同样是推着行李车走向社会的年轻人，有了今天的差别？

"人一辈子就是在选择，一个十字路口后头又排着无数的十字路口，根本就回不了头，但你必须选下去"

段云松说自己上学那会儿，真把父母气得够呛，不光大学没考上，眼瞅着职高快毕业了，又因为打架被学校开除。气得他当电气工程师的爸爸几乎不认这个儿子，从户口本上撕下他那页，在家里，他也被除了名。

他的母亲非常伤心失望，常常当面追问他，要么一人自言自语："明年的今天你干什么？"这句被念叨了无数次的话，连同他妈痛苦无望的表情，深刻在他心里。

"我怎么也忘不掉。后来，不管是顺境还是逆境，我都会自己问自己：明年的今天你干什么？"

1989 年，他去考当时北京最好的王府饭店，招 40 个人，有 1200 多号人报名，早晨6点去排队抓号，靠着朋友现教现背的英语，还真让他考上了，这回，总算没让妈失望。

第一天他就现了眼，把一个要去咖啡厅的客人指到了厕所，随即被降职做了行李员。那会儿的北京是个讲地位、等级的地儿，大饭店是不准老百姓随便进的。

"我进王府，就想看看，是什么样的人住这么好的饭店，为什么他们会住这么好的饭店，我们为什么不能？"

他给李嘉诚、张德培、包玉刚的女儿等人拎过包。给李嘉诚拎包那次，他站在离李有四五米远的地方，真有富豪气派啊，一大群人，前呼后拥地走着，他走在人群的最后一位。他清楚地记着人家随手给了他几块钱的小费。

身为最下层的行李员，伺候的是最上流的客人，稍微敏感点的心，都能感受到反差和刺激：羡慕、妒忌，或是受到激励。

"我把这一切都暗暗地记住，那些成功人士的气质和风度，深深地吸引着我，我告诉自己，必须成功。"

门童往往是那些外国人来饭店认识的第一个中国人，他们会问段云松周围有什么好馆子，段云松把他们指到王府隔壁的一家中餐馆。结果每个月，他都能给这家餐馆介绍过去两三万的生意额。

餐馆的经理看上了段云松，请他过来当总经理助理，月薪600块。这钱，在当时不低，可跟王府一月人民币、外币加起来3000多块钱比，段云松还舍不得，他干起兼职。段云松是这样描述当时的生活的：

"我在王府晚班要上到早晨6点，然后找个地方匆匆睡上一觉，10点，餐厅营业时间一到，我就西装笔挺地站在大堂上，这是一个一人之下万人之上的位子，几十号人，男女老少大大小小都归我管，一会儿都不闲着，一直忙到晚上。我再从墙头爬过去到王府，换上工作服做门童，哈着腰，跟在一群群昂头挺胸的人后头，拎着包，颠颠地一路小跑。这样的生活我过了4个月，最后身体和精神都有些顶不住了。我知道鱼和熊掌不能兼得，我必须做出选择。"

选择，是人年轻时最大的权利，也是最大的困惑。推着行李车走上社会的段云松，走到了第一个十字路口。

"如果我还做门童，收入在当时是不错的，18岁，待在一家五星级大饭店里，一个月很简单地就能拿上 3000 块钱，别的事都不用想。但餐厅经理就不一样了，它会让我注意和想很多事，这就会有很多机会出来。人在刚开始的时候，或是在日子好过时，往往不太愿意主动选择，能挨多久就挨多久，但事实上，人一辈子就是在选择，一个十字路口后头又排着无数的十字路口，根本就回不了头，但你必须选下去。"

很快，他出了王府，进了隔壁的餐厅，做一月拿 600 块工资的经理助理。

"餐馆里终日喧闹、嘈杂、虚伪，那种以钱为主色调的日子，我越来越不喜欢"

经理助理只干了 5 个月，段云松就失业了，餐厅的上级主管把它转卖给了别人。

闲在家里时，有天他去看幼儿园时的老师。老师向他诉苦：我们包出去的一家小饭馆，换了 5 个老板都赔钱。段一听说：怎么会不挣钱？那你包给我吧。当时饭馆不像现在这么多。

琢磨来琢磨去，段云松决定专卖饺子，以前他卖过菜，他发现每到周六，韭菜特别好卖，北京人还是爱吃饺子，但包饺子费时又麻烦。

1000 块钱起家，35 平方米的店，5 张小桌。简陋是简陋，但干净，四白到底。饺子都是自己和馅自己包，1 两 5 个，皮薄馅大。

民丰饺子馆开张那天，只来了一个人，买了半斤饺子，4 块钱。6 个服务员，都在王府饭店干过，全出来伺候这一个客人。吃完饺子，那人抹抹嘴说："虽说咱没去过五星级饭店，但五星级饭店的服务，也不会比你们好到哪儿去。"

来吃饺子的人一天比一天多。赶上人多，有人干脆端盘饺子蹲门口吃，最多时，一天的流水是 6000 块钱，一年下来他们挣了 10 万块。

"我注意到，来这儿吃饭的人桌上几乎都放着大哥大，大哥大那会儿还是有钱人的象征，这些人平常都是吃海鲜的主儿。可一个客人对我说：哥们儿，不瞒您说，好长时间，今天在这儿吃的是第一顿饱饭。

"当时我就琢磨，为什么吃海鲜的人，宁愿去吃一顿家家都能做、打小就吃的饺子呢？川式的、粤式的、东北的、淮扬的、中国的、外国的，各种风味的菜都风光过一时，可最后常听人说的却是，真想吃我妈做的什么粥，烙的什么饼，人在小时候的经历会给一生留下深刻印象，吃也不例外。"

他知道自己要开什么样的馆子了，他要把饺子啦、炸酱面啦、烙饼啦，这些好吃的东西搁在一家店里，他寻摸开家大一些的饭庄。

他又回到小时候待过的幼儿园，院里的那棵大树还在，转椅还在，这里，有他要找的感觉。

他在院里拴了只鹅，从农村搜罗来了井绳、辘轳、风箱之类，还砌了口灶。起个什么名呢？一天躺床上，他突然来了灵感，就叫"忆苦思甜大杂院"吧。跟家里人一说，都反对，他们主要是怕工商局不批。

忆苦思甜大杂院的红火劲儿，是他们始料不及的，到现在，段云松还觉得那成功来得太快也太容易。

大杂院只有100多个座位，来吃饭的人常要在门口排队，等着他们发号，有时要发70多个号。它不光吸引来了平头百姓，有头有脸的人也慕名来，武侠小说大师金庸、台湾歌手凌峰啦都来过。

记者们更是不请自到，接二连三地采访，上报了，上电视了，段云松着实火了一把，连段的父亲也由此对儿子另眼相看。

很多插过队的知青，成帮成伙地到他的店里聚会，说又找回当年的感觉了，有人还对饭馆小姐说：你们老板肯定是个知青，他怎么会不是个知青呢？

"餐馆开到这分上，我卖的就不再是棒子面粥，高粱面饼子了，甚至一个台湾客人吃过饭后，找到我说，他终于有了回家的感觉。"

一股怀旧风开始弥散京城，北京街头，陆陆续续出现了"老三届""黑土地"等饭馆。

段云松名出了，钱也挣了，连结婚的别墅都买了。假如继续开这家馆子，踏踏实实挣钱没问题，但他觉得自己不是那种光挣钱就能满足的主儿。

"不管你穿多干净的衣服，晚上回家一闻，总有股炒菜的味道。不少来吃饭的客人，上来了啥也不要，先叫上两扎啤酒，吃饭时大叫大嚷，喝大了，就吵架骂人，人身上粗俗、丑的一面很容易暴露出来。餐馆里终日喧闹、嘈杂、虚伪，那种以钱为主色调的日子，我越来越不喜欢。"

大杂院才开一年，他又问自个儿："明年的今天你干什么？"

"这一回不同，有一种深入骨髓不可改变的宿命的东西在……"

一次偶然的约会，完全改变了他的生活。

有一天，他要和一个台湾人见面，两人在电话里约地儿，是去饭店、酒吧、歌厅或"蹦迪"？结果那个台湾人说：都乱糟糟的，干脆哪儿也别去，上我家吧。段问你家有什么呀。他说我请你喝茶。段说喝茶有什么劲儿呀，我常喝。人家说你来吧，我请你喝的茶，跟你平常喝的茶不一样。

还真是不一样。

"不锈钢茶盘，闻香杯，品茗杯，好看的茶壶，以前见也没见过，挺新鲜，就问人家是哪儿买的，他说北京没有，是从台湾带来的。台湾过来的人，很多人都带。咦，我就奇怪了，这么老沉的东西，带它干吗，就为了喝杯茶？"

喝第一口，他觉得有些苦。那个台湾人对他说：喝，你再喝喝看。再喝，他慢慢就觉出味道来了，原来茶还可以这样喝呀。

人家还告诉他，光在台北，现在就有上千家茶艺馆，可北京一家都没有。这让来北京的台湾人很不习惯，所以好多人就这么千里迢迢，自己背来喝茶的家伙。在台湾人家里，一般都有两套茶具，一套待客，一套自用，茶喝得讲究且传统……

"我们和台湾人几十年不见，但见了就能一拍即合，而我们和外国人相处几十年，可能都拍不响一次巴掌，为什么呀，因为我们是同样文化传统的中国人。我始终对台湾人印象不错，有谦谦之风，虽然人家那里比我们发达，但传统文化保留得比咱们好。人家那里的今天，很有可能就是我们的明天。既然茶艺能在那里广受欢迎，在我们这里也是迟早的事。"

他说起初想做茶是因为生意，到后来，茶就成了他的兴趣和愿望。

"我们从小就喝茶，就连最穷的人也不会说自己没喝过茶。不管你走到哪家餐馆，迎头盖脸的还是给你先沏茶。可是什么茶香啊，茶具啊，都不讲究，更甭提茶道了。"

到这时，他才知道，自己喝了那么多年的茶，可对茶却一窍不通，不光他自己不了解，连他周围的人包括老人也不懂。那就找书看吧，这一看，傻了，茶的学问大了去了。

开始看，他觉得老朽，渐渐地就不行了，简直是五体投地。这个茶，不再是原先的那个茶了，这回是在中国文化里待了五千年的那个茶，那个茶很典雅，很精致，很细腻，又很博大；那个茶，能醉人。

"原来我是一个中国人啊，这想法，时不时地会从心里冒出，很难说清为什么会这样，这种感觉不太同于站在天安门广场上看升国旗，那也有一种做中国人的感觉，但这一回不同，有一种深入骨髓不可改变的宿命的东西在，这就是你，你就是这样的，不可改变。发现这一点，是有一点悲伤，但也很有一些骄傲。"

"只有尊重茶文化、尊重我的人，才是上帝"

段云松要开茶艺馆了，全北京头一家，地点选在地安门。那里有鼓楼，离雍和宫不远，老北京的气味在那儿还很足。起店名时，他走访了不少老人和年轻人。

"中国人对'福'字真是情有独钟，所以最后我给茶艺馆起名叫'五福'。什么叫'五福'呢？老年人的解释是：康宁、富贵、好德、长寿、善终；而年轻人的解释是：知福、享福、惜福、造福、幸福。"

忆苦思甜大杂院开张后出人意外地红火，而五福茶艺馆开张后，却出人意外地冷清，从大俗走到了大雅，有些曲高和寡。但最关键的是茶艺馆是个干什么的，没几个人知道。

有人拎着菜篮子进来，高声问：

"老板，您这块儿有相声吗？"

"没有。"

"那有快板儿吗？"

"也没有。"

"那您有什么呀？"

"有茶啊。"

"茶？那我还不家喝去。"

也有人拿着闻香杯问："你这个牙签筒多少钱一个？"

段给他解释：这叫闻香杯，茶香有长有短……

"光解释这只闻香杯，我现在起码说过几万遍了。"

"喝茶不是光解渴就得，20块钱买包茶，使个大罐头缸子，一泡半天。喝茶，可以成为高品位的享受。精美的茶具、品质好的茶叶、好的水质，不同的茶要有不同的泡茶技艺，环境优雅等。我想把'柴米油盐酱醋茶'的茶，提升到'琴棋书画诗曲茶'上的那个茶。"

可这，一两句话也解释不清呀。不了解，也就没人来；没人来，自然就赔钱。

"我两个饭馆挣的钱，都不够这一个茶艺馆赔的，最后连结婚用的房也卖了。我要是把茶具换了酒具，照样还能挣钱。但我得坚持住，五福不能倒，因为它是北京第一家茶艺馆，如果它倒了，那很长时间，再也不会有人在北京开茶艺馆了。"

"酒喧茶静"。进茶艺馆，给人最大的感觉就是安静。

段云松在五福门口立块牌子，上头写着：衣冠不整者谢绝入内；酒后谢绝入内……有人说他脑子有病，本来就没多少人喝你的茶，还谢绝这谢绝那的。

段云松说：人们去吃西餐、出席婚宴都会穿着整洁，以示尊重，茶本身就是一种很传统的文化，更应受到尊重。北京人认为茶能醒酒，科学证明这样做不利于健康，而且酒后喝茶，也不能真正领略出茶的色、香、味。更重要的是，我不能让几个客人的大喊大叫，破坏了更多客人饮茶的心情，品茗静为先。

"我不认为凡是客人都是上帝，只有尊重茶文化、尊重我的人，才是上帝！"

生意清淡，他有时间钻研茶艺术，因为茶艺馆安静的环境，使人得以静心。

"曾闻酒醉杀名马，唯恐茶香错最知。茶，真是能让人沉下心来静上一会儿，感觉很清净，静心益智。现在，我能拿把放大镜，对着一把紫砂壶看上老半天，这在以前，是根本不可能的事儿。是茶，改变了我。"

开"大杂院"那会儿，记者不用请自个就跑了来，开五福茶艺馆，段请他们来也不来。"记者，只是一些喜欢凑热闹的人罢了。"

后来，还是有记者来了，是北京电视台的。那正是五福经营最惨淡的日子，采访那天，店里愣是没来一个客人。

坐在投入一腔热情和大笔金钱，现如今空空荡荡的茶艺馆里，段云松实话实说。

电视台做的节目就叫"忆苦思甜名噪京城，五福茶馆生不逢时"。片子的结尾是夜晚，段云松独自开车消失在街上。画外旁白大意是：段云松又驾着他的一叶小舟驶入黑夜，在茫茫商海中，没人知道他的明天会怎样。

不会有多少人看这个节目。但有一个人，早早守在电视机旁，不错眼珠地从头看到尾，这个人就是段云松的母亲。看到最后她哭了，这会儿她才知道，自己的儿子，正陷入苦苦挣扎之中。

"我敢说，出了茶艺馆 15 分钟内，他们是不会骂人的"

能静下心来看自己，看窗外的世界，并懂得怎样忍耐和等待，这正是许多人年轻时所欠缺的，而茶，让段云松学会了这些。

"文化越久的行业，生命力也一定越久，我对茶的认识，迟早有一天会成为大家对茶的认识。"

挨了两年，生意开始有变化，这变化，首先是从客人身上开始的。

有天，一群喝了酒，说着粗话的人进了茶艺馆，坐在茶桌边上，段让一个茶艺小姐过去给他们服务，他要用静静的服务感染他们。20 分钟后，这群人终于安静下来，走时，他们向段道了歉。

"我敢说，出了茶艺馆 15 分钟内，他们是不会骂人的。人可以改变环境，但环境也可以影响人。谁会在王府饭店随地吐痰？茶艺馆虽说不是教化所，但它能让文明的人更文明，不文明的人暂时变文明一些。如果一个城市多出 100 家茶艺馆，而另一个城市多出 100 家酒馆，那晚上 9 点以后，两地的治安肯定不一样。"

还有一回，段在外头吃饭，他听到邻桌的人对另一个说："你别再喝了，一会儿咱们到五福喝茶去。"段云松心头一热，差点掉泪。

茶艺馆到底是干吗的？段云松煞费苦心解释不清的东西，终于有一天，让客人自己悟到了。

他是这么跟段云松说的："茶艺馆给人一种很放松的感觉，它就像过滤器一样，把外头的喧嚣啊，躁动啊，诱惑啊，都过滤了一遍，能让心有种宁静的感觉，这可是一种久违了的感觉啊。"

段云松敏感地意识到：茶艺市场开始启动了！他等到了这一天。

眼下，五福茶艺馆有 400 多个会员，他们成了固定客人，除享受打折优惠外，茶艺馆为每人特制专用的紫砂壶，替他们存茶，而他们也必须遵守茶艺馆的规矩。

北京现在已有了 100 多家茶艺馆，其中五福 11 家。段云松说北京 70% 的茶艺馆是他帮着开起来的，在外地，像江苏、山西、新疆、山东等地，他们也帮人开茶艺馆。

"我们得从茶艺馆走出去，现在，凡是跟茶有关的事，我都干。"

他们闹起了第一家茶艺表演队，代培茶艺小姐，搞茶叶茶具批发，提供开茶艺店的种种服务，又筹办北京第一所茶艺学校……

"消费是需要引导的，不能让消费者等你，你得主动去为他们创造消费品和消费环境。麦当劳、肯德基，眼看着他们一家店一家店地开出来，还净在些繁华热闹的地方，这样客观上起到了'强迫消费'的作用。我们没人家财大气粗，但也得造'势'。

"我是在最困难的时候，开了第二家分店，我想给人一种感觉，这家店的生意一定不错，否则怎么会开第二家店呢？多一家店，就可以多吸引一些没来过茶艺馆的人，另外还可吸引一些有钱人来投资这个行业。光靠五福一家不能形成一个市场，市场是需要很多人共同培育的。"

我去五福是下午，茶艺馆在亚运村北京剧院二层，我数了数，当时共有 5 桌客人。

"才这么几桌人，能挣钱吗？"我问段。

他答："到去年年底，茶艺馆本身还是赔钱。难日子还没完全过去，但知道五福、进茶艺馆的人，是越来越多了。"

段又说，在最困难的日子里，他常给员工讲这么个故事：

有天，一个人想爬山，他从家里的窗户望出去，觉得西山很美，于是决定爬西山。爬到了山腰，一转脸发现南山更美，他又决定下去爬南山。再爬到山腰时，觉得东山也不错，又下来爬东山。这时，夕阳西下，太阳落山了，一天下来，他哪座山也没爬到顶，而站在山脚、山腰跟山顶，看到的景色、体验的感受是根本不同的。

"人生也一样，一会儿想干这，一会儿想干那，忙忙碌碌，人很快就老了，结果一事无成。选择是必需的，但选择之后，还得耐得住、挺得住。

　　"我曾有几次出国机会，有一次护照签证都拿到了，但最后还是没走。我喜欢咱们国家，只是因为它是个发展中的国家，在这里我会有更多的机会，它天天都在变化，你能感受到你正和一个城市、一个国家一起在成长。"

　　后来我问："那你现在是不是不用再问：我明年的今天干什么呀？"

　　"问还是会常问。"段云松说。

　　"但不同的是，我清楚自己明天要什么、干什么。在 28 岁时，就能找到自己乐意干一辈子的事，你知道吗，这不光让我觉得庆幸，而且是幸福，这比挣了一大笔钱还让我满足！"

1999 年 2 月

照片提供：段云松

我们今天记录下的每一尺每一寸胶片，都可能成为影像的活化石，将来可能是极为珍贵的。

留下大栅栏

"我们今天记录下的每一尺每一寸胶片，都可能成为影像的活化石"

大栅栏，是老北京无人不晓的地方。

年前一天中午，我被人领着，在大栅栏一带的小胡同里七拐八拐，到了一栋贴白瓷砖的两层楼前，这里是樱桃斜街 11 号。

去年春天，学过雕塑的白峥偶尔到这楼里找个熟人。没料到，他这一小步跨进去，接下来的却是一个大惊喜，而且还要干一件大事情。

"那天我一进楼，一下子就被它给镇住了！"留长头发的白峥说。头顶上是现在很难见到的老式罩棚，精致气派；宽敞的天井四周，围绕着两层古朴典雅的木屋，飞檐连栋，

[1] 1965年大栅栏街道详图　　[2] 一百多年前的前门　　[3] 老字号

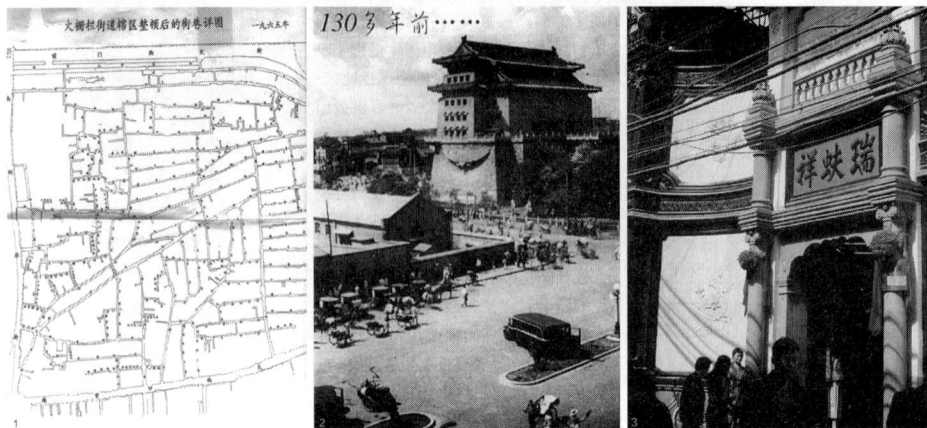

画壁雕梁。站在里边，就好像待在昔日的客栈里，古风犹存。

"我太惊讶了！以前，这街我也常来，从外表看一点儿都看不出来。怎么也不会想到里边竟有这么好的老建筑。我问这里以前是什么地儿，别人说是个会馆。

"我突然觉得，这东西到今天还能对我产生这么强烈的震撼，那么，在这个看上去破破烂烂的街区里，肯定还藏着其他好东西。"

他又拉来好友崔勇、王卫庆，这两位是搞电影美术的，看了都很惊讶。

仨人很兴奋，坐一块儿聊开了大栅栏。崔勇、白峥是在离大栅栏不远的虎坊桥、菜市口长大的。小时候，每逢春节，大人们都会领着去大栅栏赶庙会。"那时家里也没什么钱，只能叫逛大栅栏，算是过年的一项活动。"上中学时，天天要穿大栅栏。大栅栏成了他们童年、少年生活的背景，留下不少美好记忆。

在北京电影学院上学时，崔勇的一个老师说过这样的话："假如电影早早发明，假如我们现在只有几秒钟当年真实的恐龙活动影像，都要比《侏罗纪公园》中那一大群由高科技制作的逼真恐龙更有价值和魅力。"

"我们今天记录下的每一尺每一寸胶片，都可能成为影像的活化石，将来可能是极为珍贵的。"

崔勇曾做过电视剧《突出重围》等的美编，他说以前就很想拍一部大栅栏遗迹和历史的片子。"北京城区每天都有新的拆迁、改造，大栅栏还能保存多久？"

现在这家老会馆，激活了他的拍片灵感，白峥和王卫庆也都愿意参与。

3 个现代青年放出豪言：用 8 年时间，自筹资金，拍一部纪录片《大栅栏回想》。他们要用胶片，为大栅栏这片北京古老街区，留下鲜活、立体的记忆。

"好一个熙熙攘攘、火爆热闹的大栅栏啊"

他们就是从樱桃斜街的老会馆开始的。

仨人很想知道建筑背后的故事，四处找人打听：这座老建筑是怎么保留下来的，以前是什么样儿的，住些什么人？

老建筑原先是贵州会馆，建于乾隆末年，属省级建制，是当时贵州在北京所建 7 座会馆中规模最大、年代最久的一座，所以又叫"贵州老馆"。

会馆现改为长宫饭店，这里的经理说 8 年前他们接手时，这儿整个一大杂院，住了 40 多户。家家天天使炉子、煤气罐，烟熏火燎地做饭。这座老建筑里头是木结构的，万一迸出个火星子，一场火也就没了。他们投了 130 万，把人清走，拆了 20 多间房子，才恢复成现在的样子。

白峥说："我们真挺敬佩他们的，正因为有他们的劳动，才让我们看到了 200 多年前的会馆是什么样儿的。"

仨人又跑到大栅栏街道工委，街道的人听了他们的想法，特高兴："你们做了我们想做而又做不了的事啊。"街道送给他们一本《大栅栏街道志》，厚厚的，400 多页，让他们熟悉熟悉大栅栏早年的情况。

书上说，在元代，大栅栏只有个烧制琉璃瓦的砖厂；明永乐初年，公元 1403 年，正阳门外始建民房，又称"廊房"，并开辟经商场所，招商开市，慢慢有了廊房头条、二条、三条、四条。明弘治元年，有百户上奏皇帝说："京城之内，大街小巷不只一处，巡捕官兵只有七百余名，未免巡历不周，一闻有盗，昏月追赶，小街曲巷，辄被藏匿"。他请求在小巷路口安上栅栏，夜间关闭，防贼防盗。皇上同意了，街口便安了高大的栅栏。民间俗称这里叫"大石栏儿"。1965 年正式定名为大栅栏。

大栅栏的街区至今还保持着明末清初的格局：

[4] 贵州会馆　　[5] 广德楼戏园

东部，是金融商业区。早年，有十几条胡同专营金银、珠宝、首饰，光在珠宝市街，就有 29 家官炉房，专门熔铸银元宝。

到了清代中叶，廊房的几条街道朝单一方向发展，像廊房头条专做灯笼，有 20 多家灯笼铺；廊房二条成了有名的"玉器街"。后来的老字号也都云集于此，如"同仁堂国药店"、"马聚源帽店""瑞蚨祥绸缎皮货庄""内联升鞋店""张一元茶庄"等。钱多招贼，为看门护店，这里还另有几十家镖局。

西部，以东琉璃厂为中心，主要经营旧书籍、古玩字画、文房四宝。

南部，是有名的"八大胡同"所在地，属文化娱乐区，集中有戏楼、妓院等。

据 1919 年的商会统计，大栅栏共有 31 个行业、4495 家店铺：银行 16，金银号 14，钱庄 5，账庄 1，当行 8，古玩行 42，饭庄行 30，钟表行 17，旅店行 41 等。光是各种行业组织就有 40 多个。

建筑方面有店铺、会馆、戏楼、民居、庙宇、妓院、赌场等，还有防火设施、水道等古代城市公共设施。

书中还记载说，清末民初，大栅栏的厂甸庙会是京城最著名的庙会。

厂甸庙会举办期间，每天游人数万，摊位上千，经营的都是北京风味的小吃，如艾窝窝、驴打滚、豌豆黄、灌肠、豆汁、大糖葫芦；传统玩物有空竹、风筝、风车、扑扑噔，还有相声、戏法、摔跤、留声机、拉洋片等杂要表演。"好一个熙熙攘攘、火爆热闹

的大栅栏啊！"

崔勇他们说能想象出那会儿大栅栏旺盛的人气，繁荣的商业。但今天到底还留下些什么历史遗存，得实地踏查才行。

"这间屋子，就是咱一代京剧大师梅兰芳出生的屋子啊"

仨人一有空就串胡同，钻大杂院，访问老住户，从去年3月直到现在。大栅栏一带，还是老街老胡同，还有很多老房子，老北京的味儿也挺浓。从河南来的王卫庆感受最深："住一院里的人像是一家人，相互照看着，人出去买个菜什么的，都不用锁门。"

有一天，崔勇他们串至铁树斜街，进了一座大杂院，里边搭盖了不少小房，乱七八糟的，已看不清原貌。男厕所和女厕所中间有一扇小门，一个老住户推开门说："这间屋子，就是咱一代京剧大师梅兰芳出生的屋子啊。"

仨人很惊讶。后来，他们又在大外廊营胡同里，找到另一位京剧名家谭鑫培的家，谭家数代居于此。"门上边的雕花特漂亮，门口的拴马桩还在呢。"

老住户告诉他们，老北京人有种说法叫："人不辞路，虎不辞山，唱戏的离不开百顺（胡同）韩家潭。"大栅栏是北京当年戏班、演员聚集地，当年的"京剧公会"就在樱桃斜街上。

[8] 老门、老门墩　[9] 老民居

　　提到京剧，这里的老戏迷说："乾隆皇帝 80 大寿那年，北京举行了盛大的庆祝活动，全国各地的戏班子要进京演出，安徽的戏班子来了 4 个：三庆、四喜、和春、春台，世称'四大徽班'，他们全住在大栅栏的韩家潭等 4 条胡同里。"就是徽班，将徽戏演变成以"西皮""二簧"为主要声腔的京剧艺术，出了很多明星演员。"同光名伶十三绝"全是"三庆""四喜"的人，都在大栅栏一带从事演艺活动，并留下了生活的遗迹。

　　戏楼也多建在大栅栏，因为清廷为了防止八旗子弟及官员不务正业、腐化堕落，下过一道禁令："京师内城永行禁止设戏园。"

　　清代中期，内城戏园子逐渐外迁，到了民国，大栅栏及附近几条街道，就成了戏园、茶园和电影院等娱乐场所集中地，皇城脚下有了一处热闹的市井文化中心。那时最有名的五大戏园子是：庆乐园、三庆园、广德楼、广和园、同乐园。民国初年还开张了北京第一家电影院——大观楼电影院。

　　戏曲艺术盛极一时，大栅栏地区出现了专门培养演员的戏剧学校，民间还举办过"四大名旦""四小名旦"的评比活动。住内城的人，也常来大栅栏看夜戏，更增加了大栅栏的热闹气氛。

　　想不到那会儿也搞娱乐场所的治安管理，唱夜戏还得提前向公安局申报。崔勇他们就看到了这样一份"报告"——《梅兰芳开明戏院为演夜戏向公安局呈报》：

具呈人：梅兰芳、开明戏院

年岁：38 岁

职业：梨园行　戏院

籍贯：北平

住址门牌：无量大人胡同 5 号及西珠市口 56 号

为报请延展演期事：窃兰芳等，因筹集上海前方伤兵医药费，订于 3 月 11、12、13 日，即星期五、六、日，假开明戏院，演唱夜戏 3 晚，业经呈请。

"这种老味儿，就像酒一样，越酿越香，越久越醇"

我问崔勇他们，在大栅栏一带走访下来，感觉怎么样？他们说没想到里边的内容会这么丰富，一开始有点儿乱，有些发忧。

他们拿出一张几十年前的旧地图，上边标着密密麻麻的街道。

大栅栏面积是 1.3 平方公里，现有街道 114 条，是北京人口最稠密的地区之一。

胡同大多窄而短，有的只有 1 米宽，能过 1 个人；有的只有 14 米长，还有一些是死胡同。

"说句实在话，在大栅栏一带，国家级重点文物保护单位还真没有，像正乙祠戏楼、德寿堂药店、湖北宜昌会馆、山西潞安会馆、开明戏院等都是区文保单位。"白峥说。

"但大栅栏保持了几百年前老街区的格局，体现的是老北京的文化，那可是几百年前老北京的风情。就是现在，走在这些胡同里，看看那些老建筑，看看它上边的门楼、雕花、门礅、门闩，还是能体味出老北京人生活意蕴的。这种老味儿，就像酒一样，越酿越香，越久越醇。"

白峥又说："如果北京是棵大树，那胡同，就是它的根，它遍布整个城区，像一条条血脉一样地吸取养分。要想知道北京以前是什么样的，你就得到胡同看去。如果看现代化的商业街，别说没法跟纽约比，连上海也比北京棒多了。但北京的胡同，是任何一个城市都代替不了的。"

崔勇总结道："大栅栏，就是一座散落在胡同里的大博物馆。"

大栅栏的胡同，浓缩着老北京胡同的特点。比如光听名儿，就能知道胡同里的人是干吗的，或胡同是什么样儿的。现在说起大栅栏的胡同，崔勇他们一气儿能讲出不少："大栅栏东口有条胡同叫钱市胡同，胡同不光窄，还是个死胡同，只有1.5米宽。你知道为什么弄得这么窄？因为这里是专做钱币的，相当于造币厂，怕被人抢，路窄了人就跑不开，只要在胡同口一堵，贼肯定逃不掉。这里是北京金融的发祥地，挨着的就是珠宝市街，那儿家家户户都是做珠宝的。"但这条窄巷子，在1912年"壬子兵变"中，还是照样被乱兵和地痞流氓狠狠抢劫了一番。

"掌扇胡同，明朝时叫张善家胡同，传说胡同里有个名医姓张，专门给要进宫的男性做手术，为宫中输送太监。后来为了压大李纱帽胡同的风水，才改叫掌扇胡同。"

"棕树斜街，原名叫王寡妇斜街，明末清初这里妓院很多，有个叫王寡妇开的妓院名气最大，因此得了这街名。大安澜营胡同，开始是皇帝赦免的南方少数民族俘虏的指定居住地，起名叫安南营。明末，黄河河务总督在这里召开治理黄河泛滥庆功大会，所以取名安澜营。"

"韩家潭，明朝时有凉水河支流在此积水成潭，先取名寒葭潭；后有清内阁大学士韩少元住这儿，就改叫了韩家潭。像小扁担胡同，就因它短小，跟个小扁担似的才得了这名。"

在大栅栏的胡同里，不仅留有大量的人文景观，而且还有许多历史故事。

崔勇的母校北京95中学，在韩家胡同25号，这里原是清初有名的戏剧家李渔的房子。李渔曾请园艺高手在院子里垒石蓄水，命名为"芥子园"，园子里还曾有两副对联："老骥伏枥，流莺比邻""十载藤花树，三春芥子园"。

一部电视剧《铁齿铜牙纪晓岚》，让今日百姓知道了清朝的这位礼部尚书。他住的"阅微草堂"，原址就在珠市口西大街241号，如今是晋阳饭庄。房子是三进院，第三进院里，北房是两层小楼，上下各3间，东边还有一小跨院，带廊北房3间，就是有名的"阅微草堂"了。

中国最早的妇女日报《北京女报》也诞生在大栅栏，当时是三开六版，销路很好。它提倡女子教育，反对缠足，主张改革婚姻、破除迷信等，据说慈禧每天必读。

"淘出的东西越多，我们对大栅栏的感情也越深，拍片的信心也就越强"

仨人的身影，越来越频繁地出现在大栅栏的街街巷巷里。"将近 600 年过去了，但在大栅栏，历史的细节，触手可及。淘出的东西越多，我们对大栅栏的感情也越深，拍片的信心也就越强。"

这天，崔勇他们路过百顺胡同，见有人正在拆房子，就停下看。"从房顶拆下来的净是一根根的圆木，又粗又长，看上去很沉很有力量，现在根本看不到这么粗的木头。"

崔勇探头进去，发现屋子低于路面，窗户也很矮，里边宽两米五左右，一溜儿矮榻，再往里又是一溜儿。"这不是烟馆吗？"他叫出了声。

"我在摄影棚里曾搭过烟馆，就是这个样子的。这属于比较低级的烟馆，有烟馆的地方肯定会有当铺，这俩地方总挨在一起。"果然，他们找到了就要拆的当铺，还在胡同里找到磨面的磨坊，染布的染坊。

"早年的大栅栏，不光是藏龙卧虎之地，也是藏垢纳污的地方，要想真实反映大栅栏的历史，这些是没法回避的。"

大栅栏除高级烟馆外，还有"白面房"这类下等烟馆，这种烟馆面积不大，设备简陋，抽客大多是拉洋车、做小买卖的，白面房旁边设有"小押"，即当铺。

1936 年前后，日本人在大栅栏开了赌场，叫大旅社赌场，以旅社做招牌，赌场设在二楼。廊房头条还有一处赌场，是川岛芳子办的，每月有数千元进项。

崔勇他们拿出一摞照片，是走访时拍的，他们一张张指给我看："这是聚宝茶室，是当年的妓院。妓院的门上一般刻着什么什么楼或什么什么茶室。像这种茶室，级别比较低。像这个怡红院，级别就相当高了，算五星级的了。你别看这楼的外表是西洋风格，可里边是一圈木楼，楼上是一间间屋子。"

看着照片上的木楼，我猜测说："汉语里'青楼'这个词，是不是就这么来的？"

"是嘛。到底什么叫青楼，这就是活的资料，可以来看啊。"白峥扬着手上的照片说。

崔勇接着道："比如怡红院吧，它很旧了，但很完整。如果也能像贵州老馆那样，把里边的住户清走，整旧如旧，不难恢复它早年的样子。然后再把里边的故事挖出来，肯定会吸引很多人来参观。小凤仙不就是在八大胡同里认识的蔡锷将军？"

我们越聊越来劲儿："来看吧，以前的妓院就是这样，青楼就是这样的。"

"现在外地人来了，都直奔大栅栏街去了。大栅栏街原先叫廊房四条，只有 300 来米长。他们走一趟，看看同仁堂、张一园啥的，就以为是逛完大栅栏了。"

"我有一个同学，还是北京人呢，听说我们现在干的事，特惊讶，他不信大栅栏里真有这些东西，这些事儿。他说要是真有的话，他也很想看看。"

"现在，大栅栏就这么搁着，真是浪费，可惜了，大栅栏的真正价值没有体现出来。如果大栅栏，真能保护性改造，把它原址原样保存下来，建成民俗博物馆啥的，比它现在卖点小百货、小玩意，租出几间房子，更有价值，更有卖点。"

"到了 2008 年，来北京看奥运会的外国人肯定多。参观完了故宫，知道了皇家的生活后，可以再来大栅栏，串串胡同，看看民俗博物馆，了解了解几百年前，皇城外边的老百姓是怎么生活的，那有多棒！"

"既要表现出以前大栅栏是什么样的，又要记录大栅栏未来的改变"

为了方便拍摄，崔勇他们的剧组就设在贵州会馆二楼。窗外，路对过，就是一座老观音寺。大半年过去了，他们捋清了思路，《大栅栏回想》已经开机，由王卫庆做摄像。钱是崔勇先拿的，他掏了 3 万块，买了专业摄像机、带子等。他们三人现在都是自由职业者，眼下，还只能"以戏养戏"：外边有人请他们上戏时，就去外边挣钱，有空就拍大栅栏。

他们给《大栅栏回想》定下了调子：实地考察，实地拍摄，亲自走访当地老住户，口述实录，留下活生生的东西，留下真实的生活，一定要原汁原味，生动鲜活。

"既要表现出以前大栅栏是什么样的，要尽力地挖，又要记录大栅栏未来的改变。到 2008 年，北京肯定会大变样，大栅栏也会变，所以，我们要有计划，跟踪拍 8 年。"

《大栅栏回想》分为：人物篇、戏曲篇、建筑篇、民俗篇、医药篇、危房改造篇等。像建筑篇中又分为店铺、民居、会馆等系列，眼下他们正在拍"会馆系列"。

光这个"会馆系列"，就够他们拍上一阵子。

明朝迁都北京后，南方商人纷纷进京寻求发展机遇，又加上北京是科举制度的中央考场，全国各地有大量考生进京赶考，各类会馆在北京应运而生。

当时会馆有 4 类：工商会馆，给商人和手工业主在京存货、谈生意的地方，"行会"或"行帮"聚会的场所；文人试馆，进京赶考的考生落脚的地方，这类会馆最多；行业会馆，各地同乡、同行业者活动的地方；殡葬义馆，这类会馆最少，是为进京奔丧者留宿用的。

科举制度废除后，文人会馆失去了从前的作用，应试的举子被旅京的亲友和八方商人所取代，会馆更像是旅店或各地方的"驻京办"。

针对会馆，民国政府颁布过类似现在的"楼堂馆所治安处罚条例"类的东西，也不准搞"三陪"，不准携带爆炸物品等。

大栅栏早年有会馆 104 座，光是珠市口西大街就有 25 座，可惜在大街改造时全部被拆掉。"贵州老馆，算是保护得最好的一座。揭开地上的青石板，还能看到老的排水系统。"

崔勇说："现存的会馆我们要一处处找，找到的不少，但改造得太厉害了，空间变了，隔断打了，依稀能看到以前的样子，像雕花啊、砖刻啊。有的变成了工厂、粮食店、旅馆，更多的是民居、大杂院。还有家大会馆，里边住了不少老百姓，因为生火做饭，一把火给烧了。"

老房子多为木结构，最怕的就是火。年年岁岁，防火成了大栅栏的头等大事，在煤市街的一条胡同里，就设有 9 个防火点。据记载，1900 年 6 月 16 日，义和团为了警告卖洋货的店铺，把老德记西药房一把火点了。由于火势太猛，团民未能控制火情，以至大火烧了一天一夜，殃及广德园茶楼，煤市街，廊房一、二、三条及多个街区。这一把火，就烧掉了 4000 余家店铺，正阳门桥头、前门外大街一片焦土。

"老北京民俗的东西没了，大家肯定会想看我们的片子"

在铁树斜街 86 号，崔勇他们无意中发现一个门脸特别大，跟别家不太一样。进去一看，太奇怪了，院里居然还有胡同。

"我们往里一走，好家伙，里边住着几百户人家，特别大。胡同里还有一个个院子。我们遇见一个老太太，她说这里是会馆，是肇庆会馆，她住的这间原先是个佛堂。"

他们已经找到并准备拍的会馆有：河北大宛会馆、山西会馆、江苏如泰会馆、浙江萧山会馆、陕西渭南会馆等。

"我们毕竟不是专搞历史文化保护的，我们力所能及的就是用摄影机把它们真实地记录下来，留下影像资料。至于它们到底有多大的历史和文化价值，我们还要请专家，在我们的片子里讲。"

"比如贵州老馆，到底哪儿好？老百姓都会这么问。没关系，我们可以请清华大学建筑系的老师讲，讲它的建筑特点，文化历史价值。万一将来这里拆掉了，我们也留下了它的资料，人们可以看到老会馆就是这个样子的。"

我问他们："8年的时间是不是太长了，你们有那么多钱往里投？能坚持下来？"

崔勇说："如果我们拍出一集，就能卖出一集，那是最理想的，就能以片养片。我们不能为艺术而艺术，还要尽量拍得好看，要尽量符合商业运作的模式。我们要用艺术眼光，拍出有史料价值的东西。这样拍会有难度，但也正因此它才珍贵，才有未来的价值。"

"时间越往后，我们拍的东西就越值钱。你想，时间越长，变化也就越大，不光建筑变，人也在变，我们都要跟踪拍。"

仨人里年龄最大的王卫庆说："如果现在，说哪儿发现了一条唐代的街道，大家肯定有兴趣去看一眼，哪怕没什么文化的人也会去看。如果大栅栏真改造了，这边也拆了，那边也拆了，老北京最完整的一个街区没有了，老北京民俗的东西没了，大家肯定会想看我们的片子。逝去的东西才是珍贵的，我们拍的可是第一手资料啊。"

"假如大栅栏不拆，而是保护性改造，整旧如旧的话，那么现在每拆一点后来加盖的东西，它原来的样子就会多露出一点，剥离得越多，还原得也越多，肯定会发现更多的碑啊匾的，以及门楼上的刻花，老建筑的格局，等等，把它的还原过程拍下来，也是很有意思的。"

他们最希望的就是后者，大栅栏能原址原样保留下来，他们是在大栅栏保护性改造中完成自己的纪实片。

"大妈，您给儿子打个电话，告诉他放心"

崔勇小时候的家在菜市口，是座三进四合院，听说也快拆了，前些天他特意回去了一趟。离老远，他就看见院墙上刷着一个醒目的大字"拆"。他说自己一点儿都不反对城市的现代化，也希望老百姓居住条件好，可是，心里还是不好受，那种眷恋的情感，一下子就从心底里冒了上来。

"我们那院是个大杂院，院里盖了不少小房，留下的路很窄，地上还挖了排水沟，走起路来高一脚低一脚的。我们家只有一间房，12平方米。记得地震那年，家里来了好多亲戚，没法住，就在床底下再搭块铺板，小辈的人，像我跟我哥就睡那下边。

"我们院儿邻里关系特别好，叔叔大爷的，跟一家人似的。谁家吃个饺子，就端你家一盘，端他家一盘的。有时候我放学回家，家里没人，就上邻居家吃饭，这对大杂院里长大的孩子来说，是很平常的事。

"我们院里有棵大杨树，开花时，往下掉杨树花。夜里，你能听见它'叭叭叭叭'往房顶上掉。大杂院的生活，留给我的就是这些印象。"

在大栅栏拍片时，有天他遇见一个老太太，老人跟他说，她儿子现在在日本，听说这街里要拆了，特意打了个电话，嘱咐他小院里的人，把他们住的院儿、胡同、四周的房子全拍下来，替他留着。"孩子舍不得，恋着哪！"

崔勇听了，就跟老太太说："大妈，您给儿子打个电话，告诉他放心，我们不光把他打小住的院儿给拍了，还要把整个大栅栏都拍了。将来他回来，万一大栅栏拆了，他也能看得到！"

2002年2月

以人助我之心助人，这才是真正的感谢！

站在镜头前

"以人助我之心助人，这才是真正的感谢"

我到重庆的当晚，就被摄制组的蔡梅孩领去了张鲁家。

他家客厅的地上，散放着电视拍摄器材，书房里放着两台电视编辑机、一部电脑。房间有些冷，张鲁穿件羽绒服，坐在电脑前。他比我想象的要年轻和健康，好像随时都可以站起来走动，不像是一个在轮椅上坐了 8 年的人。

每工作 10 分钟，张鲁就要双手在轮椅上撑几下，活动一下靠胸椎支撑的身体。他的下肢完全不能动了。

采访中，我看了大量他们拍回来的素材带。

[1]当年张鲁下乡 [2]上课的孩子

几天后，我沿摄制组当初走过的路线，去了离重庆百多公里外江津的大山里。

我坐在一块大石上喘着气，衬衣早被汗湿透了。通往山顶的石板路，像是没有尽头。远处，山峰连着山峰，层层叠叠，望一会儿，就让人有些头晕。我赶紧盯牢脚下湿漉漉的石板，再走。

3个月前，坐轮椅的张鲁，也是顺着这条石板路，让人背上山的。

1987年的一天早晨，在重庆马家岩一段下坡路上，一部汽车，突然从背后撞上了正在晨跑的张鲁。

身高1.77米，喜欢拳击和足球，已两获电视"飞天"奖的张鲁，从此坐在了轮椅上，当时他35岁。

他被撞断了第11根脊椎，不能睡软床，否则有生命危险。转院抢救时，有8个人，分坐在卡车两边，8双手，捧着躺在门板上的张鲁。

出院以后，张鲁曾想把这8人一个个全找到，谢谢他们。可是拿什么谢呢？用钱吗，一个人的命值多少钱呢？一个坐轮椅的人，又能为别人做什么呢？

"以人助我之心助人，这才是真正的感谢！"

没出远门拍片的张鲁，决定出趟远门，为一部电视剧拍外景。

张鲁身边，一下就跟来十多个重庆电视台电视剧部的人。"张鲁是高手，跟他拍片，肯定能得大奖！"写电视片《南行记》，张鲁只用了半个月。

"你去不得，累死人啊！"他们告诉我。走在这条石板路上，他们也累得直喘，他们继续走着，不知道将要发生的事情，甚至都没打开拍摄机器。

素材片——

到了半山腰，他们见到了一座破庙。一阵钟声响过，大庙里蹦出一群孩子。

时值隆冬，这群衣衫褴褛、打着赤脚的山里孩子，围在一个50多岁的男教师身边，睁大眼睛望着这群陌生人。

老师拢着他的穷学生，说："这娃儿，每天走四五十里路，我老师确实心疼。真的，不瞒同志们，这娃儿我又哄不走，没办法。每天她回去，第二天来了我就放心了。哪里放心？山路都是山林，路又溜，又不好走。从中十多里路没人烟，没有一个人家户。这点大一个孩子，4点多钟才从这里离开学校……"

他们又问女孩："讲嘛，叫哪个名字？""好大哟，这个娃儿？"

不说话，还是不说话。小女孩穿着一件过膝盖的旧衣服，她低着头，盯着自己冻得发紫、张得大大的光脚板。

"她是她爸进山打柴捡来的，不知她的姓她的名。那天正好也下着细细的小雨，她爸指着天气，给她取了个名儿——细小雨。"

一片寂静，只有细雨飘飘扬扬。

东张西望的目光，一下被这个女孩吸引住了。他们随着细小雨的沉默而沉默。他们

[5]村子 [6]石板路

围着她，一时好像不知道该说点什么做点什么。又过了一会儿，有人蹲下来，把破衣烂衫的细小雨抱到了怀里……

坐在轮椅上的张鲁，对摄像师打着手势："先拍这个，先拍这个！不做任何修饰，不做任何修饰！"

在山里走了一个多小时，到了双峰小学。大礼拜六，光着脚、挽着裤管跑来的陈九和，正在家种菜。他仍穿着两个月前，摄制组来时穿的那身衣服，戴顶褪色的黄军帽，帽子有些小，都挣开了线。他7岁在这山上的庙里念小学，后来又在这里当了31年民办教师。

"没法啊，穷！"陈老师跟我说。闹"土改"时，全村百多户人家，愣是没闹出一个地主来。现今村子人均年收入才200块钱。

一年年，最让他发愁的事就是收学费。上学期，细小雨她爸跟陈老师说："要不，我给老师背几捆柴吧？"而教师收不上的学费，要被从工资里扣除。"全乡教师人人都被扣过，最多的人一年600块。"现在已经开学三周，陈老师刚收到一半学费。

"这庙子，是清朝的，百多年了，房子都坏了。这墙啊，是我们抠一点泥巴糊起的，里面不足3寸厚！柱子都粉烂了……"陈九和领我在破庙里转。

破庙的院子，有老乡在挖粪池，到处是土和被挖出的残破塑像。人们在当年放十八罗汉的位置上，用土垒了堵墙，算是双峰小学唯一一间教室。早年放和尚灵位的小屋子，

是学校办公室。

素材片——

摄制组的唐莉莎、马勇等蹲在教室的地上，数光脚板。

"8个。""我这边10个。"他们不约而同地探手入怀，从口袋掏出50元、100元的钞票。唐莉莎把这钱交给陈老师："老师，你替我们安排一下，给娃儿们买双鞋……"

"光靠这个不是办法。"捐了钱的唐莉莎又说。"修学校！"张鲁大声提议，"让更多娃儿来读书，不走那么远的路。"

快人快语的唐莉莎马上问乡长，修一个学校要花多少钱。讨价还价后，乡长讲5万，剧组和乡上三七开，剧组拿大头，3.5万元，用他们的片酬。

唐莉莎的哥哥唐亮，学建筑设计，正好跟剧组下乡来采风。他立刻蹲在地上，画起小学校的草图。老乡们围了一圈又一圈瞧着、议论着。"争取还是修个两层楼房，一楼一底。"唐亮边画边道。

真的要定校址了，一直都好像在看热闹的村民，却激烈地吵了起来。

山上的老乡说山上好，学校该修在山上；山下的人说山下好，将来可以修公路。他们都想把学校修在自家门口。争论不下，最后找来了本村的风水先生。

在双峰山下一块山环水抱的农田旁，胡阴阳立在一块大石头上，观望了一会儿说："好，离山坎向可以！"

[9] 细小雨　[10] 乡场

突然间有了新学校，又惊又喜的村民，赶紧打下一块奠基石，跟着又打了第二块。

"走，走！"陈九和兴冲冲地领着我，去看正在修建中的新双峰小学。他说再过两个月就能完工。

工地上有不少人在忙，村里的石匠正在打石砖。李绍华乡长站到一堆大石头前，指着我跟乡亲们说："北京来的！"他告诉我，过不了几天，全乡都会知道。

电视台的人真好，来了吃饭还自己掏钱。见坐轮椅的张鲁让人背上山，老乡都感动得掉泪，他又说。

"好丑啊！"头一回在电视上露脸，唐莉莎不好意思地叫着。他们躲在摄像机背后拍戏，已经拍了十几年。没想到今天，他们自己竟站到了镜头前。

他们忘了电视剧，只记得自己是人。无意中，生活改编了他们的剧本，现实导演了他们的戏

下了双峰山，摄制组又去了几所小学校，他们一路走，一路捐钱。最后到了吴家台小学，身上还剩 50 块钱。这 50 块钱，又买了 5 双鞋。

素材片——

刘茵，一个受人资助才上学的孤儿，站在轮椅边上。她一边往张鲁脖上系红领巾，

一边呜呜地哭。

"你给我们做个报告吧。"张鲁笑着对她说。

"要得！"刘茵站到台阶上，抽噎着说，"我今天看见叔叔们来了，我激动得说不出话了……"说到这，小女孩便哇哇大哭起来。

教师只好替她说："这娃儿可怜，刚在我手上发蒙（上学）时，头没梳，脸没洗。学习好，语文考100。三八节，我们搞的活动是'每人献给妈妈一件礼物'，刘茵就唱了一首歌《只要妈妈露笑脸》，可是她又说她没有妈妈。我说你没妈妈就喊老师一声妈妈嘛！她就扑到我怀里，喊了我一声妈妈……"

自己没有子女，就捡一个来喂，老了有个端茶递水的。陈小梅就是这样被收养的，她上了年纪的爹妈，都有严重的哮喘病。

因为家里没有几十块钱，她就只能像她父母一样当文盲，又因为得到这几十元的学费，陈老太太让小梅下跪。

小梅立刻被张鲁喊起来，他告诉她："不要随便给人下跪。只能给两种人下跪：一是爸爸妈妈，二是老师。志气拿出来，做人就堂堂正正，你的福气就在这。什么叫希望工程吗？就是说越来越有希望！"小梅听得似懂非懂，但紧着点头。

彭石匠停下手里的活儿，跟我招呼："坐'特快'来的呀？"他去过北京，在燕山打过一年工，他还说一个人不敢外出打工，"不认得字啊"。

彭石匠五十来岁，全家三口人，儿子已经20岁。虽然家里没孩子上学，但他也很愿意村里修这所小学校，"城里的厕所，都比我们娃儿们的学校好。"学校建好后，将是这个村，最漂亮的房子。

修学校不够的款，由村民集资。"这回我们的工作好做多了，没有钱的，投劳力。"李乡长说。

一个班的小学生正写作业，我问一男孩家里可为修学校捐钱了，他说家里没钱，他爸为学校抬预制板，8人抬一块，每人能得5块钱，一天能抬两块。

山路上，不断看到山民往山上抬着、背着修学校用的东西。一些女人，用背篼背白灰。背篼显然很沉，压得她们弯下腰，背上的衣服被汗打湿了一大片，她们大口大口地喘着粗气，一步一摇，跟乡长打招呼时，光能点个头。平时走40分钟的山路，现在要用3～4

小时。背这样一筐，两块钱。

摄制组二上双峰，是半个月以后，去送修学校的现款和图纸。

他们送来了3.5万元的现金。这钱是从张鲁存折里取出的，片子播完了才能拿片酬，一共4.2万元。他们算好了，到时候，学校也该建成了，剩7000元，留着买桌椅什么的。

唐亮回到他以前待过的解放军后勤工程学院，请人用电脑免费设计了图纸。

素材片——

在上次选好的校址上，村里几十口老少爷们正挥锹抡镐挖地基，热热闹闹的。乡长感叹地道："这还是农业学大寨后，头一回看到的集体劳动场面。"

没多少文化的山民们，见张鲁他们来了，高兴。他们一边刨地，一边编了歌高声唱："包子馒头味道香，同志们收了活路，左边是鸡、右边是鸭，中间还有回锅肉。"

"双峰耸翠两天鹅，今天是希望小学——怎么说法呢这个话？雄鹰展翅风雨聚，就是表示你们像雄鹰一样飞来了，我们不容易忘得这一天……我的孙儿6岁了，该上学了，这个学校修得好，以后考出去工作的话很安逸！"

"不光是捐出点钱的事"

下了双峰山，我又继续走，到了周岩小学。

周岩小学，有三四间土房，墙壁都歪斜了。院子里用石块垒一个简易花坛，种了棵含苞待放的小树。中间的土房，是四年级教室，光线极暗，只好大门洞开。教室前半截，放10来张桌子，桌子下边拦绑着藤条、绳子、搁书包什么的。教室后半部，放着很多的柴草。班主任肖年全，站在教室里的灶台旁。每天中午，他要给那些路远的孩子烧饭热饭。

19年前，肖年全当上了民办教师。他家在山上，每天得走近两小时山路。山里雨雾天多，他常走得内衣被热汗湿透了，外衣也被冷雨冷雾打湿了。1992年的一天，肖年全突然倒在路上，走不动了。经医生诊断，他得了风湿性心脏病，给他治一年病，肖家欠下了七八千块钱的债。

肖年全每月工资200块，吃药花掉180。肖年全的妻子每周下山一次，给他送米送菜，拿脏衣服回家洗。

"过去回家疾走 45 分钟，现在得走三个半钟头。"肖年全说话声细，显出底气不足。他现在住在学校边上的一间土房里，墙快要倒了，用一根木头撑着，"管用吗？"我问肖年全。

在电视台后期制作机房里，我碰到了重庆某公司经理陶涉荆。

他说，开始怎么都不信，乡下如今还能这么穷。

剧组第二次下乡时，他硬要开车跟去耍。这么着，他也到了周岩小学。

陶涉荆跟肖年全年纪差不多，三十七八岁的样子，脸黑、有棱角。和我说话时，他的眼睛盯住某处，兜里的"手机"常响。

"我没有文化。"他首先说。

"以前，我开过一家店，挣了不少钱。每天都在饭店吃饭。每顿饭都一桌子、两桌子的。一个月，光吃饭也一两万块钱。可是，我总觉得吃不饱。

"我常站在店门口，看着住在同一条街上的人，每天有规律地，早晨匆匆上班，晚上提捆小菜下班，我想象他们全家人吃饭的样子，心里羡慕。我不知道自己一天天，进货出货，拼命挣钱是为了什么。"

下乡时一路上又说又笑的陶涉荆，这时笑不起来了。他在周岩小学里里外外地看着。"如果光听剧组的人说，光是看素材片，我都不难受。可是我亲眼见了，感觉就不一样。"

陶涉荆当场掏空了身上所有的钱，说是给肖年全修宿舍。"3000 块钱，是我过去一个晚上的消费。"

"我现在常跟我儿子讲乡下的孩子。如果老百姓，都知道、关心乡下这些穷娃儿，不光是捐出点钱的事，而且还能把人心……"说到这里他憋住了，两只手不停地在胸口处翻腾着，"我说不出来了，反正就是这个意思。我没文化，肚里有好多话，就是说不出来。"

"如果有那么多农村孩子成了文盲，国家怎么办？"他考虑了一会儿又对我说。

第一次下乡回来的第 5 天，摄制组就把拍回的片子在重庆各处放。他们恨不能让所有人都知道，让所有的人，都来帮帮这些交不起学费，买不起一双鞋的穷娃儿们。

贫穷和奢华的强烈对比，使人心受到震撼，并碰撞出了人心向善的一面。

又有了第二所、第三所希望小学……

重庆一家公司，一下负担了 100 个失学孩子的每年学费。68 个职工每人一个，老板贺兴友包下其余 32 个。

贺兴友说这 32 个，是他和母亲两个人包的。他母亲在世时捐的钱。老人家得了绝症，住进医院。"她很敏感的，她从亲人的眼神里看出来了。有天，她把我叫到床前，拿她的私房钱给我。她说：我没得希望了，我捐出点希望，给乡下的娃儿们……"

细小雨把摄制组留在了山里

去细小雨家的路远，来带路的人，叫石兰林，是乡上看管山林的。

能看见双峰小学时，我们便拐进两山之间的谷地。山间是溪水，两边是高山，越往山里走，两山靠得就越近。

山上多是大青石，石缝中稍有点土的地方，都被种上青菜、蚕豆、苞谷。细小雨这村，300 多口人，才有 18 亩地。以前他们算林农，一年可吃半年返销粮，近两年取消了。"没得收入，在这里，5 块钱，就是笔大钱。"石兰林说。

不光是唐莉莎他们，连陈九和都说是细小雨把摄制组留在了山里。

有次看素材片时，我问了一句唐突的话，我说拍了那么多细小雨的镜头，怎么老没见这孩子说话和笑，是不是她的智力有问题？"不，不！"剧组的人立刻反驳我，他们像是在谈论自己的孩子："她很聪明的。她笑过，笑过两次，一次是我们给她一张音乐生日卡；一次是在双峰放毛片，在电视上看到她自己。"第二次去双峰山，录音师陈潮，给细小雨捎去自己女儿的衣服。

远远的，细小雨沿着山路一个人走过来，她不知道摄制组的人正躲在大石头后边。细小雨走过去了，马勇他们又扛着机器，在山上奔跑，他们要及时赶到理想的拍摄位置，又不能让细小雨知道，他们一直跟到细小雨家，几十里山路。

半山腰的岩壁下，有一座破房子。走老远，又能碰见一户。石兰林说这是当地"住岩"人家。

"住岩"人家的房子，盖在岩缝里，这样可以省盖一面墙，房顶苫着杉树皮。从黑洞洞房子里出来个老太太。

"在娘家住岩，在婆家还住岩。"老太太姓蒋，已经 70 岁。她一辈子最大的梦想，是有一间四壁皆全的土房子。这里原来还有一户人家，后来被塌落的巨石全压在了下边。蒋老太太的老伴前几天在山上种地时，摔坏了脖子，正在屋里睡着。我们给了她两只准备路上吃的咸蛋，她高兴得不知怎么才好，赶紧进屋，送给老头吃。她家锅里，煮着青菜苔。

她认得细小雨："小雨嘛，晓得！"能望见山坡上有一排孤零零的房子，细小雨家到了。

细小雨的养父谢泽林，60 岁，老实木讷，光着一双大而粗糙的脚板，正和几个人盖猪棚。

7 年前的那个春天，谢泽林进山打柴，走在一个山丫口上，听见杉树林中有叫唤声，他跑进去一看，是一个赤条条的孩子。开始他没捡，没计划的娃儿，抱回来要罚钱。他已经掉头走了，可那娃儿的哭声越发响亮。谢泽林听了心里不忍，他用草包包，把娃儿抱回了家。"要是冬天，这孩子就冻死了。"

细小雨躲在门后看我们。她是个俊秀、害羞的小姑娘，头发、眼睛黑亮，皮肤白净，她的娘娘（姑姑）把她拉出来。

"这个娃儿怪听话，天天一路到校，不停留，一个人去一个人回。"小雨的娘娘说，"去年电视台的人来，给她捐了钱，两个学期的学费有了，布鞋、雨鞋都置齐了，中午也能吃饭了，她现在感觉幸福了。"

来帮工的人里，包括谢泽林，共有 4 个光棍汉。"为什么都没娶媳妇？""没得经济呗（没钱）！"众人道。来干活的人，不要钱，只吃饭，因此，谢家准备好久，才备齐今天"比过年还好的饭菜"。

上菜了，两张桌子上分别放上 4 只粗瓷大碗，里边装着煮蚕豆、肥肉粉条、魔芋、豆腐。平时他们吃红薯、土豆什么的。

吃过饭，我掏钱给谢泽林，没想到一屋子人都高声反对，谢泽林一边推钱，一边喃喃道："都给了学费了，不要了，不要了！"他的力气真大。

去年一学期，细小雨中午都不吃饭，放学饿肚子往家走。老师喊她吃，她不去，问急了才说："吃了要开钱。"

我问双峰小学建好后，她能不能住下读？回答说能住下读。这时，趴在娘娘背上听我们说话的小雨，抬起了头问："我不会烧饭啊？"

她的娘娘说："可你还会长大啊。"

"要得！"细小雨点头。

我的鞋上，沾满了山里的泥巴。再到重庆，已是我出来采访的第 10 天。

晚上，我去和张鲁道别。张家灯火通明，坐了一屋子人。

刚坐一会儿，电视上就开播他们的长篇纪实片《跨世纪希望》，已播到第 7 集。

播完 20 集，他们要再拍再编。剧组人谁也说不准，这部长篇纪实电视，究竟会有多少集。

他们告诉我，也许将来有一天，在这部片子结尾处，会有这么一段话："通过我们的努力，社会各界的大力支持，已建好多少多少小学校，已使多少多少山里孩子上学，本片全部结束。"

1995 年

部分照片提供：摄制组

人一旦有了爱，也就有了一份责任。那些孤立无援、苦苦挣扎中的农民，你给他们一点点温暖、一点点希望，哪怕只是陪陪他们、听他们说说话，他们都会发自内心地感激。而我，则是发自内心地感动。

为了一万个村子

"我哀号着，瘫在路中间的泥水里。那辆车'吭哧吭哧'地开到我前边，用车灯照着我。然后，退、退、退……司机也吓坏了，他看不出地上蠕动的这堆东西，是啥活物。"

这是蔚然"万村行"的一次遇险经历，也是他有生以来最感恐怖的一个夜晚。

在那个雨雾交加的晚上，他独自误入大山深处的无人区。等他推着自行车，好不容易爬到 3000 多米高的山顶时，四周已是浓雾弥漫，漆黑一片，只听得到山涧"哗哗"的流水声，还有一些动物发出的瘆人怪叫。

年久失修的沙石路，到处是坑坑洼洼的水坑。路边立着些突兀的巨石，人走到跟前，鼻子都快碰上了，才猛地发现它。刹那间，感觉就像一个没头没脸的怪兽，挡在面前。

"几次就把我吓完了，我的头发倒竖，身子冰凉，恐惧到了极限。"蔚然回忆说。

[1]蔚然（右一）跟露宿街头的老农交谈 [2]蔚然帮农民兄弟系好衣扣

衣服早被泥水湿透，人又冷又饿，但他只能硬着头皮，哆哆嗦嗦地走着。突然，蔚然一脚踩空，连人带车摔下山崖。"完了，死定了！"滚出去几米远，人被一块石头卡住，自行车断成两截。他摸索着爬回路上，双腿再也不听使唤，只能瘫坐在泥水里。

此时过路车出现。"我生怕那个司机不拉我，跑了。真那样，我就完了，要么死掉，要么疯掉。"

蔚然，原本是上海一个衣食无忧的白领。不同于时下的年轻人，大多想方设法往大城市跑，奔求富梦而去，他却反其道行之，做着一件看上去不合时宜、自讨苦吃的事：放着舒坦日子不过，一个人骑着自行车，专去中国的穷地儿，往最僻远的犄角旮旯里钻，帮扶贫困农民。

5年了，他去过12个省，跑了近千个村子，还没停下来。

"只有出现了这两种情况，我可能会停：一是我的钱全花光了；二是我生病，跑不动了。"

"难道生命，真的就像这过眼烟云，转瞬即逝吗？"

"犹豫了整整两年，我才迈出这一步。"蔚然说。

他出生在宁夏，大学念的是中文系。毕业后，先是到北京工作，后去了上海。在上海，

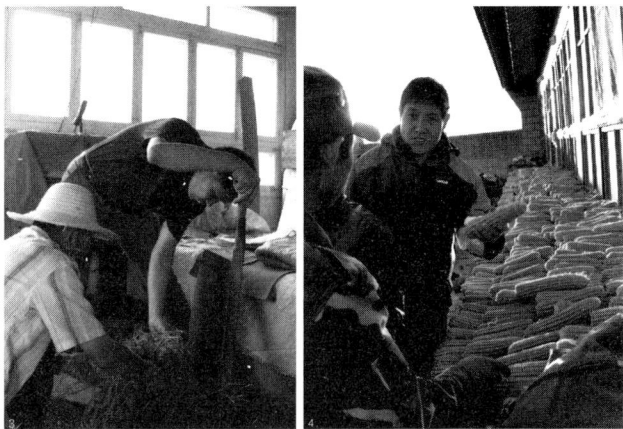

他曾跟朋友合伙开了一家软件公司，中标过政府项目。"一直做下去，混个中产阶级，应该没啥问题。"

蔚然的强项之一，是善与人打交道，沟通、调解能力强，解决公关问题，一般不用请客吃饭。这点在他后来跑农村，解决遇到的各种问题时，起了很大作用。

早在北京时，蔚然就有一个业余爱好，喜欢到农村考察，关注"三农问题"。那期间，他去过几次甘肃。一次，途中他住在一户农民家，那家很穷，却像招待贵宾一样招待了蔚然，左邻右舍好不容易凑钱，给他买了一块儿肉。走时，全村人又把他送到了村口。

"离开村子，我一路走一路想：都说好人有好报，可这些好心人，为什么生活得如此困苦？"很快，他纠正了自己的思路，不能这么凭感情想问题。毕竟，自己是受过高等教育的人，应该理性地想想：他们贫困的症结是啥？我能为他们做什么？

从那时起，一有空，他就跑农科院找技术，去国图查资料，也去周边的农村跑跑。"我去农村，有当地的单位介绍我时说是北京来的'专家'。在农民的想象中，专家就是什么都会。他们会问：你看看，为啥我家的猪好几天不吃食了？别人家的黄瓜是直的，我们家为什么是弯的？这就逼得我回来后赶快学习。"

早在 2004 年，蔚然 36 岁时，就做好了自己"万村行"的架构——他打算用 25 年时间，走访上万个村子。他还规划了如何帮扶，开展哪些项目，去什么地方，行走的路线图等。

尽管这是他最想干的事，却迟迟没行动。

"中国有 4 个直辖市，我在其中 3 个待过，那都是人们想尽法子要去的地方。我已经在上海这么好的城市立下了，可是现在，要一下子全放弃掉，收入不错的工作、安定的生活，还要付出其他很多，那我首先要想周围人会怎么看。我能想象得出，他们会用上海话骂我是'戆头'！"

"说白了，我还是一个俗人，放不下俗心俗念。"蔚然笑笑说。

是父亲的去世，让他下定最后的决心。

"他老人家的去世，给他的儿子，上了最后一课。"料理完父亲的后事，蔚然坐在回上海的飞机上，望着舷窗外飘浮的白云。他说自己突然间顿悟：对父亲来说，上苍已经很厚爱他老人家了，居然活到 90 岁。"但恰恰是这个 90 岁，刺激了我。难道生命，真的就像这过眼烟云，转瞬即逝吗？"

"90 年的岁月，也不过如此，也就 3 个 30 岁而已。我的第一个 30 岁已经过去，第二个也快 10 年了。等着一切条件都成熟，终于下决心行动时，可能我就快 60 岁了，还能跑得动、做得动吗？"他决定再也不管别人怎么想、怎么看了，自己要全身心地投入想做的事情中去。

一天早晨，8 点 15 分，蔚然登上了上海至西宁的列车。随着列车开动，他感到自己一下子解脱了、轻松了："我再也不用犹豫、焦虑和兴奋，心里变得很踏实。"

到西宁，他买了一辆自行车，放上背包、照相机、笔记本电脑，马上就骑着车，去了附近的农村。

这一天，是 2006 年 8 月 14 日。

"你能不远千里地来，知道俺们愁苦什，就行哩"

看蔚然现在的脸，一点没有白领的模样，皮肤黝黑粗糙。他的个子有 1.8 米，体格壮硕。假如天气好、路况好，他说自己一天骑个百多里地没问题。一路上，他会时不时地把考察日记发布在自己的博客上。

网友看了，不少人说他了不起，够伟大。也有人不屑一顾：那么偏远的角落，那些被遗忘的人，国家都管不了，你一个平头百姓，能帮啥？扶啥呀？有个网友甚至讥讽地说："他也就是一贝勒爷，骑个自行车，满世界地去送口头温暖罢了。"

蔚然对着电脑苦笑："兄弟，你说得太轻巧。你也跟我跑跑看，一趟，准把你给累趴下了。"

贫困地区多在山沟沟里，交通不便，很多地方不通汽车，所以蔚然选择骑自行车。"好多时候，不是我骑车，而是车骑我，我得扛着、推着它走。车子二三十斤，行李也差不多这么重。有时，一扛就是五六个钟头。"

身体的累还在其次，看见那些贫困地区的人生活得如此艰难，他的心情沉重和压抑。"刚开始，我每走完一个村子，离开时，都会唉声叹气的。贫困程度超过了我的想象。倒是那些农民，反过来安慰我：你不用为我们的事太着急上火，我们祖辈就是这么活过来的，早习惯了。"

"最好得有个官方手续。"进村第一天，蔚然就碰到难题：身份的尴尬。人见人问：你是干什么的？"我能掏出来的，只有身份证，它也只能证明我是哪里人而已。"有人把他当成微服私访的官员，更多的人怀疑，这人是不是个骗子。

"没错啊，我跟骗子说的话没啥两样，骗子可能比我说得还好，还动听。唯一不同的是，骗子最后总是要钱的，而我蔚然不要。"

他在一个乡上，多时待两个来月，少时也有10多天。起初，蔚然把设计好的表格拿出来做调查。可农民一见他掏出这个，心里马上就耸起一堵墙，人变得紧张、警觉，说话也吞吞吐吐的。"后来，我把表啥的全收起来。我的目的，是了解农村的真实情况，让农民说出真心话。再进门，我先脱鞋上炕。他们锄地，我跟着拔草；他们施肥，我帮着打药。一个锅里吃，一个炕上睡。最后，他们像对待兄弟一样，跟我彻夜长谈。"

有一个青海老农民说："小伙子，你能不远千里地来，走到、看到、听到，难得着哩。就算你什也帮不上，你能坐下来听俺们说个话，知道俺们愁苦什，就行哩。现在，去找干部办事情，人家还骂骂咧咧，不给好脸子看，哪会听你扯？"

蔚然走到陕北，有一天，他偶然地进了一座破院子，遇见了一个80多岁、苦候着儿子们回家过年的独居老人。

刚开始以为没人住，蔚然要往外走。一个老太太端着一簸箕干树叶从窑洞里出来，一身黑色棉衣棉裤，头发上还挂着几片叶子。一见蔚然，老人二话不说，过来拉住他，让他快进窑洞暖和暖和。进了窑洞，又让蔚然脱鞋炕上坐。

"娃，今晚就住这，不走了，俺给你做饭。早几天前，过年的馍馍就蒸好了，他们回来也好，不回来也好，反正俺把吃的都做好了。"

老人边做饭，边唠起家里的事儿。她有仨儿子，大儿子在宁夏，是个老木匠，快60岁的人了，还在工地上干力气活，日子过得苦。二儿子在新疆的煤矿上，那矿常年出事，他家有两个娃，媳妇找不下活，两口子时常为钱打架。小儿子前几天托村里回来的人说，今年没挣下钱，全家回来没那么多路费，只捎回50元钱，让娘过年用。

"俺老头在时，几个娃娃都哄他，再过几年就好了。不知过了几个几年，把老头子给哄得下世了，也没见哪一个过得好些了，高高兴兴地回家过个年来。几年都是俺和老头子两个人过。今年，老头子走了，撇下俺一个人，冷冷清清过这年。"她还说，庄上也一年比一年冷清，现在过年连个放鞭炮的娃娃都找不见。

"在这大年间，有个你来，好欢喜啊！"

说话间，老人把饭做好了：豆腐炒肉片、胡萝卜炒粉条、冻菠菜炒肉，还有一盘腌渍的咸韭菜、一壶烫好的米酒、热气腾腾的花卷。她把放在一边的炕桌挪过来，然后递给蔚然一个大花卷，让他趁热吃。吃完花卷后，老人端起酒壶斟酒："多喝点，不会醉人的。这是俺酿的谷子酒，酒劲淡，多喝暖身子。"

她不停地把菜往蔚然碗里夹。"俺们农民没有习惯吃这么多菜，有几口咸菜，就能过活了。你多吃，大冷天，出门在外多不易啊！娃，你还没有俺小儿子大，跟俺大孙娃子差不多。你大年间还能来，俺欢喜得很，就当是俺的娃，回来看俺哩。"

窑洞外的雪一直下着，而且越来越大，没有停的意思，院子里白茫茫一片。蔚然想，如果明天走，路上积雪更厚，可能自己就被困在这里了。"可老妈妈俨然把我当成自己的孩子了，一会儿端汤，一会儿斟酒的，炕上炕下来回跑，我就这么走了，也实在太残忍了。我没有再想，就留了下来。"

晚上，老人并没有多说什么，只是让蔚然早些睡，明天还要赶路。"她时不时地给我盖被子，怕我冻着。那夜，我心里的温暖，要比身上的温暖更让我难忘。"

"那些孤立无援、苦苦挣扎中的农民，你给他们一点点温暖、一点点希望，哪怕只是陪陪他们、听他们说说话，他们都会发自内心地感激。而我，则是发自内心地感动。"

蔚然说，人一旦有了爱，也就有了一份责任。

"现在死都不难，没钱的日子，比死还难哩"

去年底，蔚然将自己的考察日记，结集出了一本书——《粮民》。

"我是想把自己看到的又解决不了的问题写出来，让更多人知道，一起想办法来解决。"他说农民现在最大的 3 个难题是：大学、大龄、大病。

他到过青海的一户农民家，这家虽考出了 3 个大学生，却并没有改变贫穷的命运，反而让家里背上几万元的债。大女儿靠贷款读完大学，却因为没还清欠款，学校不发毕业证，到现在还是以高中毕业生的身份，到处打工。接下来，两个弟妹又同年考取大学。

这家的主妇对蔚然说：现在死都不难，没钱的日子，比死还难哩！大人不敢得病，娃娃不敢上学，尤其是上大学。谁家摊上这两样事情，不要命，也得半死。

"大龄"农民，不光指那些娶不起老婆的光棍汉，还包括那些"老农民"。

"说起中国的老龄化，人们往往以城市人口为对象，好像农村没有或不会发生这个问题一样。但据我看，在农村实际情况更严重。一是，农村青壮年绝大多数外出务工，本来就没有社会保障的老农民，无奈被抛弃在了农村，陷入老无所养、老无所依的境地；二是，农民长期从事重体力农业生产劳动，人会提早衰老。"

在云南一个没什么流动人口的小镇上，蔚然路遇一个 80 多岁的捡破烂老人。当时，风吹来一个很小的烟盒，落到阴沟里，她也佝偻着身子，爬下去捡。"她每天只能捡几角钱，用这钱到小饭馆买碗米饭吃。"得知老人还有个儿子，蔚然很气愤。可到了这个儿子家一看，他的火气没了，一点怨言也没有。"这儿子过得比老娘还惨。人有病，老实巴交没文化，也不敢出门打工，靠种点薄地为生。买不起化肥，庄稼长得不好，收的那点粮食，连养活俩孩子都难。为了给儿子减轻些负担，老人才出来捡破烂，自己解决吃饭问题。"

镇上有个养老院，住了 3 位老太太。一个 80 多岁的瘫在床上，另两个 70 来岁的，外出捡垃圾。养老院只提供住处，要想继续生存，她们就得自力更生。白天，俩老人捡破烂。晚上，3个人一起做香烛。这些香烛，一部分卖给信佛的村民，另一些留作自用。"焚香拜佛，算是这3个老人的'医疗保险'。"

一路上，不断有农民对蔚然抱怨着："我们没有退休年龄，没有退休金，干不动，还得干。今天不出去干活，明天就没有饭吃！老了依靠儿女，这都是瞎话。现在，有几个儿女可以指望得上啊？他们连自己都顾缠不住（养活不了）。"

"村里现在是老的老、小的小，地就靠我们种。出去挣钱的，钱不见钱，人不见人。撂下老人孩子，弄点学费，难啊！"

"应该讲，现在国家政策对农民越来越好。只要有钱，要什么有什么。可这日子，咋过得越来越难了？"

在自家炕头上，甘肃泾河川的农民老王，跟蔚然说起自己老婆的故事。

"她走的头天，给我和孩子蒸了3锅馍馍，擀了许多面条，还给我和孩子洗了衣服。那时，她已经瘦得皮包骨头了。到最后那些日子，她疼起来，头上身上的汗水就像雨水一样哗哗地湿透衣服。可我连买一片止痛片也买不起啊！只有眼睁睁看着她，被病折磨着，没有一点法子。"

老王半身不遂，一步路都走不了。实在没办法，他把十几岁的大女儿给订人了（订婚），拿了人家2000元钱，给老婆做化疗。只两次，钱就没了。

"她疼起来的时候，我唯一的办法，就是伸出我的左手，去拽着她的手。我不知道能不能缓一缓她的疼，可我没有左手撑着，人就坐不起来，我只能躺着去够她的手。"老王说着说着，泣不成声。

蔚然递给老王一张面巾纸，伸出手握住他的手。但他不知道该说什么来安慰。沉默了好一阵，老王哽咽着继续说："自她病了，那么疼，几乎是没有吭过一声，我是看在眼里，难过在心上。她临终前那晚上，抓着我的手说：我没有给你治好病，自己倒是病倒了，我放心不下你和孩子，可我实在撑不下去了。我没了，你要慢慢挣扎着起来，学着照顾自己和孩子。"

"说完，她打生病以来第一次哭了。后来，她拿着我们结婚时买的一个小镜子，照着给自己梳了梳头，然后她说想睡了，就躺在我的旁边。自从她查出得了乳腺癌后，就一个人独自睡，可那晚上她没有。她躺在我旁边，看她脸色蜡黄，我问她难受吗，疼吗，她闭着眼睛摇了一下头。我没有再打扰她，心想她能睡会儿，就睡会儿吧。她病了以后，几乎没有怎么睡过觉，一到晚上就疼得厉害。天蒙蒙亮时，我感觉有些不好，就叫她，可她再也没有醒过来……"

老王再也憋不住了，号啕大哭。

"你就帮俺们村修一条路吧！盼这路，都盼几辈子了"

有天一大早，蔚然接了个电话，只听见一个男人用川贵口音，直门大嗓地喊："是蔚然吗？我们要还钱！"蔚然一时有些发蒙，下意识地想：我没跟谁借过钱啊？

见他没吭声，那男的又急促地说："我们要还钱！"

"你别急，先告诉我，你是哪儿的？"

"我们是贵州的，是安顺的。"

蔚然这才反应过来："噢，你是八猫冲的吧。"接着，他脑子里念头一闪：完了，干砸了！

一年前，蔚然去了贵州的安顺地区。他推着自行车，走进山沟沟里的一条小岔道上，从上午9点一直走到下午3点，才见到一户人家。他在这个村子住下。经过考察，他发现村里每家每户差不多都有10亩左右的山林。"树下没有灌木，全是毛茸茸的茅草。我豁然开朗，想到了一个脱贫办法。"

来前，他在乡上遇到赶场，亲眼看见从贵阳来的商贩收购当地的土鸡，一斤要十二三元钱，拿回贵阳，能卖到20来元。"我指着眼前的山林，对村民们说，你们是捧着金碗要饭吃呢！他们眼皮一撩道：那树，砍不得，砍了国家要罚钱的。我说，不是叫你们砍树，是养鸡，散养土鸡！"

一个小伙子听了，立马兴奋起来："哎呀！我也这么想过，可是没本钱啊！"

"只要你愿意干，本钱、技术我出，无偿的！"

刚好有个网友就是贵州的，他曾跟蔚然说过，自己可以资助5～10名学生，哪怕从小学读到大学都可以。蔚然马上跟他联系，说了这个项目的事，计划先找4家，每户投入5000元，用来抓鸡苗、建鸡舍、挂围网等。那个网友当时就同意了。

接着，蔚然陪着 4 户农民到镇上选好材料，谈好价钱。然后让网友把款打到厂家的账上。一直到扎好鸡笼，在山坡围好场地，备好饲料，鸡都养上了，蔚然才离开。

"他们现在突然打电话，要还钱，难道说干砸了？不对啊，干赔了，哪还有钱还？"听对方语气很激动、很紧张，蔚然说："你别急，慢慢说，你们还什么钱？"

"蔚老师，我们 4 家都挣着钱了。现在，又有 4 户人家愿意养鸡，我们把鸡苗给了他们，网子也帮他们买回来了。"原来，那些土鸡第一茬就卖到一斤 18 元钱，本钱差不多回来了。

蔚然跟他们说好的，资助的钱不用还，要接着往下家滚动。但这些农民很固执："我们苗人，没有欠人家钱的习惯。我们现在挣着钱、有钱了，所以，要还钱！"

甘肃陇南的大盘峪村，位于大山深处，挂在山腰上。蔚然见这里到处生长着茂密的灌木，离四川广元又近，觉得养羊这个项目肯定好。"一点污染都没有，羊肉绝对是无公害的绿色有机食品，羊毛还可以深加工。"当他兴冲冲地跟村民说起这些，没想到当即就被回绝了。

"你看我们这路吧，每年光是化肥，都要背两天。头一天，化肥背到半路，人已经累得不行。先得回家吃饱喝足，睡一晚上，第二天才有力气下去接着背。"

"路不好，我们养的猪，都卖不上个好价钱。山下卖到 6 块一斤，我们最多卖 4 块钱。为啥？猪贩说了，你看你们这路，好多凿在直上直下的石板上，猪赶回去，路上说不定就摔死了。一头死猪，值啥钱？"

"蔚老师，你啥项目都不用帮，不用帮俺抓啥鸡娃子、羊羔子。这些俺们以后借点、贷点就能办。你就帮一样：帮俺们村修一条路吧！盼这路，都盼几辈子了。"

蔚然一听，脑子"嗡"地就大了。"在上海，路基那么好，只是把路面刮掉，重铺一层沥青，修一公里路也得几十万元。他们这村，修路要开山劈石的，七八公里路，得投多少钱啊？"

10 多年来，村里也多次组织村民，想靠人力修这条路。但由于全是岩石峭壁，用人力没法挖开，加上村子太穷，集不上钱，最后都放弃了。

听说村里有个驻村干部，蔚然说想见见。村民一听就来气了："啥驻村干部，就是个驻家干部。一年到头，也看不见人影。"

夜里，蔚然愁得睡不着，在大脑里不停地搜索着能用得上的信息和关系。绞尽脑汁折腾了一晚上，也没个结果。天刚蒙蒙亮，他爬起来去山上溜达，想让大脑清醒清醒。

山坡上，有个早起的老人，正在盖房子。蔚然走过去，问他原来的房子是怎么倒的。老人说是"5·12"大地震时震塌的。蔚然又问：灾后重建房，国家规定要用水泥、钢筋打基础，得能抗8级地震，你怎么光是木架结构？老人苦笑着道：等我把水泥、沙子都背上来，那得10年，俺等不起。

他的话，一下子提醒了蔚然："有办法了！"

"5·12"后，蔚然去了汶川，曾参与过救援和灾后重建，所以对国家相关政策了解得比较透彻。灾后重建房，必须在2009年年底建成，要达到国家标准，每户才能领到2万元的补助款。另外，验收不合格的话，地方官员是要被问责的。

"我立马想到灾后重建办，于是赶紧给他们打电话。但山里信号不好，我一口气跑到山顶，手机信号断断续续的。"拨通陇南市政府的重建办，听了他的介绍，对方让蔚然写个材料，再发个E-mail。

"还发什么E-mail？我打个电话，都跑到山顶，挂在树梢上。干脆，我带上材料，直接去吧。"蔚然兴奋地往山下跑，跑进村支书家。边打开笔记本电脑写材料，边对支书喊："起来，快起来，我们到市里去！"

他们搭上一辆长途客车，颠了十五六个钟头，才到陇南。下车后，人被颠麻了，知道是往前迈步，但感觉不到腿在走动。

到了重建办，蔚然先介绍了自己的身份，并强调说是从上海来的，接着细说了一遍灾后重建的相关政策。"国家要求今年底，重建房要建好、人住进去。像这个村子的情况，按现在的这种建法，不可能达标。到时，你们咋验收？咋通过？除非弄虚作假。"

连蔚然也没想到，第三天，在去通渭的路上，他接到村支书的电话。老汉声音很大，震得他耳朵"嗡嗡"的："市长来了！还带来了交通局长，已经定下为村子修路哩，哈哈哈……俺代表村里八辈祖宗，谢谢你！"

蔚然说，每次帮助一户或一个地方的农民，干成一件事，让他们的生活有少许改善后，自己心里那个舒畅、那个满足、那个高兴劲儿，是语言无法表达的。"几个月来的辛苦、疲劳，这时就会一扫而空。"

"中国不缺做善事的人，但缺少做善事的渠道"

蔚然的博客，曾获十大"社会责任博客"称号。当选后，又吸引来了更多的网友，打电话的人也多，不少人邀请蔚然到他们那里。

现在动身前，蔚然会先在博客上发个行程通知。很快，就有要去那个地方的网友冒出来，给他留下联系方式。有一回，到了甘肃某地，蔚然给一个留过言的网友打电话，"见了面才知道，他原来是一个副区长"。

"身份尴尬的问题，现在已经不存在了。"蔚然说他越走越顺当。"到了一个地方，只要有一个认识的人领着，只要赶过一次集，全乡的人差不多都会知道我。民间传播速度是很快的。这时，你就等着吧，那些有心的农民，会自动找上门来。"

"我帮农民，许多人在帮我。"蔚然说，有网友会时不时地给自己留言：兄弟，还能不能撑住？

现在他的帮扶有三大块：劳务、资金、项目，这其中99%是靠网友的支持。目前，聚拢在蔚然博客上的网友，他说保守估计也有上万人。"我把他们统称为爱心人士。没有他们，好多事我也干不成。中国不缺做善事的人，但缺少做善事的渠道。"

今年，蔚然是正月初三出的门。

有个服装设计师找到他，这个设计师不但有自己的品牌、专卖店，在深圳还有厂子，生产的服装主要是出口，从纺线、织布，到最后的缝制，都是手工完成。他想找一个贫困地区，把那里不能出门打工、会做针线活的妇女组织起来，进行培训，就地打工挣钱脱贫。

蔚然陪他去了甘肃通渭的一些村子。回县城前，赶上下雪，雪下了3天3夜，地上结着厚厚的冰，人一走一滑。刚开始，他俩还数着，想看看一路上能摔多少跤。"走了整整8个钟头，后来摔的次数实在是太多了，数也数不过来。"

裤脚全被打湿，结了冰，挂在上边的冰块像铃铛一样，一走就"哗啦啦"地响着。鞋子里也全是水，一踩一个水泡。正当他们在山崖上艰难行进时，蔚然的手机响了。

"你好！我是广陵县的县委书记。我们这里，是晋北的贫困地区。我郑重地邀请你，到我们县里来……"

　　每次，从外边回到上海，蔚然的那些商界朋友少不了给他接风洗尘。喝着、唠着，席间他们常常慨叹：现在，我们是要钱有钱、要房有房，开着香车、美女如云，啥也不缺，可为什么，还是感觉不到快乐？

　　"你这家伙，每次回来，虽然人又黑又瘦的，但从你眼睛里能看得出，你是我们当中，幸福指数最高的。"

2011 年 5 月

到了这种地方，我们就会本能地要去做事情。

稀缺的本能

我还没遇见过像沈红这样的人，接受采访先讲条件：

"我希望我们能退、退、退，退到最后，不要写我们，而是把这个村子和村里的孩子推到最前头，他们的声音太弱了。如果能通过媒体的力量，让更多人关注他们的命运和需求，让他们得到一定帮助的话，我就同意接受你采访。"

"做了就做了，不是为我们自己。如果做了之后是为了追求个人名声的话，那就辱没了我们的那份情感。"她给我的照片，竟固执地将自己裁下来，只留下村民的影像。

沈红是中国社科院专门研究穷人的女学者，她说的那个村子，叫年丰村，在贵州西北部的毕节地区。今年 2 月，正读在职博士的沈红，要用寒假这段时间，再去年丰村，还打算在村里过春节，这是她第 6 次去那个偏远贫穷的地方。

［1］村民唱着歌儿送沈红　　［2］第一次到年丰村，朱明兴和爸爸妈妈站在家门口。爸爸以前是村里的民兵连长，妈妈那时还能直起腰来。

"沈红是我国著名作家沈从文的孙女，北大毕业，好好活在北京没什么问题。可她包一拎就走了，专跑穷地儿，尽钻山沟，还拽上家人朋友跟她一起资助了几十个穷孩子。现在，能这样深入底层的人可不多！"她的同事这样说她。

"你到了这种贫困地方，就会本能地要去做事情"

沈红第一次到年丰村挺偶然的。

1997 年年底，在做贫困监测和调查选点时，沈红到了贵州的毕节地区。知名的草海保护区就在这里的威宁彝族回族苗族自治县。他们去了草海，想了解"扶贫与发展""人的发展与鸟的保护"等问题。

到了威宁的草海，又知道了石门乡。石门乡位于云贵交界处，是贵州最偏远的乡镇之一，但它在中国少数民族乡村教育史上地位很特殊，新中国成立前，那儿曾出过一批大学生，甚至还有博士生。沈红他们很好奇，决定跑过去看看。

1998 年元旦前一天，他们到达石门乡。石门，给去过很多穷地儿的沈红留下深刻印象："那里的路太难走了！从县到乡得走 142 公里，从乡到村，得走 10 多公里，净是山路。"沈红就是这次去了日后让她牵挂不已的那个小村子——年丰村。

年丰村有 10 多个寨子，分布在好几座山上。沈红跑遍了这些寨子，一天要走几十

里山路。村里从没接待过外边来的人，不知道怎么安排她住。幸亏沈红去穷地儿有经验，自己在县城买了一床被子背上去。"如果能背床，我也会把床背上去。"到了村子，选了一户有石头房子的人家，这家有俩女孩，本来是姐俩挤一张单人木头床，沈红来了，老二被挤到父母房里。

沈红刚进屋，这家大女儿第一个动作是把床上脏得看不出本色的黑被子抱走，然后拎来一把喷雾器，对着床"扑扑"打臭虫。那个女孩跟沈红睡一个被窝，合盖她背来的被子。第二早起，沈红身上还是被咬满了包。有一张照片，是沈红在村里跟一个村民谈话，我细瞅，发现她的后背上落了很多苍蝇。

"种一坡，收一锅"。土地贫瘠是这里贫穷的原因之一，当地主产土豆和玉米。"老乡吃什么我们就吃什么，不能拿钱买东西，让他们单独给我们做饭，这就把自己贵族化了。他们主食就是土豆和玉米。玉米碾得碎碎的，做成干饭，很难下咽。这两种主食我还是选择土豆。他们把土豆扔到火塘里烤，烤得黑黑的，把皮剥掉吃，吃完了手和嘴都是黑的，顿顿吃。"

"顿顿吃，吃一个星期还不吃吐了？"我问她。

"没有没有，我能吃。到底下我挺适应的，也不生病，走起山路不比小伙子差，看不出来吧？"她挺得意。

这趟跑下来，他们发现当地有一个很突出的问题：许多初中生辍学。能不能给这儿

的孩子帮点忙，资助他们上学呢？

"你到了这种贫困地方，就会本能地要去做事情。你见到那些孩子，看到他们的眼睛，都会被打动，会自发地做些事。从1993年帮助第一个孩子起，很多朋友都在帮助我一起做。"

那次从贵州回来，沈红先去了青基会的希望工程。"人家只做小学生，不做中学生。我手里拿回来一堆表，没办法，只好自己做。希望工程帮助的是小学生，我们主要帮助初中生，因为初中生的失学率也很高。"

从1998年开始，沈红他们在威宁每年选一批孩子，一直资助到初中毕业。据他们测算，一个孩子一年要440元钱，这钱包括书杂费和部分住校生活费。

"贫穷地方的人对外部世界完全不知道怎么进入，我们稍微帮助一下，就可能改变他们的命运"

采访时，沈红拿出一摞照片给我看，她指着一个站在破房子前的瘦小男孩，喜眉乐眼地说："这是我的小孩。"

"你的小孩？"我吓了一跳。

"是我资助的孩子，上初二了。这是他的爸爸妈妈，他爸看上去人高马大，挺壮实的，但脚的骨头长年肿，不清楚是什么病，不能做田里的活，全家只靠母亲一人操劳。我去他家找他时，他没想到，高兴坏了。"

"他们叫你什么？"我问。

"喊我妈妈！"她又咧嘴乐了，接着又兴冲冲地说，"这是我的新小孩，去年的。"

去年7、8月，沈红又去了威宁，对前一年的助学活动进行了追踪调查，再核实下一年学校提供的新学生情况。这次，她一个人就资助了5个孩子。

那天，她正在一个学生家里聊天，一个瘦小的男孩站在门口，村里人指着男孩说："他特别想读书，可家里盘不起。"

沈红注意到这个孩子："他很害羞，个子小极了，12岁。他在一堆孩子里躲着，我让他领我去他家，他父母不在，我问他为什么没读书，想不想读书，说着说着，孩子就哭起来，眼泪滴答滴答往下掉。"

"小学毕业那年，他收到初中录取通知，家里没钱，他爸就不让他读了。我去他家里看，屋子很矮很黑，土房子，里边什么都没有，火塘边上有个小木桌，矮得像只凳子。他领我去他住的屋子，屋子特别黑，只有一张小床，床头绑着一只小油灯。

"我问他写字的桌子呢？他说没有桌子。那你怎么写字呢？孩子就跳到床上，靠在油灯前边。这个小孩叫吴健强，现在已经读书了。"

到年丰村的第二天，天一亮，沈红去看她的小孩。村里有他们在威宁助学活动资助的第一个孩子，叫朱明兴。

沈红第一次见朱明兴，是1998年元旦，那时他该上初一，因没钱就在家待着，通过沈红他们的帮助，他念完了初中。2001年沈红再见他时，大吃一惊，三年前那个精神的、有理想的小伙子不见了，现在的朱明兴完全变了个样儿，脸色苍白，精神萎靡。一打听，原来他又失学了。

朱明兴的学习成绩很好，在乡里数一数二，初中毕业考上毕节一所中专，还是因为没钱交学费，他又失学了。

"我去他家，他不在，村里人就跑出去找他，他正在山上放羊。别人告诉他：北京的沈老师来看你，你快回去吧。他一听就哭了，一路都哭着回来了。"

"他怎么不去申请助学贷款什么的？"我问沈红。

"他们不懂啊！他考上的学校在毕节，对他来说那儿多远啊，家里说没有钱，几千块，太贵了，根本拿不出来。

"这孩子读书的心特别特别重，他太想读书了。他妈妈跟我讲着讲着也哭起来，她说，我没办法，我盘不起他，我对不起这个孩子，他太想读书了。我坐在他家时，他妈哭，我也哭。"

朱明兴是个内向的孩子，不爱讲话，失学回家后就跟他妈怄气。在他读初中的学校，大家知道他是北京老师资助的学生，他自己也非常要强和用功，可最后没能出去读书，对他打击很大。

沈红说像这样考上学而又没法读，他们管这叫"相对剥夺"。这种打击和失落非常大，朱明兴心理一下子不能适应，一年都缓不过来。

失学后，朱明兴先去挖铅锌矿，他本来身体就不结实，井下也没什么劳动保护，工作条件很差，人都是躺在地上挖，结果他把身体挖垮了，把自己挖成一张苍白的脸。沈红问他为什么非去挖矿，他说要攒钱念书。"读中专，一年3000多块的学费，他挖锌，得挖到什么时候才够上学啊？"

沈红听了很难过，跟他说：从现在开始，你不许去挖矿了，就给我打工。你给我当向导，陪我在村寨跑，搞调查，我付给你一点报酬。这样，沈红在威宁时，朱明兴每天带她出去跑，还帮她整理资料。

"过了几天，我跑到乡里去给那个学校打电话，村里什么都不通。我在乡上开了一大堆证明，帮他联系上了他考上的毕节工业学校，学校同意给他减免一些学费，我再资助一部分，这样，朱明兴又可以读书了。

"事后，我也检讨了自己。前年夏天，我的一个同事来过村里，见到朱明兴，回来说他正在家里生病。当时他考中专了，但不知道考上没。结果我那个同事刚走，录取通知就来了，他要是跑到乡里，打个电话给我们中间任何一个人，我们都会帮他想办法，可他不好意思，也不敢，结果白白在家待了一年。

"这不光是个钱的问题，贫穷地方的人对外部世界完全不知道怎么进入，实际上有很多渠道是可以进入的，可他们不知道或不敢。而我们稍微帮助一下，就可能改变他们的命运。"

"我通过我的朋友，朋友又通过他们的朋友，实际上是一个社会的网在帮助孩子们"

沈红他们的助学活动，有一套完整的联络和管理网：依靠一个由县、乡、学校三方结合的网对助学资金进行管理。由学校推荐孩子，沈红他们亲自做户访，核定资助对象。钱不能挪用，否则会有制裁。每位受助生要与资助人保持通信联系，学期结束时要报告学习进展和家庭情况……

"我只是一个牵线搭桥的人，我通过我的朋友，朋友又通过他们的朋友，实际上是一个社会的网在帮助孩子们。"沈红说。

她讲的这个网里有 4 个核心人物，除沈红外，还有朴之水、汪三贵、石茂明，4 人都是青年学者，朴之水还是个有韩国血统的美国人。

2000 年，沈红他们都在国外，只有石茂明一人在国内，但他们的助学活动不想停。这年夏天，朴之水拿出 7000 元钱，让石茂明去了一趟威宁，任务是追踪前一年被资助孩子的情况，再落实下一年受助生的名单。石茂明是四川人，苗族，老家也是国家级贫困县，父亲是位民办教师。他是靠父亲微薄的工资念完大学的，现在在社科院民族所做人类学研究。石茂明是从穷地方出来的，但他还是想不到威宁穷到这份儿上。

"土地太贫瘠，老百姓又过分依赖土地，靠天吃饭。土豆才一毛钱一斤，这能卖多少钱？产一万斤才 1000 块钱。那年夏天去，青黄不接，地里的土豆还不到收获的时候，老乡就挖出来吃了，还有人家挖野菜吃。他们没有致富能力，说明我们的教育搞得不好，受教育程度低，老乡连跟外边人说话都说不好。

"助学活动的第一步，就是要把穷学生找准。沈红是研究扶贫的，她反思前 20 年中国扶贫问题时，说其中有一个原因就是扶贫对象不准。好多扶贫款下去，到不了真正贫穷的人手里，很可能到了贫困地方的富裕人手里。第二步是钱的传递，最可靠、最便捷的方法，是把钱寄准，不能直接把钱寄给学生本人，也不能寄到县里，我们一般是寄到孩子学校的校长手里。"

这年夏天，石茂明拿着学校提供的贫困生名单，下去一个个核实。他一天要走几个钟头的山路，亲自到学生家里去看，问问人家有几个孩子，养几头猪，种多少地，孩子上学有没有困难。他连着跑了几十户。

有天，石茂明到了一所小学，校长的老婆说，你们真要资助学生的话，应该到张萍家去看看。她以前在我们这里读书，到现在还欠着几百元钱的学费，是我们家给垫的。她现在又跑到另一所中学，又欠上人家钱呢。

这个孩子本来不在资助名单上，石茂明走了两三个小时的山路，到了她家，小孩不在，去县城给她妈买药去了。

张萍家五口人，只有一间土房子，四壁皆空，里边黑得什么都看不见。一间屋子又当厨房，又当客厅，还养猪，粮食都没地方放。家穷的原因是母亲长年有病，她爸在县城打工，做苦力，用一辆两轮板车给别人拉脚，好的时候一天能挣上 10 元钱。

没多久张萍回来了，还直哭。原来她到了县城，药钱要 5 元钱，可她只带了两元钱，这两元钱还是借的，药没买成，人哭着回来了。

张萍成了石茂明他们资助的孩子。没多久，石茂明又碰到俩小孩，没爹没娘，只有哥俩，哥哥叫李恒。他妈被车撞死了，家里不但没得到赔偿，还欠下了丧葬费，还不起，债主一怒之下，把他家房子给扒了，三间土房全没了屋顶。生活实在维持不下去，他爸外出打工，去了云南个旧挖矿。

石茂明去的时候，李恒的父亲已七八个月没信来也没寄钱来，音信全无，人不知是死是活。小哥俩没有任何生活来源，家里的地也被村里人抢种了。哥俩住在破房子里，火塘上没有锅灶，一只铁架子上吊着一口黑锅，里边煮着黑乎乎的东西。

陪石茂明去的当地人，跟李恒说："这个大哥哥是从北京来的，要帮助你们上学读书。"孩子一听，当即就跪到地上"哇哇"大哭起来。

"学校推荐李恒时，原因写得很简单：母亲因车祸死亡，家庭困难，本人失过学。如果光看推荐表，我们很可能就不资助他了。"石茂明说。

"她现在还想着攒钱读书，可一年以后她还会这样想吗？"

在追踪受助生时，石茂明发现了一个女孩，是他们助学活动第一批资助的学生，初中毕业时报考了卫校，老师说如果考，这孩子很可能考取。但考试得到县上，威宁是贵州最大的县，从乡到县有 140 多公里。家人算了一笔账：考试要路费、报考费，不算住宿费，一顿饭哪怕只吃一块五的粉条，考趟试也得 200 元钱。父母说没钱，结果孩子就没能去县城考试。

石茂明去她家时，女孩一见他就哭了。

石茂明说："贫穷的孩子都很抑郁，高兴不起来。你想，上学对很多人来说是很平常的事，可对他们却成了可望而不可即的事，好多孩子特想上学，因为只有读书，才可能改变他们的命运。"

在她家，女孩的姐姐悄悄告诉石茂明：当时，她爸兜里有 200 元钱，但最后还是舍不得，怕她万一考不上，钱就打水漂了。200 元钱，对她家不是一笔小钱。

女孩的爸爸说什么都要留石茂明吃饭，不吃不让走。石茂明在他家吃了一碗面。"擀面条的面，是她妈用一个笤从外边端回来的，我一看就知道准是出去借的。"临走时，女孩又哭了，他们在一起照了张相，结果照出来的照片，那女孩还是哭着的。等沈红后来再去时，这女孩已经订婚，就要结婚了。

去年 10 月，石茂明收到一封由他资助的女孩的来信，看完这信，他难受了好几天，信是这样写的：

石茂明大哥：你好！

很久很久都没有给你写信了，你还好吗？我来深圳已快 4 个月了，本来一开始就想给你写，但我一直鼓不起勇气，因为我知道我一定让你很失望，如果我告诉你来深圳，你一定很生气的。

你说过，让我把你当作亲人，我没有忘记你对我们家的恩惠。现在我还是终于忍不住提笔给你写信了，希望大哥能原谅我来深圳打工。

我来到深圳后，就听我妈妈说家里接到两份通知书，一份是高中，一份是中专，我心里很难受，其实我也不想来深圳，但是我妈妈的负担实在是太重了，看着她一天比一天老，病又严重，我的心实在是不忍。弟弟马上也要上高中，如果我再上高中，我妈无论如何也拿不起这笔学费，一狠心就和几个老乡来到深圳。

大哥，这次来深圳，带上你送我的那个笔记本，看着你写的"考上大学，是你我的梦想"时,我心如刀绞。人生就是这样,不是什么都可以如愿的,我来这里以后,很多同学都给我写信,他们有的读了高中,有的读了其他中专院校,我只能在心底里面默默地羡慕他们,我只希望我打工挣来的钱,能让我重新踏上求学之路。

我在的厂子,是日本人办的,专门生产无绳电话,我所在的部门,是安装电话上一个小零件的,一天12个小时上班,有白班夜班,打工是很辛苦的,但是付出了总是有回报的。

大哥,现在厂里经济效益不太好,因为美国世贸大厦被炸,而我们的产品主要销往美国,所以,10月底我们可能就会离开这个厂,另找一个工厂做工,希望大哥能够谅解,给我回信。

因为我来的时候是借别人的身份证,所以回信请写安巧收。

祝大哥身体健康,工作顺利!

张梅

2001 年 10 月

看完信,石茂明哭了。他想这样一个农村小女孩,还不到16岁,借了别人的身份证,跑到深圳打工,在这种很开放的地方,是很危险的,这种危险倒不一定是堕落的危险。她现在还想着攒钱读书,可一年以后她还会这样想吗?

石茂明越想越不安,他打听读中专一年得交 3000 多元,读高中要 1000 多元,自己没太多钱,但他还是打定主意:无论如何,哪怕厚着脸皮要,也要帮她把书读下去!

石茂明说他从不找同事要钱,觉得这会让他们为难,所里的人,每月也就 1000 多元的工资。他到处找人,有个朋友是做 IT 的,收入高,但他反对,认为办教育是国家的事,自己是纳税人,教育经费要由国家出。

石茂明也读在职博士,班上有个同学姓潘,是从台湾来的,曾说过想在大陆资助一个男孩,从小学资助到大学。

石茂明找了老潘,跟他说了张梅的事,没想到老潘一下就答应了。"我心里特别高兴,赶紧跟云南那个中专联系上了,学校同意让她继续上学。"

如今,已是沈红他们在威宁搞助学活动的第四年,今年又新增了 24 名贫困生,这样,他们在这儿资助的学生总数累积到了 63 人,除原先的资助者外,他们今年又拉来了 8 个新资助人。

"我当时心里有这种感觉：家里人来接我们了"

春节过了，沈红还没从年丰村回来。等我在社科院大楼再见她时，已是 3 月 12 日。

她说时间还是太短，不够用。这次去主要是用问卷调查的方式，了解"穷人的社会资本"。她做的调查表很详细，一天只能访问一两户，这次一共做了 140 份，她还请了七八个帮手，放寒假回家的朱明兴也跑来帮忙。

沈红说这次见朱明兴，小伙子精神多了，不像上次一个劲儿地哭，显得特别委屈，怎么哄都哄不住。

春节前我给朱明兴写了一封信，沈红捎回了他的信，朱明兴在信中说："我读初一时家里很穷，学费每年是 300 元，家里交这学费都困难，一年还要买 300 斤粮食才够吃，在这种情况下，虽然想读书但家里贫穷，我只好流着泪回家了。我回家不到两个月，沈老师他们就到了，听到我的情况，又到了我家就资助我读书了，直到初中毕业。"

"我考上中专，学费高了，家里再卖牲畜也不够，得到通知 10 天后就要上学了，家里找不到这笔钱，父母一心不让我读，我也就失望，没有信心给沈老师写信了。我到了河坝矿山打工，想挣点钱再到其他学校学点技术，但收获不大。有矿石的时候每天是十五六块，没矿石的时候每天才七八块，我干的是下井活，刚去不适应井里的空气，感到很累，井里全是石头……

"我从矿上回家才几天，沈老师他们来了。我看到沈老师时眼泪直流，一句话也说不出来。沈老师帮我联系上了我考取的那所学校，她又资助我读中专。

"在我们贫困地区，像我这样想读书又读不起的孩子还有，他们读到小学或初中毕业家里跟不上，就转回家了。

"我很想读书，因为人的生命只有一次，读书的机会也只有一次，现在不管干什么都得有文化、有知识才行。在我的生命中也只有一次读书的机会，我不想把这个机会错过，只要有一点儿希望我都要读书。

"现在我在毕节工校读书，我们班只有我一个苗族学生，在这 20 多个同学里，我还是个上等生，在这四个月我被评得甲等奖学金，考试成绩还不知道，我回校后再告诉你。

"如果没有沈老师他们的帮助，我可能正在家里做农活，也可能出门打工去了。我一定要把书读好，学自己应该学的知识，以后对社会才会有贡献。"

沈红说这次下去，有件事挺让她生气。他们通常是与受助生所在校的校长联系。"我们一个电话打过去，校长们都赶快行动，巴不得多个孩子上学。可有个校长不太配合我们，老是阴阳怪气的，孩子写给资助人的信，都搁在他的办公桌里，也不往外寄。我很生气，问他怎么不寄，老收不到信，资助人都急了。那个校长一会儿说信写得不好，他要求至少得写500字，一会儿又说信没收齐。连资助款的收据都懒得开，我要他一个孩子开一张，他嫌我麻烦啰唆。"

校长拿出一个笔记本，说所有受助生的情况都记在上头哪。沈红伸头一看，上边只写了大半页纸。他后来居然说：要是不合你心意，就把钱退给你。"我心里很生气，我们是冲孩子来的，你凭什么这样讲。我想再观察他半年，如果他还是这样，我们就准备在他这儿停。我把这个想法和学校老师说了，老师们一听都急了。"

对沈红他们搞的助学活动，老乡们最高兴，也特别支持。在学校开座谈会时，村民们自动跑来，站在窗外瞪大眼睛看。

沈红到石门乡那天，一直在下雨，路不行，不能跑车，人被困在乡里。年丰村的老乡听说沈红来了，当天就派了6个小伙子，走到乡里来接沈红，帮她扛行李。沈红说："我当时心里有这种感觉：家里人来接我们了。"

有没有什么快捷的方法，让年丰村的老乡日子好过一点儿？沈红在村里用"参与式"方法做过调查，所有的老百姓都说能不能修一条路。由于不通公路，村里盖房用的砖瓦，种地使的化肥等，都要走20多里山路从外边背回来。年丰村人修路的积极性特别高，他们自己投工投劳修了条马车路，已通到村里。但这路是条断头路，跟公路接不上。年丰村在山梁上，紧挨着云南，老百姓最想修条能接到云南省道上的路，两边的直线距离只有4公里。

沈红一直惦记着村里修路的事。"我真希望能有更多的人知道他们，帮他们找点钱，把路修了。我的力量太小了，虽然我拉了不少朋友进来，仍然是杯水车薪。如果路能接到云南的省道上，那个地方就活了，经济肯定会好。"为修路的事，沈红曾跑过省里，也找过专家咨询。这次下去，她又专门跑了趟县交通局，局长亲自跟她谈了，告诉她这路不能修，原因是落差太大，达不到工程标准……

3月已过去了一周，眼看就要开课了，沈红才从威宁动身。离开年丰村时，大半个寨子的老乡都出来送她。当地有这样的习俗，要给上路的人送刚煮熟的鸡蛋。结果那天，沈红包里被老乡塞进了近百只热鸡蛋。

站在村口，年丰村的老老少少，用苗语唱起送别的歌。沈红边走边回头，直到看不见人为止。"挺激动人心，也挺让人受不了的。其实我给他们的帮助很少，只不过是让几个孩子上了学，可一点点好处，他们却记得很牢，对我好得厉害。"

沈红还说走的时候，自己也流泪了。

以沈红为中心纽带，北京城里一帮生活并不富裕的知识分子联络起来，就这样自发地、扎扎实实帮助一个又一个远在天边的孩子上学。你甚至不能给他们冠以任何崇高的"动机"——他们说这不过是"本能"。

可这是一种多么稀缺的本能啊！

2002 年 3 月

照片提供：沈红、石茂明

我们远离自己的家乡，我们有自己的梦想，我们同样渴望知识的海洋和明媚的阳光。

　　我们彼此都来自四方，就像兄弟和姐妹一样，从这里开始，飞翔！

心中有歌唱给谁

像很多渴望成功的青年一样，喜欢音乐的孙恒，梦想当个出色的流行歌手，靠唱歌一举成名。

他辞了在老家河南开封的教师工作，漂北京。

抱着一把吉他，在地铁、酒吧等地演唱。

"音乐曾是我的梦想，但它破灭了。我花了好些年想走那条路，结果被碰得头破血流，我发现根本走不通。成功对于像我这样的人来说，就像摸彩票，是撞大运的事，我再也不想用这种赌徒的心态，过一生。我还可以有另一种生活，走另一条歌唱的路。"29岁的孙恒说。

一次特殊的演唱经历，让他改变。

"给工友们唱歌，就好像在跟我的兄弟姐妹聊天，像心灵对话"

那是 2001 年冬天。

有一次，孙恒去天津科技大学看一个朋友。"学校的学生社团募集了一些书和衣服，准备到工地送给民工。正好我在那儿，就跟他们一块去了。到了工棚，我给工友们唱歌。没想到，那次唱歌的感觉，跟我从前完全不一样。"

孙恒唱的是自己创作的民谣歌曲《一个人的遭遇》。内容是他的朋友小吴的亲身经历，孙恒对他做过访谈。"歌词基本上是他原话，我只不过用音乐表达出来。我身边有很多像他这样打工的朋友，我的很多歌，就来源于他们。"

工棚很简陋，挂着晾晒的内衣裤，上下铺，来了很多工友，他们仍穿着干活的脏衣服，挤在板床上或站在地上听孙恒唱歌。孙恒抱着一把吉他，用陕西方言唱道：

九点多钟有人来敲门，说我们没得暂住证，把我们当成任务送去翻沙子，收容到昌平。到了以后我发现，已经有好几百人在里面，想要出去有条件：你可以打电话，叫人来送钱。就在这时我看见：有一些小姐，像领奖一样冲上前。我是一个人刚刚来这里，不会有人来送钱。

我们住的是一个露天的大院，半夜我听见有人在哭喊，吓得我也不敢看。旁边有人

在卖东西，我看在眼里急在心里只有唾沫往下咽。因为我只有两块半，刚好只够买根儿烟。还好，后来吃上了窝窝头，一共饿了我一天半。

我的家乡在西安，来押送我们的是当地的人员。在上火车之前，他让我们蹲在地上，双手抱头，不能随便看。火车上又怕我们跑，把我们的腰带鞋带全抽掉。这一路上，我又没得钱，又是饿了我一天半。

到站以后他们说：想要出去有条件，两百块钱一个人，否则继续关里面。我没办法，只好打电话，是好心的姐姐把我接回家。

这第一次被收容的经过就这样结束了……

这次意外的演出，连孙恒自己也没料到感觉会那么好，像遇见知音一样。

"唱歌时，他们的眼睛死死地盯着我，他们的掌声、笑声那么真诚、质朴，可能别人感受不到这些。给他们唱歌，跟以前我在大学里、酒吧里唱完全不同。在酒吧唱歌，我感觉自己就是在表演，我只是一名歌手，我演唱，别人欣赏、消遣而已；但给工友们唱，就好像在跟我的兄弟姐妹聊天，像心灵对话。

"我父母是农场工人，我自己也是一名打工者，我是他们中的一分子，没有心理隔阂和距离，也不要太多的语言交流，有一种默契。再加上我唱的都是发生在他们身上的事，而且从来没人唱过，所以，他们听得特别专注，效果很好，觉得我唱出了他们的心里话。那天，他们跟我谈了很多。

"这次经历对我启发特别大，我像突然醒悟一样：这里，才是我唱歌的地方！原来唱歌不仅仅是娱乐消遣，还可以服务别人、在精神上鼓舞别人，可以传递更多的信息，起到宣传的作用。我们的文艺，为什么不能直接面对最底层的劳动者？"

2002年5月，孙恒和几个志同道合、爱好文艺的朋友一起，成立了"打工青年艺术团"，利用业余时间进行排练和创作，专门为打工者提供义务演出。

"来北京，几年折腾下来，我最大的收获就是对生活、对人的价值有了新的认识，对自己重新定位。当初，我只想要自己成为什么样的人，按照社会公认的成功标准；但现在，我不再去设想自己的生活应该是什么样子，而只想着做事，做自己能做的、爱做的事。同时，做这些事又对别人有帮助、有益处，与社会的需求有结合点，而不是光顾自己的想法。

"对于成功，不能只用钱来衡量，重要的是发挥出一个人的价值。我的价值在于，我喜欢唱歌，我会唱歌，我唱了很多歌，大家爱听，能对别人的生活起到积极、健康的影响，这就是我的价值，也是我的成功！"

"老板们害怕我们跟工人接触，怕我们知道他们损害工人权益的事"

打工青年艺术团第一场演出是在北京一高校的建筑工地里，这次演出，孙恒他们差点被人轰跑。

演出设备非常简陋，只有两把吉他，一把口琴，麦克是在家唱卡拉OK用的，绑在一根钢筋上，插在地上，两只音箱又小又旧，电视机也是临时借来的，一根电线上挂了几只照明用的小灯泡，但台子上方有一条醒目的条幅："天下打工是一家"。

孙恒有一段开场白：我们不是什么专业的文艺团体，我们和大家一样，是从全国各地来的，从农村来的，来北京打工，从事各种各样的工作……

他大声地说："昨天我们为这个城市创造了巨大的物质财富，今天我们也要创造自己的精神文化生活。我们说劳动者最光荣，而打工者群体是这个时代的新型劳动者，所以今天我们要唱——《打工、打工，最光荣》。"

高楼大厦是我建，光明大道是我建，脏苦累活儿是我们来干，堂堂正正做人——凭力气来吃饭！打工、打工、最光荣！嘿！

我们是新时代的劳动者，我们是新天地的开拓者，手挽起手来肩并着肩，顶天立地做人——勇往直前！打工、打工、最光荣！嘿！

当孙恒他们演唱《讨工钱》时，演出达到了高潮，掌声、叫好声震耳。

辛辛苦苦干一年，到头来不给结工钱，面善心黑的周老板，躲将起来不相见。寒冬腊月要过年，全家老小把我盼；空手而归没法办，只有横下一心：讨工钱！

兄弟们来把工地占，条件一个：结工钱；"周二熊"嬉皮又笑脸，"好说、好说，咱夜里12点，准时结工钱。"

到了夜里12点，骗人的招数露了馅：先是来了三车"安全帽"，想挑起内讧，在工友之间；后又来了"110"，连哄带骗带诈唬，说要把我们全部都收容。

这时，我感到有点犹豫和矛盾，再被收容可咋办？

幸亏有，身经百战的王老汉，他挺身而出，把这骗局全揭穿；他带领大家高声喊："兄弟们，团结一心讨工钱！"（众人跟唱：团结一心讨工钱！条件一个结工钱！）

在场的500多名农民工群情激昂，跟着孙恒齐声吼唱：团结一心讨工钱！条件一个：结工钱！团结一心讨工钱，条件一个：结工钱！

霞光万丈照天边，周老板乖乖结工钱。

工友们特别开心，但工地老板害怕了，出面干涉，要求马上停止演出。

"他觉得我们是在煽动工人闹事，其实我们并没这么想。2002年，拖欠农民工工资的现象很普遍，但大家没有公开表达的渠道，平时根本没机会说出心里话，这样憋久了，不是好事。工友们应该有表达自己的权利。当资方与工人有利益冲突时，我们当然站在工友们的立场上。能替他们说话，这也是我们艺术团的宗旨。"演出完了，真的就有工人直接去找老板，讨自己的工钱。

打工青年艺术团也参与帮农民工讨工钱。有个四川来的民工，干活时从脚手架上摔下来受伤，老板什么都不管，只给300块钱打发人。"别说医疗费，就是回家的路费都不够。我们找了记者和律师，一块去跟老板谈判。谈得特别艰难，从下午5点，一直谈到夜里12点，最后老板给了这个工人3000元钱。"

孙恒说他们的演出，非常受工友们的欢迎，但最大的阻力是资方，是老板们。"我们联系演出，联系 20 次，能有一次成功就不错了。"老板的托词是：我们的工人很忙，加班加点，没时间看你们演出。

"事实是，老板们害怕我们跟工人接触，怕我们知道他们损害工人权益的事。工地包括一些工厂，完全是封闭的，外人根本进不去，工人就跟包身工一样，谈不上有什么权益。作为一个个体，农民工为争取自身权益打官司，这个成本太高了，无论时间、精力、金钱上都耗不起。现在，农民工想维护自身权益的合法途径并不很畅通。"

每次演出中，都有一节互动表演，请现场工人自己上台唱歌。"哪怕他们跑调、声音发抖，但那是他们的声音，是他们的心声。"去年，打工青年艺术团共演了四五十场，每场一个半到两个小时，演员 10 人左右，吹拉弹唱说都有。

"工友们平常根本没有机会聚在一块，聊天唱歌。实际上，我们的节目很粗糙，但他们不在乎，反正就是热闹，像过年一样高兴。我们共同体验着一种欢乐，在精神上有一种交流和释放。"

"生命可以无奈和简单，但不能没有尊严"

打工青年艺术团的成员，不少是在演出现场发现的，周铁松就是这样参加进来的。

那是在清华大学建筑工地演出，他不仅上来演唱了自己的歌，而且当天辞职，另找了一份送水的活儿，为的是离孙恒他们近些。孙恒说他写的歌，就像是从心里喷出来的一样，工友们很爱听。只可惜他后来送水时撞车了，受伤后被迫回了老家。

"因为不正规，所以人员流动很大，人不停地来，又不停地走。这样也好，他们学会了我们的歌，又可以带到别处去。"孙恒说。

艺术团成员来自四面八方，本身要打工，住得很分散。每次演出前打电话通知，下了班赶到演出现场，演完了坐公交车回去，连一份盒饭也没有，更谈不上什么出场费。

王德志家在内蒙古兴安盟，他在北京干了 8 年，干过七八种活，自己每周花 40 块钱学说相声。他说在北京打工，精神上很空虚，那些主流的文艺离我们太远，跟我们没关系。"每天干十几个小时的活，干完了人很累，回宿舍大家在一块，要么喝酒要么打牌。看书？可现在的书多贵啊，我们挣得又不多。"他参加艺术团后，创作了相声《漂》，讲的是打工者在北京的经历及爱情。

他们的歌硬邦邦的，一点儿也不缠绵。

孙恒说："现在，煽情的歌已经太多了，不需要我们再去做了。我们缺的是劳动者自己的歌，缺少那种表达劳动光荣、劳动者自尊自信的歌，我们希望能唱出他们的喜怒哀乐、酸甜苦辣，唱出他们的心声。"

"我们的表演不那么专业和精致，我们没那个水平，也没那个时间。但我们的文艺形式是全新的，我们不是为文艺而文艺。我们表现的就是我们自己的生活，我们只想通过自己的演出，让社会看到打工者的生活现状，大家一块来出主意、想出路。"

打工青年艺术团的定位是：丰富大家文化生活，在这个基础上，传递维权信息，宣传法律知识，用文艺心声，表达生存现状。他们曾搞过这样的专题演出："反对身份歧视"、"工资是争取来的"、"识破打工陷阱"、"自我营造，合作发展"等。

"最早叫我们盲流，后来又叫打工仔、民工，这些叫法都带有明显的身份歧视，我们就是工人，靠劳动吃饭为生。中华全国总工会的一个老师给我们讲课，他明确地说：工会已经承认流动务工人员、打工者是中国工人阶级的一部分，是当代新型的工人。打工者的称呼总有一天会被取消。"但是打工者仍然受歧视。千千万万打工者来到城市，用自己的双手和血汗创造出极大的物质财富，但是却享受不到城市人的待遇，甚至受凌辱。在以打工者为主的工厂里，时常发生针对工人的随便打骂、侮辱人格、搜身等侵害案件。

《中国青年报》曾报道过这样一件事：在乌鲁木齐，36岁的湖北打工妹李腊英在横穿马路时，致使一辆公共汽车急刹车，车上的一个女乘客一屁股坐在蛋糕上。李腊英被司机和乘客强行拉上车，让她付赔偿费，否则不让下车。在恐惧和羞辱下，李腊英从飞驰的汽车上跳下，摔死在马路上，撇下了两个未成年的孩子……

看了这篇报道，孙恒和他的伙伴们感到震惊和气愤。根据这个故事，他们自编、自导、自演出话剧小品《月英的故事》，在"反对身份歧视"的主题表演中演出。

台上，月英跳车前有一段声嘶力竭的独白：生命对每个人来说都只有一次，而我失去了它。如果我再一次为自己申辩，那我就要喊：活得没有尊严，毋宁死！

音乐轰然响起，一男声唱道：生命可以无奈和简单，但不能没有尊严；大地从未沉默不语，只是没有听见她的声音，千百年来你的呼喊，在我心间从没改变，正义自由之声将永远，永远流传在这人世间！

打工青年艺术团，不断地用自己饱含深情的歌唱，向打工者反复灌输着自尊、自强、自信的理念：

我们进城来打工，挺起胸膛把活干，谁也不比谁高贵，我们唱自己的歌；嗨哟嗨哟嗨哟！嗨哟嗨哟嗨哟！嗨哟嗨哟嗨哟！嗨哟嗨哟嗨哟！

凭着良心来打工，堂堂正正地做人，谁也别想欺负咱，咱们有咱们的尊严；嗨哟嗨哟嗨哟！嗨哟嗨哟嗨哟！嗨哟嗨哟嗨哟！嗨哟嗨哟嗨哟！

采访孙恒时，他的嗓音一直是响亮而平和的，唯一一次动感情，是说起为打工子弟写歌的事。他曾在打工子弟学校当过三四年的音乐老师。"在北京，有几十万打工子弟，因为交不起借读费，好多孩子上不了学，享受不到法律规定的受教育权利。后来，社会上虽出现了打工子弟学校，但大多处于非法状态。有的政府部门，行为过激，强行取缔。他们也不想想，这么做，孩子们怎么办？没地儿读书，你让他们去哪儿？听说丰台有所打工子弟学校要被强行取缔，我就去了。可是，我又能做什么？我只能为孩子们写歌、唱歌。"

我们远离自己的家乡，我们也有自己的梦想，我们同样渴望知识的海洋和明媚的阳光。我们彼此都来自四方，就像兄弟和姐妹一样，那红色的旗帜在心中飘扬，我们在这里成长！

我们渴望知识的海洋还有明媚的阳光！那红色的旗帜在心中飘扬，我们从这里开始——飞翔！

学校要被取缔，孩子们直哭。有个男孩儿告诉孙恒，说长大了，一定要当警察，而且要当警察的头儿，管警察，这样，警察就不能来关我们的学校了。"这种伤害，对孩子们来说是刻骨铭心的。"孙恒说得眼睛都红了。

《我向总理说真话》一书的作者李昌平，偶然认识了孙恒。李昌平说："他演唱的一首自己创作的歌曲《打工光荣》，特别让我感动。他的歌声对我而言，就像夏日的清风，我紧接着的反应是孙恒代表了先进文化及其前进的方向。农民工需要孙恒，劳动者需要孙恒，我应该为孙恒们做点什么。"

"我和孙恒成了好朋友，我多次观看他们为农民工义务演出，农民工观看演出时的笑声、哭声、叫声、歌声，让我感受到了劳动者被压抑而渴望伸张的力量。如果有一天，天下的农民工都能感受到'我劳动、我快乐'，那该多好啊！"

"要实现这个白纸黑字上的权利，还要大家争取"

打工青年艺术团现在有了固定的活动场所，北京明圆打工子弟学校为他们提供了一间教室。这儿地处北京五环路外，圆明园附近。

在这里采访时，我遇见了屈远方。

屈远方26岁，河南商丘人，现在在北京当厨师。因为以前在部队文工团干过，会吹萨克斯，所以几年前刚来北京时，他与朋友组建了一支小乐队，到歌厅走场卖唱。他们在海淀黄庄一家西餐厅演出，很受欢迎，慢慢地就把原先在这儿演出的乐队挤掉了。

"记得那是个夏天，很热，一天夜里12点了，我们5个人从餐厅演完出来，突然冲过来一帮人，是被我们挤掉的那个乐队找来的打手，把我们打得很惨。我们只跑掉了两个人，一个被打死，一个被打成植物人，我的左手三根神经被扎断，废了，再也不能吹萨克斯了。有很长一段时间，我感到很绝望，直到遇见孙恒他们。"屈远方加入了打工者艺术团，在里边打快板。

他说现在自己没事就过来。"毕竟，我们在外边是流浪，宿舍也不是我们的家，到这儿感觉不一样，像回到家一样，看看书，聊聊天，参加他们的活动，比以前过得充实。"

去年，香港的一家慈善机构资助了打工青年艺术团，艺术团陆续添置了电子琴、架子鼓等乐器。有了固定的活动场所后，他们和明圆打工子弟学校、属地肖家河街道居委会，三方共建，成立了"打工者文化教育协会"，现有100多个注册会员，二三十个骨干，3名固定工作人员。

肖家河是打工者聚集的社区，这里常住居民4000人，外来人口却有1.2万。成立协会的主要目的，是想给打工者一定的技能培训，灌输一些知识，提高他们的生存能力。

"在北京，没有家人、朋友，一个人待着挺苦闷，我们把这里当成家了。现在每天晚上，都有工友过来，一块聊天，看看书。到这里，起码可以结交一些朋友，甚至有人失恋了，也跑到这里来倾诉……"

一个在这里做志愿者的女孩，说了这么一件事：

2003 年 10 月，我认识了内蒙古小姑娘薇薇，她的经历，是好多外地在京打工女孩都经历过的。这些女孩很少有人了解她们，没人为她们做主，也很少有人知道她们在想什么。我认识薇薇是一个星期天晚上，她自己出来到香山玩，不认识回去的路，我把她送回她打工的那家餐厅，那是一个远郊区。

"她很健谈，她给我讲了自己的故事。她刚生下来，父亲因为她是女孩，就把她遗弃了，也不要妈妈管她。实在没办法，妈妈和爸爸离了婚，妈妈带着薇薇艰难地生活，几年后，妈妈为她找了一个新爸爸，新爸爸对她很好，一家人本来可以幸福地生活，可天有不测风云，妈妈得了一种慢性病，在床上一躺就是 3 年。新爸爸没有那么多钱，为了给妈妈治病，花去了所有积蓄还借了外债，薇薇放弃了学业，17 岁出来打工为妈妈治病还钱，她每天工作十几个小时，还要受老板娘的气，一个月下来只有 400 块钱。

"我们成了好姐妹。在她打工的餐厅里有一个比她大十几岁的男孩老缠着她，要与她搞对象，这使她多了一分恐惧，没办法，她没领工资就跑了。我把她带来，认识了这里的大哥哥、大姐姐们，他们关心她、怜惜她，在举目无亲的北京，薇薇感到了家的温暖。

"两天后，我把她送上了开往内蒙古的火车，临走前，我给了她一点钱，小姑娘感动得哭了，她说明年一定回来，跟大哥哥、大姐姐学电脑。"

"打工者文化教育协会"去年 11 月建起电脑室，20 多台旧电脑都是从社会上募集来的，每台花了 100 元重新维修，到现在为止，一共办了 3 期电脑免费培训班，每期 3 周，教师是北京理工大学的志愿者。

平时除了办电脑班，开放图书室外，他们每周都安排一些活动，4 月份的活动有：影视欣赏《我的美丽乡愁》《美丽的大脚》等；"社会性别意识专题培训"、大众文艺培训，内容有简谱乐理知识、吉他弹唱，还有编辑出版《社区快讯》。

《社区快讯》四开，杂志大小，每出一期要 120 元，一共印 2000 份，由志愿者发放给打工者，文章都是自写自编，已经出了 3 期。有一篇属名"小山"的文章，让我印象深刻：

我们也是人，但我们"这种人"前边还要加上"农民工"，合起来叫农民工人，然后简称"农民工"，再然后简称"民工"。这样就打了个三折。看看，做人难呀！因此，我们可以说，我们是中华人民共和国的公民，但是，我们这个公民是名义上的、没有财产做保证的公民，还是会有人不把我们当人看。

为什么说人格是以财产为基础的呢？很简单，比如你的权益受到侵害，你要用法律和社会的手段维护自己的权益，那么就要为此支付一定的成本，可是，我们为了省钱，连一本法律方面的书籍都不会买，更不要说去为此打官司了。因此，你说你是人，你有尊严，可是怎么保障呢？

现在，我们大概知道自己是谁了：我们是"人"，又不是"人"。今天大家来参加活动、参加义工培训——就是来做人来了，今天我们不是打工者，我们是中华人民共和国的公民。那么，想做公民，除了宪法的保护之外，实际上要实现这个白纸黑字上的权利，还要大家争取。在没有财产、没有物质手段做基础的前提下，要想做公民，还真得动点脑子。

"我们现在所有的工作，都要根据农民工的实际需求进行"

4月11日，周日上午，我去参加了孙恒他们搞的一次法律培训——"拿起法律武器，维护自身权益"。讲课的律师是社区居委会帮忙找来的，主讲《劳动法》。律师花了近一小时，详细讲了如何签劳动合同、如何避免合同陷阱、发生工伤时如何争取自己的权益，等等。

到了提问时间，有个小伙子问："老板让我们加班，但从来没给过加班费，这该怎么办？"

律师说，一定要有加班的事实证明，不能光嘴上说你加班了，那样不行，加班要有证明，但他说取证比较困难。

"那我让我的同事证明可不可以？"

"这有一定的法律效力，但问题是，你的同事愿不愿意，他帮你证明了，可能就被老板开除了。"

屈远方问："比如我们找老板交涉，他承认我们加班了，几点上班几点下班，谈话时，我们拿录音机偷偷录下来，这个可以当证据吗？"

律师说可以，这是视听证据，有法律效力。

另一个女孩问：现在，北京市最低工资是多少？

答："495元。"

女孩又问：去年，我的一个朋友，因为家里人去世，跟老板请假回家，老板不同意，但最后她还是走了。等她回来时，老板不但把她开除了，连欠她的工资也不给，还把欠条撕了，像这种情况，该怎么办呢？"一旦发生劳动争议，首先可以去劳动部门申请仲裁。每一个区的劳动局，都有一个劳动仲裁办公室，调解不成，再到法院起诉……"

谈到打官司、讨工钱，一个中年人抱怨道："我讨120块钱，却要花费1200块。"他又接着问律师：讨不到自己该得的工钱，用合法的途径又解决不了问题，有人用死的方式来解决，比如爬了塔吊。"北京市后来出台了一个规定，说像这样爬塔吊是犯法的。请问，这样犯法吗？犯的是什么法？这个条文有法律依据吗？与国家的法律有没有冲突的地方？"

律师迟疑了一下，笑着说：从法律上讲，没有规定自杀、跳楼犯法，但要是危害公共安全了，就另当别论。"地方政府有颁布行政规章的权力，但它颁布的条文，必须与国家的法律一致，如果与国家的法律有冲突，就是无效的……"

来听讲座的有20多个人，没我想象的多，我问了孙恒，他答："这也是我苦恼的事，大家为什么不来？最主要的原因，就是没太多时间。"

"我感觉，我们这个群体，没时间提高自己，生存压力太大。现在找工作太难了，一个人如果没工作，哪里还谈别的，哪能来听讲座，来学法律知识，来参加我们的活动？大学生为什么业余生活那么丰富？生存压力不同。你想想看，我一周抽半天来听讲座，老板可能就会扣我工资，甚至把我开除了。工作没了，就没办法养活自己，这是很现实的问题。

"所以我现在想，争取自己的权利，先从争取自己的业余时间开始！以后，我们还会在实际技能上多提供一些服务。像电脑班，来参加的人就很多。我们现在所有的工作，都要根据农民工的实际需求进行。"

"那你们自己的生存问题解决了？"我问他。

孙恒答："很不稳定，我们现在所需的资金，是靠基金会资助和社会募捐，我们 3 个固定工作人员的工资也从这里边出，有些项目是短期的，项目做完了，资助也就结束了。我们有一个理念，短期来讲，我们需要社会资助，但从长远讲，希望能自力更生，通过自己的付出，自己的劳动，能养活自己。就像一个人一样，总不能一辈子依靠别人。"

"五一"节要到了，孙恒他们很忙，他们已联系好了 3 场演出，还要录制第一张唱片《天下打工是一家》，赶着排练，计划 5 月进棚录音，7 月出版发行。

"这张唱片我们没想要赚钱，但会搞一些义卖。发这张唱片的目的，一是对我们两年多来创作歌曲的整理，因为有很多歌被工友们传唱，希望通过发唱片，能普及这些歌；另一方面，我们希望社会上关注'三农问题'的知识分子，比如大学生、学者等，通过文艺的方式，来关注我们。这个时代，也应该有表现打工者心声的作品。"

采访结束时，孙恒问我能不能帮他们一个忙，让我留心周围有没有人想捐书或旧电脑。

"我们很需要这些物品，因为我们还想在另一个打工者聚集的社区，再办一个能读书、能搞培训活动的打工者之家。只要不演出，王德志肯定天天值班。"

2004 年 5 月

部分照片提供：孙恒

送人玫瑰之手仍有余香，在辛村这一年，是我们过得最踏实的一年，不再去幻想，知道自己能干什么，该干什么……

辛村来了志愿者

白亚杰的父亲在太原打工，接到家信："咱娃要去北京了！"这可是大事，白家祖辈上还没人去过北京。亚杰的父亲赶紧借上些钱，匆匆回到老家静乐县辛村。

静乐，是山西最穷的县之一。自从去年底，这个黄土高原上本来默默无闻的穷县，却频频出现在报纸、电视上。因为静乐从全国各地来了扶贫志愿者。这回领着10岁的白亚杰去北京的，正是来辛村的志愿者。

"能在静乐住上一年，就不简单了"

5月25日，晋西北高原，黄风弥漫。

[1]不念了，一年要 2000 块，家里没钱……　[2]冒朝军教的初三，一共有 32 个学生，这次不念的学生有一半

接我去静乐县辛村乡故宫希望学校的，是这个学校的王校长。静乐一共来了 22 个志愿者，辛村分到 5 个，最多。

在县上，我听到了这么件事：说静乐有个偏远的乡叫赤泥洼，当时也分上了一个志愿者去当老师，结果动身前一天，县上取消了这个安排。

赤泥洼的老乡不知这事，那天还早早地等着。正好有个记者去那儿采访，等候多时的男女老少，远远看见她坐的车，以为是志愿者来了，顿时，人群涌动，欢呼雀跃……那个记者说，当她站在虽然简陋，但却为志愿者粉刷一新的小屋时，心里也很难受。

我问 30 来岁的王校长：为什么辛村能摊上这么多志愿者？

王校长笑眯眯地说：“多吗？不多，刚刚好。”

他说自己“走后门”了，当时他正为缺教师发愁呢，全校 20 个教师，真正合格的才 3 个，还有好几门课没人教。一得到消息，他赶紧找了本校的毕业生，现任团县委书记，让他多给几个志愿者老师。

“再个原因是我们学校条件稍好，去年刚建成两层的教学楼。像赤泥洼吧，到那当老师，天天就光挑水吃，就得花两三个钟头，县上也怕志愿者受不了那个苦……”

“假如就是来静乐当老师，来多少志愿者才够？”我问。

“哎呀，”他琢磨了一下答，“最少要 190 个吧。”

我又问：“志愿者来了还有什么好处？”

　　他立刻答道："一是学校有生气、有活力了；二是志愿者们能为学校联系到物品啥的。"他扳着手算道：志愿者帮学校建了图书室、广播站、艺术团、蔬菜大棚等。

　　"像志愿者杨敏老师吧，他所在的北京市大兴县建筑公司，去年就给我校2000多块钱，做了学校冬季取暖用的煤钱。人家单位的党委书记，还亲自押车，给我们送了衣物和书。再像北京来的张燕红，也给学校联系到了2027元钱，帮了家穷的娃们。这不，志愿者又要领学生上北京……"

　　"我们校，有小学和初中。学生最少时，才160来个。现在，学校盖好了，又来了志愿者，学生也多了，快有400个了。去年考'师范'，一个没考上，今年准备争全县第一。我这个校长现在好干了，心情也舒畅了，哈哈哈……"他自己笑开了。

　　志愿者刚来时，老乡不懂什么是"志愿者"，就叫他们"自愿者"，意思是自己愿意到他们这个穷地方吃苦受罪的。静乐的县委书记，当时曾跟志愿者们表示："你们是自愿来的，当然也可以自愿走。"如今大半年过去了，见到这个县委书记时，他这么对我说："先不说他们干了什么，能在静乐住上一年，就不简单了。"

"在辛村这一年，是我们过得最踏实的一年"

　　辛村到了。

[5]白亚杰来到北大,第一次摸电脑 [6]转华在北大

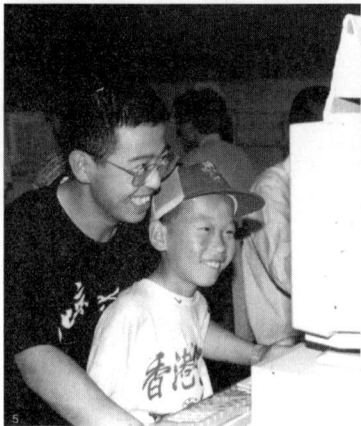

我一进学校大门,就看见院子里有群学生围着一头毛驴。驴上驮着桌椅、箱子和棉被,一个中年汉子牵着。是个初中生毕业了,她爸接她回家。

站在人群里,跟学生个头差不多的女教师叫冒朝军,23岁,是从湖南来的志愿者,这是她送走的第一个学生。

黄风一阵一阵地刮着,老师学生都不说话。

我问那个要走的女生:"你真就这么回家了,再不念书啦?"

她说不念了,要念"高中",一年得2000多块钱,家里没钱。

"是你爸不让你念了?"我又问。

"不是,我爸让我念,是我自己不想念哩。"

"为什么?"

"我爸有病哩。"

"什么病?"

"肚疼,不知甚病,疼好几年哩。"说话间,到了大门口,她开始抹眼泪,她爸牵着毛驴走远了,几个女生还哭着抓住她的手不放。

一直不吭声的冒朝军,见学生们这样儿,说:"要不,你今天就别走了,再在学校住一宿。"她教的这个初三班,一共有32个学生,这次不念的学生有一半。

"今天我还是你们的老师,明天就是你们的朋友了。"昨晚,她和学生睡在一个大

炕上，5个志愿者都住学校前院的平房里，本地老师和学生住后院旧窑洞房。与冒朝军同屋的洪哲，是武汉大学教育系硕士毕业生。

房里有两张旧书桌，啤酒瓶里养了几条泥鳅，笼里蹦着一只小黄鸟，都是学生给抓的。窗户是纸糊的，一铺大炕连着炉灶，冬天得自己生火取暖。

刚来静乐不久，山西的省委书记胡富国，请22个志愿者去省城太原参观、座谈，还吃了顿饭。"他怕我们不会生炉子，出事，特意告诉我们，回去把窗户捅几个洞，可不敢让煤气熏着啊。"洪哲说。

"我们是来'扶贫'的，反倒觉得成了被人关心、照顾的对象了。"

常有人来看他们，省上的、地区的，团委啊妇联都来。"给我们送大米、方便面，连内衣都给。"县上每个月让他们去县宾馆住一宿，聚聚，洗个澡。"像冬天生炉子，天天清早，都有学生来帮我们倒炉灰。"

"这种让人心热的感觉，从来的第一天就有了，而且很强烈。"

去年11月5日早晨6点，坐了一夜火车，他们在山西忻州火车站下车。"站台上，鼓乐齐鸣，几百个孩子，在大冷天里等了我们好几个钟头。"

"一路上，我们戴着花，披着绶带，真是走在花环、鞭炮和锣鼓声里，一直到进村。长这么大，这还是头一回。"

"静乐人，是用他们最高的礼仪欢迎我们。一路上，我们嘴上说'过了，过了'，可心里，却好像被什么东西撞击着，眼泪'哗哗'流……我们还啥都没干，人家就这样待我们。"

还让他们感受颇深的，就是这里的穷。"来静乐前，也知道贫困山区穷，但具体穷到什么份儿上，真想象不出来。"

"老乡没钱买药，你猜他们怎样治感冒？用针把手指扎破，挤出点血，就算是治病了。"

一次，他们发现有个女生几天没来上学，去家访一看，原来是得了阑尾炎，父母掏不起手术费，就让孩子躺在炕上熬着。几个志愿者凑了些钱，又在学校搞了募捐，才让这个学生做了手术。

有的学生家穷买不起表，来上学吃不准时间。冬天天亮得晚，有时清早三四点钟就摸到学校。要是时间太早，他们就摸回家接着睡。最多时，一早上，要这么起来睡下，来来回回折腾三四趟。

洪哲从抽屉里拿了本书递给我，书破破烂烂，没头没尾，只有几十页。她说这里的孩子几乎不读课外书，这本书，曾是她班学生中，流传的唯一一本课外书，到现在她也不知书名。

正好进来了两个女生，是洪哲班上的，我问知不知道这书叫啥。

她俩瞟了一眼，飞快地道："叫《笑掉大牙》哩。"

为了建图书室，洪哲他们以5个志愿者的名义写了封信，给认识和不认识的人寄去，信里写道："刚来时，崭新的校舍曾使我们欣喜不已，然而，我们很快就发现，这里危旧宿舍依然存在，28个孩子挤住一间又阴又冷的窑洞，一个被筒睡两个学生，他们常啃着坚硬的干粮，就着几口水对付辘辘饥肠，有时连水也喝不上一口。他们中绝大多数人没见过火车，也不知道计算机、变形金刚、琼瑶。他们的音乐课没有琴声，一个破篮球是体育课难得的奢侈品，历史等一些所谓的'副课'，至今没开设，相当数量的学生为学杂费而发愁，流泪……同是共和国的少年，这些孩子承受着太多的困苦。"

河南师大的希望书屋，"北大"的"爱心社"等，就是他们通过寄信联系上的。

"开始，别说老乡搞不清什么是'志愿者'，连我们自己也说不清。经过这半年，明白了：我们都是平常人，不可能干什么惊天动地的事，一下子改变这里的贫穷落后。

得一点一滴地做起，做点儿是点儿，能做多少就做多少。"

"送人玫瑰之手仍有余香，在辛村这一年，是我们过得最踏实的一年，不再去幻想，知道自己能干什么，该干什么。这辈子，起码咱也高尚了一回，将来回忆起来，也会倍感亲切。"

"要改变自己，只能靠你们自己！"

在辛村这天下午，我跟洪哲她们到河对岸的村子家访。

每进一家，这家的大人孩子都要忙上一气儿，揭锅开柜拿吃的。家境好点儿的拿软馒头、折饼，差的人家，就揣盆拌土豆丝。"老师，吃，吃！"一个劲儿地往手里塞。

土豆是老乡们的主食，家家都有地窖，存上七八千斤。一年四季吃，一日三餐吃。洪哲说她们现在都害怕家访，一去，家长们掏心窝地把家里最好吃的拿出来，硬让你吃，看着你吃。

在一学生家里，她妈对冒朝军说："娃说学校让交20块钱，娃回来哭好几回要这钱哩。"她又急忙上炕，从柜里拎出个口袋，拿给冒朝军看："等村上来收黑豆的，就把这黑豆卖了，给娃交上钱哈。"

在另一户人家，一个五十来岁的妇女，抓住洪哲的手，边摩挲边叨叨着："恓惶啊恓惶！娃们远远地来了……"

我问洪哲什么意思？她笑嘻嘻地解释道："是'可怜啊可怜'的意思。老乡们常这么说，他们觉得我们离开家，一个人跑这么远的地方来，怪可怜的。"

这家有俩孩子读书，男孩在冒朝军班上。我问家长，来了志愿者老师后，孩子们有变化吗。

"有嘛，现在吃了饭，就急急地去学校了。有回半夜回家，又给老师叫回了……"冒朝军说没错，这事是她干的，因为这个学生没写完作业。

"老师这么做，你生不生气？"我问。

"不嘛，早这么严格就好哩。将来孩子出息了，又能挣钱，又能为国家做大事情嘛。娃现在有信心，懂礼貌，也愿意去学校了，回家也老师长老师短的说哩。"

"说什么？"

"北京来的老师好嘛！药也给，衣服也给，教娃们唱歌、跳舞、给理发……"

志愿者在学校搞过几次联欢会。圣诞节时，也弄了棵松树，上边挂着给学生的礼物、谜语什么的。教室灯火通明，拉着彩练，贴着窗花。开晚会时，村上的老百姓也来瞧，把门窗围个水泄不通。

刚来时，他们发现这里的孩子从不提问，上课不举手发言。问问题时，用手一指，问完就走，不多说一句。"现在强多了，高年级的学生都敢跟我们开玩笑了。广播站，也是学生们在办，就是要给孩子们多创造些锻炼的机会。"

5个志愿者里有俩男的，性格一个内向，一个外向。内向的叫冀树人，大学学的是机器锻造，现在教毕业班物理。本地老师说他：课教得好着哩，但不爱讲话。"领导来看志愿者吧，人家上楼，他下楼；人家下楼，他又上楼。"

外向的叫杨敏，在农村长大。他说从前他们村，比现在的辛村还穷。为供他上大学，他的三个妹妹先后辍学。等他拿到工资，想让妹妹们上学时，她们都过了读书年龄。这是他一生的愧疚和憾事，也是他自愿来静乐的原因。

杨敏前后花了1000来块钱，买了100只小公鸡，和学生一块养。又买了农膜、化肥等，在学校搞蔬菜大棚。春天，又领学生开了几分地，向专家咨询后，弄回菜种，种了油菜、茴香、菠菜、美国豆等。种惯了土豆的农民，听也没听说这些菜，稀奇得很，天天都有人到大棚看。

杨敏说："我的本意，并不是让学生都去养鸡、种菜，这里的消费市场很有限。我是想通过干这些事，改变他们的观念：就是当农民，也要懂点儿、用点儿科学，而且什么事，都要自己去试、去做，否则，生活永远不会改变。"

"要改变自己，只能靠你们自己！"这是志愿者向学生灌输的重要思想。

"几年后，老师再来时，可不希望你们都坐在村头纳鞋底。"洪哲她们常跟女生说。"现在，已经有人在作文里说，想当美容师了！"

"孩子都是好孩子，但缺少启蒙和引导。他们与外界的联系太少，知道的太少，没有可比性，整天看到的就是他们父母的生活，没有外来刺激，也没有内心震荡。得让孩子们走出去，看看。"

这次去北京的学生只有 10 来个，许多不能去的学生写了信，想和北京的同学"结队儿"，日后通信。"还要去'北大'，让孩子们看看，我们最高学府是个什么样儿。"

"长大了，我一定要走出去！"

辛村的孩子要去北京，这是地方上的大事情。在村里，我见到了白亚杰的父亲。

他说："一是帮娃准备准备，二是看看老师。人家到咱这艰苦地方来，辛辛苦苦地教了咱娃。"

我问："去北京，还用准备什么？"

"洗澡啊，老师叫天天回来洗。我不会洗，都是他爸给洗。"亚杰妈说。

念小学四年级的白亚杰，这么告诉他爷："这回，还要到人民大会堂参加会议，跟二十几个省的小朋友在一起……"

"去北京看看，对娃肯定好。要不是志愿者老师，我们哪能带娃上北京？这娃脑子清灵，将来只要他能考上大学，我就是卖了这房，也供！"亚杰爸说。他在太原替人卸煤，卸一卡车煤，能挣一块六。

亚杰妈又眉开眼笑地说："娃今天还带了牙膏、牙刷，张老师要教他刷牙哩。"

带学生去北京的张燕红，21 岁，是北京昌平县的小学教师，现在是白亚杰的班主任。

星期天，她领学生练歌，准备去北京时演。"走出黄土高原 / 走出我的家 / 我要去看世界看看世界 / 也让世界看看我……"

"唱了那么长时间，明明是累了，可孩子们还说'不累不累'。累就是累，不累就是不累，我就要让他们敢说话，能表达……现在，已经有两三个孩子敢举手，说自己累了。"张燕红说。

5 月 27 日一早，要去北京的孩子，被父母陆续送到学校。

白亚杰穿得干干净净，他妈说他："到北京，别哭，想妈妈啊，以后，你还要出远门哩！"

去北京的孩子，背着清一色红书包，都是借的。文化部曾资助辛村 38 个"特困生"，送了每人一个红书包。

有个也去北京的女孩子，还穿着旧衣服，站在学校院里哭。

"哭啥哩，转华？"几个妇女围着她问。

"鞋子烂了。"转华的鼻子一抽一抽地说。

她爸下小煤窑，去年被砸死了，她妈病着，家里也没人来送。"娃可怜哩！"女人们说着，也跟着掉泪。

一眨眼，转华不见了，张燕红赶紧找。

"到村里借鞋了。"有人告诉她。

我们找见转华时，几个眼圈红红的女人，正翻箱倒柜地找衣服，转华身上还穿了件袖子老长的大衣服。张燕红进去，三下两下就把衣服给脱了，拉出哭哭啼啼的转华。等站在墙角里，张燕红自己也哭了。

"老师，你别哭了，我不换哩！"一见张燕红这样，转华赶紧不哭了，拉着她的衣服说。

"老师领你们去北京，是叫你们比吃，比穿去的吗？这么多人帮你，到底是为什么啊？"张燕红教训道。

两人拉着手往回走，刚到校门口，一个女人从村里气喘喘地跑来，手里拎了双布鞋。她一把抓住转华，蹲地上就替她换："把咱娃的鞋，借你穿上，莫哭哩莫哭！"

我问过张燕红，是怎么帮学校拉到两千多块钱的。她说有个北京的老干部，在报上看到志愿者的事，给她写了封信。回信时，她把辛村的事跟他说了。这个78岁的老人看完信，就在自己住的宿舍楼里，挨家挨户募捐，捐来了2027元。

张燕红又说："那些旧衣服，对城里人来说是垃圾，可对这里的孩子来说，是宝贝。我们分衣服时，孩子们高兴得立马换上，乐颠颠地穿回家。"

5月29日清早，我和辛村的孩子们一块回到北京。

他们在北京待了5天，去了天安门、故宫、动物园等。到"北大"时，一个大学生陪一个孩子，带他们看了图书馆、计算机房，游了未名湖。晚上在"北大"食堂吃饭，知道孩子们是从哪儿来的，食堂的师傅，都从厨房里出来了。

"吃饱啊吃饱！"他们不停地说着，站在孩子们身后，给添饭夹菜。

张燕红他们住故宫博物院招待所，在旧鼓楼大街一处地下室里，免费。6月1日上午，他们在人民大会堂过了"儿童节"，晚上，我去看他们。第二天，他们就要回静乐了。

地下室里吵吵闹闹的，张燕红在给学生们分照片，是在北京照的。

看着这些手拿照片、笑得"咯咯"的孩子们，张燕红说：可比以前活泼多了，这趟儿还算顺利，想去的地儿基本都去了。

"孩子们没睡过床，没坐过火车，头两晚，兴奋得不睡觉。本来今天下午要去游乐场，坐坐碰碰车，结果孩子们太瞌睡了，只好带他们回来睡觉。"

到北京后，张燕红的一个同学，借给她只"ＢＰ"机，她把呼机号写在每个孩子胳膊上，教他们："万一谁走丢了，就打这个电话。"

"如果光靠我们志愿者自己，是没能力带孩子们来北京的。一路上，都是这个帮一把，那个帮一下。就连刚才在街上吃饭，听说是山西静乐来的，小饭馆的老板，还一桌送了我们一个汤……我越来越觉得，在志愿者身后，还有很多志愿者。"

多年以前，在安徽的一个穷村子里，住着几个上海来的"知青"，他们常与一个乡下男孩在一起，给他讲上海，讲些他不知道的事。无意中，孩子心里有了朦朦胧胧的念头："长大了，我一定要走出去！"这男孩，就是杨敏。

今天，作为青年志愿者，杨敏他们能不能在白亚杰这些孩子心里，种下明天的希望呢？

1996 年 12 月